16	3	2	13
5	10	11	8
9	6	7	12
4	15	14	1

Bruno Schulz

SANATÓRIO SOB O SIGNO DA CLEPSIDRA

Tradução e notas
Henryk Siewierski

Posfácio
Danilo Hora

editora ■ 34

EDITORA 34

Editora 34 Ltda.
Rua Hungria, 592 Jardim Europa CEP 01455-000
São Paulo - SP Brasil Tel/Fax (11) 3811-6777 www.editora34.com.br

Copyright © Editora 34 Ltda., 2025
Tradução © Henryk Siewierski, 1997, 2012, 2025
Posfácio © Danilo Hora, 2025

A FOTOCÓPIA DE QUALQUER FOLHA DESTE LIVRO É ILEGAL E CONFIGURA UMA
APROPRIAÇÃO INDEVIDA DOS DIREITOS INTELECTUAIS E PATRIMONIAIS DO AUTOR.

Imagem da capa:
Desenho de Bruno Schulz

Capa, projeto gráfico e editoração eletrônica:
Franciosi & Malta Produção Gráfica

Revisão:
Danilo Hora, Beatriz de Freitas Moreira

1ª Edição - 2025

CIP - Brasil. Catalogação-na-Fonte
(Sindicato Nacional dos Editores de Livros, RJ, Brasil)

S251l
Schulz, Bruno, 1892-1942
    Sanatório sob o signo da clepsidra /
Bruno Schulz; tradução e notas de Henryk
Siewierski — São Paulo: Editora 34, 2025
(1ª Edição).
272 p.

Tradução de: Sanatorium pod klepsydra

ISBN 978-65-5525-229-3

1. Literatura polonesa. I. Siewierski,
Henryk. II. Hora, Danilo. III. Título.

CDD - 891.8

SANATÓRIO
SOB O SIGNO DA CLEPSIDRA

Sanatório
sob o signo da clepsidra

O Livro	9
A época genial	25
A primavera	39
Noite de julho	119
Meu pai entra para o corpo de bombeiros	127
O segundo outono	137
A estação morta	143
Sanatório sob o signo da clepsidra	163
Dodo	191
Edzio	201
O aposentado	211
Solidão	231
A última fuga do meu pai	235

Apêndice

Fins e começos: sobre um conto inédito de Bruno Schulz, *Danilo Hora*	245
Úndula, *Bruno Schulz*	255
A mitificação do real, *Bruno Schulz*	261

Sobre o autor	265
Sobre o tradutor	269

SANATÓRIO
SOB O SIGNO DA CLEPSIDRA

O LIVRO

I

Costumo chamá-lo simplesmente o Livro, sem nenhum adjetivo ou epíteto, e nessa sobriedade e limitação há um suspiro impotente, uma capitulação silenciosa diante da vastidão do transcendente, porque nenhuma palavra, nenhuma alusão, poderia reluzir, emitir o perfume, escorrer com aquele frêmito de susto, pressentimento do que não tem nome mas cujo primeiro sabor, na ponta da língua, ultrapassa a nossa capacidade de deslumbramento. Pois de que adiantaria o *páthos* dos adjetivos e a ênfase dos epítetos perante essa coisa imensurável, perante esse incalculável esplendor? No entanto, o leitor, o verdadeiro leitor, com o qual este romance conta, entenderá mesmo assim, quando eu o olhar bem no fundo dos olhos, iluminando-o com esse brilho. Nesse olhar breve e penetrante, nesse furtivo aperto de mão, ele o captará, retomará, reconhecerá — e fechará os olhos no êxtase dessa recepção profunda. Pois será que debaixo da mesa que nos separa não estamos todos secretamente de mãos dadas?

O Livro... Em algum lugar, no amanhecer da infância, na primeira alvorada da vida, resplandecia o horizonte da sua luz amena. Ficava na escrivaninha do pai, cheio de glória, e o pai, nele imerso em silêncio, roçava pacientemente com o dedo salivado a superfície dos decalques, até que o papel cego começava a tornar-se baço, turvo, a delirar com um pressentimento delicioso e, de repente, descascava-se em tufos de papel crepom, desvelando uma borda colorida, cheia de cílios, enquanto o olhar descia, desfalecendo numa alvorada virginal de cores divinas, numa umidade maravilhosa dos mais puros azuis.

Ah, esse esgarçar da belida, ah, essa invasão da luz, ah, beata primavera, ah, pai...

Às vezes o pai se levantava e saía. Então eu ficava sozinho com o Livro, e o vento soprava suas páginas, e as imagens se levantavam.

E enquanto o vento folheava silenciosamente as páginas, agitando cores e figuras, um frêmito escorria pelas colunas do texto, soltando cotovias e andorinhas do meio das letras. Assim revoavam, dissipando-se, página após página, e infiltravam-se suavemente na paisagem, impregnando-a com suas cores. Às vezes o Livro dormia, e o vento abria-o silenciosamente, qual uma rosa de cem pétalas; desvelava-se pétala por pétala, pálpebra sob pálpebra, todas cegas, veludosas e adormecidas, escondendo no âmago, no fundo, uma pupila azul, uma medula de pena de pavão, um ninho gritante de colibris.

Isto foi há muito tempo. A mãe não existia ainda. Eu passava os dias só com o meu pai, no nosso cômodo, que naquele tempo era imenso como o mundo.

Os cristais prismáticos pendurados no lampião enchiam o cômodo de cores difusas, um arco-íris respingado por todos os cantos, e quando o lampião girava em suas correntes, viajavam por todo o cômodo fragmentos do arco-íris, como se as esferas dos sete planetas se movessem em torno umas das outras. Gostava de ficar agachado entre as pernas do meu pai, abraçando-as como se fossem colunas. De vez em quando, ele escrevia cartas. Eu ficava sentado na escrivaninha, seguindo encantado os hieróglifos de sua assinatura, enredados e rodopiantes como os vibratos de um soprano.

No papel de parede brotavam sorrisos, vazavam olhos, cabriolavam gracejos. Para me distrair, meu pai soltava bolinhas de sabão no espaço iridescente, através de um longo canudo. Elas tocavam a parede e estouravam, deixando suas cores no ar.

Depois chegou a mãe, e acabou-se aquele prematuro e sereno idílio. Seduzido pelas carícias da minha mãe, esqueci-me do pai, e minha vida tomou um novo rumo, diferente, sem milagres nem dias santos, e talvez eu me esquecesse para sempre do Livro, não fosse aquela noite e aquele sonho.

II

Certa vez, acordei numa madrugada escura de inverno — debaixo do amontoado de escuridão, ardia, bem no fundo, uma aurora lúgubre — e, ainda com um formigueiro de figuras e sinais luminosos sob as pálpebras, comecei a alucinar confusa e intricadamente, em meio a um tormento e um rancor inútil, sobre o velho Livro perdido.

Ninguém me compreendia, e eu, irritado com aquela obtusidade, comecei, impaciente e febril, a amolar e importunar meus pais com insistência cada vez maior.

Descalço, só de camisa, trêmulo de excitação, revirei a biblioteca do meu pai, e, decepcionado e com raiva, descrevi desamparadamente ao público pasmo aquela coisa indescritível, à qual nenhuma palavra, nenhuma imagem traçada pelo meu dedo alongado e trêmulo podia igualar-se. Esgotava-me por inteiro em meus relatos cheios de confusão e contradições, chorava num desespero exânime.

Rodeavam-me, desamparados e confusos, envergonhados de sua impotência. No fundo de suas almas, não eram inocentes. A minha impetuosidade, o tom da minha exigência, impaciente e cheio de raiva, davam-me ares de quem tem razão, a supremacia de uma pretensão bem fundamentada. Chegavam correndo com vários livros, pondo-os nas minhas mãos. Eu os descartava, indignado.

Um deles, um volume pesado e grosso, meu pai ofereceu-me uma e outra vez, incentivando-me timidamente. Abri. Era a Bíblia. Nas suas páginas vi uma grande migração de animais enchendo estradas, ramificada em procissões num país longínquo; vi o céu cheio de revoadas, de ondulações, e uma enorme pirâmide invertida, cujo topo distante tocava na Arca.

Ergui ao pai os olhos cheios de reprovação: "Você sabe, pai", gritei, "sabe muito bem, não se esconda, não se esquive! Este livro o denunciou. Por que me dá este apócrifo contaminado, esta milésima cópia, esta falsificação fracassada? Onde escondeu o Livro?".

Meu pai desviou o olhar.

III

Passaram-se semanas, minha excitação diminuiu e abrandou, mas a imagem do Livro continuava a arder na minha alma com uma chama resplandecente; grande Códice sussurrante, Bíblia agitada, o vento passando por suas páginas, pilhando-o, como a uma enorme rosa em estado de decomposição.

Um dia, ao ver-me mais calmo, meu pai se aproximou com cautela, dizendo em tom sutil de sugestão: "No fundo, existem só os livros. O Livro é um mito em que acreditamos quando jovens, mas com o correr dos anos ele deixa de ser tratado com seriedade". Naquele tempo eu já tinha outra opinião, sabia que o Livro era um postulado, uma tarefa. Sentia nos meus ombros o peso da grande missão. Nada respondi, cheio de desprezo e de um orgulho renhido e lúgubre.

Pois naquele tempo eu já possuía os tais trapos do Livro, restos miseráveis que a sorte misteriosa contrabandeara para que pudessem cair em minhas mãos. Com zelo eu escondia o meu tesouro dos olhos de todos, lamentando sua profunda decadência e sabendo que não seria capaz de despertar a compreensão de ninguém para com os seus restos mutilados. Foi assim:

Num dia daquele inverno encontrei Adela arrumando o quarto, com a escova na mão, apoiada numa estante sobre a qual havia alguns papéis rasgados. Inclinei-me, olhando por cima de seu ombro, não tanto pela curiosidade quanto para me embriagar uma vez mais com o cheiro de seu corpo, cujo encanto jovem se revelava aos meus sentidos recém-despertos.

"Veja", disse ela, suportando sem protesto o meu aconchego, "será possível alguém ter os cabelos até o chão? Gostaria de ter os meus assim."

Olhei para a gravura. Numa larga página in-fólio havia o retrato de uma mulher bastante forte e baixa, o rosto cheio de experiência e energia. Da cabeça dessa dama escorria um enorme manto de cabelos, que caía-lhe pesadamente pelas costas e arrastava pelo chão as pontas grossas de suas tranças. Era um incrível capricho da natureza, um grande manto crespo e profuso fiado a partir da raiz dos cabelos, e era difícil imaginar que esse fardo não causasse dor ao imobilizar a cabeça que o suportava. Mas a dona daquela maravilha parecia carregá-la com orgulho, e o texto impresso ao lado, em negrito, contava a história do milagre, começando com as palavras: "Eu, Anna Csillag, nascida em Karlovice, na Morávia, antes tinha pouco cabelo...".[1]

---

[1] Anúncio de tônico capilar muito conhecido na Europa no início do século XX. (N. do T.)

Era uma longa história, semelhante, por sua construção, à história de Jó. Pela vontade de Deus, Anna Csillag tinha pouco cabelo. Toda a cidade se apiedava dessa deficiência, que só lhe fora perdoada devido ao modo exemplar como ela vivia, embora tal defeito não pudesse ser completamente acidental. Mas aconteceu que as suas preces fervorosas foram ouvidas e a praga foi removida de sua cabeça; Anna Csillag mereceu a graça da iluminação, recebeu sinais e preságios e preparou uma mistura, um remédio milagroso que restituiu a fertilidade à sua cabeça. Começou a cobrir-se de cabelos, e, como se fosse pouco, também o seu marido, os seus primos e irmãos, de um dia para o outro, viram-se cobertos de um espesso e negro casaco de pelos. O verso da página mostrava Anna Csillag seis semanas depois de ter-lhe sido revelada a receita, rodeada pelos irmãos, cunhados e sobrinhos, homens de barba e bigodes até a cintura; e olhava-se com admiração essa verdadeira erupção de autêntica virilidade ursina. Anna Csillag trouxe felicidade à cidade inteira, sobre a qual descera uma verdadeira bênção em forma de cabeleiras ondulantes e enormes crinas, e cujos moradores varriam as ruas com suas barbas, largas como vassouras. Anna Csillag tornou-se apóstola da peluginosidade. Depois de trazer felicidade à sua cidade natal, quis tornar feliz o mundo inteiro, e pedia, alentava, implorava que todos aceitassem como salvação aquela dádiva de Deus, aquele remédio milagroso, cujo segredo só ela sabia.

Li essa história por cima do ombro de Adela, e de repente assaltou-me um pensamento cujo choque foi tal que fiquei em chamas: era o Livro, suas últimas páginas, seu suplemento não oficial, seu quarto dos fundos, cheio de trastes e entulhos! Fragmentos de arco-íris rodopiavam no papel de parede dançante. Tirei a papelada das mãos de Adela e, com voz que não quis me obedecer, bufei: "Onde encontrou este livro?".

"Bobo", disse ela, encolhendo os ombros, "ele sempre esteve aqui, todo dia arrancamos algumas folhas para embrulhar a carne no açougue ou o lanche do seu pai..."

IV

Corri para o meu quarto. Profundamente indignado, com o rosto ardendo, comecei a folhear as páginas da papelada com dedos trêmulos. Infelizmente, eram poucas. Nem uma página do texto em si, só propagandas e anúncios. Às profecias da Sibila de cabelos compridos seguia-se logo uma página dedicada a um milagroso remédio para todas as doenças e aleijões. Elsa-fluid *com o cisne*[2] — era esse o nome do bálsamo que fazia maravilhas. A página estava cheia de testemunhos comprovados, relatos comoventes de pessoas que haviam experimentado o milagre.

Da Transilvânia, da Eslavônia, da Bucovina, chegavam curados, cheios de entusiasmo, para dar testemunho, contar suas histórias em palavras fervorosas e comovidas. Caminhavam enfaixados e curvados, sacudindo uma muleta já supérflua, retirando os emplastros dos olhos e os curativos das escrófulas.

Nessas peregrinações de aleijados, viam-se ao fundo cidadezinhas longínquas e tristes com um céu branco como papel, cidadezinhas endurecidas pela prosa e pelo cotidiano. Eram vilas esquecidas no fundo do tempo, com moradores tão atados aos seus pequenos destinos que nem por um momento se desprendiam deles. O sapateiro era sapateiro ao extremo: cheirava a couro, tinha um rosto pequeno e magro, os olhos pálidos e míopes sobre o bigode descorado e fareja-

---

[2] Elsa-fluid era um tônico muito popular no início do século XX. No rótulo do produto havia o desenho de um cisne. (N. do T.)

dor, e sentia-se mesmo um sapateiro. Quando não lhes doíam as úlceras, quando não sofriam de quebradeira nos ossos e o inchaço não os condenava a ficar de cama, eram felizes de uma felicidade cinzenta, desbotada, e fumavam um tabaco barato, um fumo imperial e real,[3] ou devaneavam, obtusos, na frente da casa lotérica.

Gatos cruzavam-lhes o caminho, ora vindos da esquerda, ora da direita; sonhavam com um cachorro preto e as palmas de suas mãos coçavam. Às vezes escreviam cartas, copiando os manuais de "Como escrever cartas", colavam os selos cuidadosamente e confiavam-nas, hesitantes, cheios de suspeita, à caixa de correio, que esmurravam como se quisessem acordá-la. Depois, em seus sonhos, pombos brancos passavam voando, carregando as cartas no bico e desaparecendo dentro das nuvens.

As páginas seguintes elevavam-se sobre a esfera das coisas cotidianas, rumo às regiões da poesia pura.

Ali havia harpas, cítaras e concertinas, outrora instrumentos de coros angelicais, e hoje, graças aos progressos da indústria, acessíveis, a preços módicos, ao homem simples, ao povo piedoso, para o consolo de seus corações e um entretenimento digno.

Ali havia realejos, verdadeiros milagres da técnica, em cujo interior se escondiam flautas, gargantinhas e charamelas, gaitas docemente tremulantes como ninhos de rouxinóis chorosos: tesouro inestimável para os inválidos, fonte de lucro para os aleijados e, de modo geral, objeto indispensável em toda casa onde se cultiva a música. E era possível ver esses realejos belamente decorados, carregados nas costas de velhinhos pequenos e pardos, cujos rostos, corroídos pela vi-

---

[3] O epíteto "imperial e real" assinalava o caráter duplo da monarquia austro-húngara, que mantinha o monopólio das vendas de bebidas e tabaco. (N. do T.)

da, pareciam cobertos de teias de aranha e eram completamente indistinguíveis, rostos com olhos lacrimejantes, imóveis, que escoavam-se aos poucos, rostos estéreis, sem vida, tão descoloridos e inocentes como as cascas das árvores e, como elas, rachados pelo mau tempo e cheirando agora só a chuva e céu.

Há muito tinham esquecido como se chamavam e quem eram e, assim, perdidos em si mesmos, com os joelhos dobrados, arrastavam os pés a passos iguais e curtos, em botas enormes e pesadas, seguindo uma linha bem reta e monótona entre os sinuosos e intricados caminhos dos transeuntes.

Nas manhãs brancas, sem sol, manhãs endurecidas pelo frio, imersas nos negócios cotidianos do dia, eles desprendiam-se desatentamente da multidão, punham o realejo sobre o cavalete, nas esquinas das ruas, sob o rastro amarelo do céu cortado pelo fio telegráfico, entre pessoas que andavam numa pressa obtusa com as golas erguidas, e começavam sua melodia não do princípio, mas de onde haviam parado no dia anterior, tocando: "Daisy, Daisy, me responda...",[4] enquanto nas chaminés pavoneavam-se brancos penachos de vapor. E, coisa estranha, essa melodia, mal começada, logo preenchia uma lacuna, o seu lugar próprio naquela hora e naquela paisagem, como se desde sempre pertencesse àquele dia pensativo e perdido em si mesmo, e no seu compasso seguiam os pensamentos e as sombrias preocupações dos transeuntes apressados.

E quando, após certo tempo, a melodia terminava com um longo zunido retesado, arrancado das entranhas do realejo, então começava algo bem diferente, os pensamentos e as preocupações detinham-se por um instante, como na dança, para mudar o passo, e depois, maquinalmente, começa-

---

[4] Verso da canção "Daisy Bell", composta pelo inglês Harry Dacre (1860-1922) em 1892. (N. do T.)

vam a girar na direção oposta, ao ritmo da nova melodia que saía das flautas do realejo: "Margarida, tesouro da minha alma...".

E na indiferença obtusa dessa manhã ninguém notava que o sentido do mundo havia mudado completamente e já não corria no ritmo de "Daisy, Daisy...", mas, pelo contrário, no ritmo de "Mar-ga-rida...".

Viremos outra vez a página... O que é isto? Será a chuva primaveril? Não, é o chilreio dos passarinhos que cai como uma descarga de chumbo cinza sobre os guarda-chuvas, pois aqui são oferecidos os verdadeiros canários das montanhas do Harz, gaiolas repletas de pintassilgos e estorninhos, cestos cheios de cantores e palradores alados. Fusiformes e leves, como se estivessem cheios de algodão, saltitando convulsivamente, ágeis como se dançassem sobre um rolamentos de esferas, lisos e pipilantes, chilreando como os cucos dos relógios — eles adoçavam a solidão, substituíam para os solteiros o calor do lar, extraíam aos mais duros corações a delícia do sentimento maternal, pois eram comoventes como os pintainhos, e ainda, quando sobre eles virava-se a página, lançavam em uníssono atrás de quem se retirava um chilreio sedutor.

Mas o documento miserável decaía cada vez mais. Agora passava aos desvios de uma adivinhação charlatanesca, muito suspeita. De sobretudo comprido, com um sorriso meio escondido na barba negra, quem era aquele que oferecia seus serviços ao público? Era o sr. Bosco de Milão, mestre de magia negra, com um discurso longo e obscuro, e mostrava algo na ponta dos dedos, mas isso de modo algum facilitava a compreensão. E, embora convencido de ter chegado a conclusões espantosas, parecia por um momento sopesá-las entre os dedos sensíveis, antes que o sentido volúvel escapasse no ar, e embora apontasse as juntas sutis da dialética com um erguer de sobrancelhas admonitivo, preparando assim o público para algo fora do comum, não se fazia compreender e, pior ainda, não tínhamos nenhuma vontade de compreendê-lo, e deixávamos que continuasse com os seus gestos, com o seu tom de voz baixo e toda a gama de sorrisos escuros, para folhearmos depressa as últimas páginas, quase decompostas.

Nessas últimas páginas, que visivelmente caíam numa tolice delirante, num puro disparate, um *gentleman* oferecia seu infalível método de como se tornar enérgico e firme nas decisões, falava de princípios e de caráter. Mas bastava virar a página para ficarmos completamente desorientados em questões de firmeza e de princípios.

Ali entrava uma certa sra. Magda Wang, a passos miúdos, enlaçada pela cauda de seu vestido, e declarava, do alto de seu busto decotado, que sua especialidade era quebrar os mais fortes caracteres. (Então, com um movimento da perna, ajeitava a cauda do vestido no chão.) Para isso há métodos, continuava, com os dentes cerrados, métodos infalíveis, dos quais não queria falar muito, remetendo ao seu livro de memórias, intitulado *Sobre os dias púrpura* (Editora do Instituto de Antroposofia de Budapeste), em que registrara os resultados de seus experimentos coloniais no campo do adestramento humano (ela pronunciava essa expressão com ênfase e um lampejo de ironia nos olhos). E, coisa estranha, aquela dama parecia, com seu discurso pachorrento e sem-cerimônia, estar certa do consentimento daqueles de quem falava com tanto cinismo, e, numa peculiar confusão e cintilação, sentíamos que os marcadores morais haviam se deslocado estranhamente, e que nos achávamos agora em outro clima, no qual a bússola do sentimento funcionava às avessas.

Essa era a última palavra do Livro, palavra que deixava na alma o sabor de um estranho atordoamento, uma mistura de fome e excitação.

V

Inclinado sobre esse Livro, o rosto flamejando como um arco-íris, eu ardia em silêncio entre um e outro arrebatamento. Mergulhado na leitura, esqueci-me do almoço. A intuição não me havia enganado: aquele era o Livro Autêntico, o original sagrado, embora em estado de humilhação e degradação profundas. E quando, ao anoitecer, sorrindo prazerosamente, eu colocava a papelada na gaveta mais funda, cobrindo-a, para disfarçar, com outros livros, era como se estivesse colocando a aurora para dormir na cômoda, a aurora, que sempre se acendia de novo, passando por todas as chamas e púrpuras e voltando uma vez mais, sem nunca querer acabar.

Como me tornara indiferente aos outros livros!

Porque os livros comuns são como meteoros. Cada um deles tem o seu momento único, o momento em que ergue com um grito o seu voo, qual fênix, ardendo com todas as suas páginas. Em razão de um momento desses, por esse único instante, nós passamos a amá-los, mesmo que eles já não passem de cinza. E às vezes, à noite, nós repassamos suas páginas frias, e movemos, como as contas de um rosário, com um ruído de madeira, as suas fórmulas mortas.

Os exegetas do Livro afirmam que todos os livros aspiram ao Livro Autêntico. Vivem apenas uma vida emprestada, que no momento de ascensão retorna à origem. Isso significa que o número de livros diminui, enquanto o Livro Autêntico cresce. Porém, não queremos cansar o leitor com a exposição da Doutrina. Gostaríamos apenas de chamar a atenção para uma questão: o Livro Autêntico vive e cresce. O que resulta disso? Veja, ninguém sabe onde estarão Anna Csillag e seus seguidores na próxima vez em que abrirmos a nossa papelada. Talvez a vejamos, a peregrina de cabelos longos, varrendo com seu manto as estradas da Morávia, percorrendo um país distante, aldeias brancas imersas em cotidiano e prosa, distribuindo amostras do bálsamo Elsa-fluid entre o povo simples de Deus, coberto de sarna e secreções. Ó, o que farão os bondosos barbudos, imobilizados por suas enormes barbas, o que fará essa fiel comuna, condenada a cuidar de suas colheitas desmesuradas? Quem sabe não comprarão todos os verdadeiros realejos da Floresta Negra e sairão mundo afora atrás de sua apóstola, procurando-a por todo o país, a tocar "Daisy, Daisy" em todos os lugares?

Ó, odisseia de barbudos a perambular de uma cidade a outra em busca de sua mãe espiritual! Quando haverá de nascer um rapsodo digno dessa epopeia? Pois a quem deixaram o seu burgo, a quem confiaram o governo das almas na cidade de Anna Csillag? Será que não puderam prever que, privada de sua elite, de seus magníficos patriarcas, a cidade cairia no desespero e na apostasia, abrindo suas portas — a quem? — ó!, à cínica e perversa Magda Wang (Editora do Instituto Antroposófico de Budapeste), que fundaria ali uma escola de adestramento e demolição de caráter?

Mas voltemos aos nossos peregrinos.

Quem não conhece essa velha guarda, esses cimbros nômades, homens de cabelos bem pretos e corpos aparentemente fortes, feitos de um tecido sem seiva e sem vigor? Toda a sua força, toda a sua potência foi passada para os cabelos. Os antropólogos há muito quebram a cabeça estudando essa raça peculiar de homens, sempre a trajar ternos pretos, com grossas correntes de prata sobre a barriga e dedos adornados com grandes sinetes de latão.

Gosto deles, desses Gaspares e Baltazares, gosto de sua gravidade profunda, de seus adornos fúnebres, gosto desses magníficos exemplares de virilidade, com seus belos olhos que têm um brilho grasso de café torrado, gosto dessa nobre falta de vitalidade nos corpos exuberantes e esponjosos, da morbidez dessa estirpe em extinção, da respiração arquejante que sai de seus pulmões enormes, e até do odor de valeriana que suas barbas emanam.

Como os Anjos da Presença,[5] eles podem surgir de repente à porta da nossa cozinha, enormes, arquejando, cansando-se rapidamente — enxugam o suor da testa orvalhada, mostrando o branco-azulado dos olhos —, e nesse momento esquecem-se de sua missão; surpreendidos, procuram um subterfúgio, um pretexto para sua vinda, e estendem a mão, pedindo esmolas.

Voltemos ao Livro Autêntico. No entanto, nunca chegamos a abandoná-lo. E aqui vamos chamar a atenção para uma estranha propriedade dessa papelada, agora já óbvia para o leitor: ela se desenrola no decorrer da leitura, suas fronteiras estão abertas, de todos os lados, a todos os fluxos e correntes.

Agora, por exemplo, ninguém oferece ali pintassilgos das montanhas do Harz, porque dos realejos daqueles homens de cabelos pretos, das quebras e dobras da melodia, saíram voando a intervalos irregulares essas vassourinhas plumosas, e o mercado está coberto delas, como de sinais tipográficos coloridos. Ah, que multiplicação cintilante e cheia de gorjeio... Em torno de todas as arestas, de todas as hastes e bandeirinhas, surgem verdadeiros engarrafamentos de muitas cores, adejos e batalhas para ocupar um lugar. E basta esticar pela janela o arco da bengala e depois puxá-lo para dentro do quarto, já todo coberto por um cacho adejante e pesado.

---

[5] Na tradição judaica, os Anjos da Presença — Miguel, Gabriel, Uriel e Rafael — ficam postados nos quatro cantos do trono divino. No livro de Enoque eles desempenham um importante papel no castigo dos anjos que se rebelaram. (N. do T.)

Nesta nossa narração, aproximamo-nos rapidamente daquela época magnífica e catastrófica, que na nossa biografia se chama época genial.

Seria inútil negar que já sentimos aquele aperto no coração, aquela inquietação deliciosa, aquele sagrado nervosismo que antecede as coisas definitivas. Em breve faltarão cores em nossos crisóis e brilho em nossa alma para dispor os mais intensos contrastes, para esboçar os mais luminosos e já transcendentais contornos desse quadro.

O que é a época genial, e quando foi?

Aqui teremos de nos tornar, por um momento, completamente esotéricos, como o sr. Bosco de Milão, e baixar a voz até que ela vire um murmúrio penetrante. Teremos de pontuar a nossa exposição com sorrisos ambíguos e, na ponta dos dedos, triturar, como uma pitada de sal, a frágil matéria das coisas imponderáveis. Não será culpa nossa se às vezes parecermos aqueles vendedores de tecidos invisíveis, que com gestos sofisticados exibem sua mercadoria fraudulenta.

Afinal, a época genial realmente existiu? É difícil responder. Sim e não. Porque há coisas que não podem acontecer por completo, até o fim. São grandes, são magníficas demais para caber num acontecimento. Elas só tentam acontecer, apenas verificam se o solo da realidade as suportará. E logo recuam, com medo de perder sua integridade na deficiência da realização. E se elas enfraquecerem o seu capital, se nessas tentativas de reencarnação perderem uma coisa ou outra, logo, ciumentas, retomam a sua propriedade, reclamam-na para si, reintegram-se, e depois surgem, na nossa biografia, aquelas manchas brancas, aqueles estigmas perfumados, aqueles rastros prateados dos pés descalços dos anjos, espalhados em passos gigantescos por nossos dias e noites, enquanto a plenitude da glória aumenta e completa-se sem cessar, culminando sobre nós e ultrapassando, triunfante, todos os êxtases, um após o outro.

Porém, em certo sentido, essa plenitude reside, toda e completa, em cada uma de suas fragmentárias e deficientes encarnações. Aqui ocorre o fenômeno da representação e da existência substitutiva. Um acontecimento pode ser, devido à sua origem e aos seus próprios meios, pequeno e pobre, e no entanto, junto ao olho, pode abrir no seu interior uma perspectiva infinita e radiante, porque nele o ser superior tenta exprimir-se e, nele, brilha violentamente.

Assim, recolhamos essas alusões, essas aproximações terrenas, essas estações e etapas dos caminhos da nossa vida, como fragmentos de um espelho partido. Recolhamos, pedaço por pedaço, aquilo que é uno e indivisível: a nossa grande época, a época genial da nossa vida.

Talvez, num ímpeto de diminuição, aterrorizados pela imensidão do transcendente, nós a tenhamos por demais limitado, questionado e abalado. Porque, apesar de todas as objeções, ela existiu.

Existiu, e nada pode nos privar dessa certeza, desse sabor luminoso que ainda sentimos na língua, desse fogo frio no paladar, desse suspiro amplo como o céu e fresco como um gole de puro azul ultramarino.

Será que já preparamos suficientemente o leitor para as coisas que irão acontecer? Será que podemos arriscar uma viagem à época genial?

Nosso receio foi transmitido ao leitor. Sentimos o seu nervosismo. Apesar da aparente animação, nós também carregamos um peso no coração e estamos cheios de angústia.

Então, em nome de Deus — entremos, e vamos embora!

A ÉPOCA GENIAL

I

Os fatos comuns são ordenados no tempo, enfiados em sequência, como contas num fio. Ali têm eles seus antecedentes e suas consequências, que se agrupam, apertados, sem nenhum espaço vazio, e pisam os calcanhares uns dos outros sem parar. Isso tem sua importância também para a narrativa cuja alma seja feita de continuidade e sucessão.

Mas o que fazer com os acontecimentos que não têm o seu lugar no tempo, os acontecimentos que chegaram tarde demais, quando todo o tempo já fora distribuído, dividido, desmontado, e que ficaram em suspenso, não alinhados, flutuando no ar, sem lar, errantes?

Será que o tempo não é estreito demais para abrigar todos os acontecimentos? Será que todas as entradas para o tempo já foram vendidas? Preocupados, corremos ao longo do trem dos eventos, preparando-nos para a viagem.

Pelo amor de Deus, não estará havendo alguma espécie de agiotagem com as passagens para o tempo?... Senhor cobrador!

Calma! Sem pânico desnecessário; vamos resolver isso à socapa, apenas entre nós.

O leitor já ouviu falar das faixas paralelas de tempo, no tempo de via dupla? Sim, existem as tais ramificações do tempo, é verdade que um pouco ilegais e problemáticas, mas aqueles que, como nós, carregam tal contrabando, acontecimentos extranumerários que não podem ser enfileirados, esses não devem ser exigentes demais. Tentemos então encontrar, em algum ponto desta história, uma dessas ramificações, um desvio morto, e empurrar para lá esses eventos ilícitos. Não tenham medo. Tudo acontecerá de modo imperceptível, o leitor não sentirá qualquer choque. Quem sabe, talvez agora mesmo, enquanto falamos, a manobra suspeita já esteja longe, e quem sabe já não sigamos por aquele desvio morto.

II

Minha mãe chegou apavorada e abraçou o meu grito, tentando abafá-lo como se fosse um incêndio, suprimindo-o nas pregas do seu amor. Fechou a minha boca com a sua e gritou junto comigo.

Mas eu a afastei, apontando para uma coluna de fogo, uma viga de ouro que, cravada de viés no ar, como uma farpa, não se deixava tirar, cheia do brilho e da poeira que nela girava, e gritei: "Arranque, arranque!".

O forno atiçou o grande rabisco colorido pintado em sua fronte, avermelhou-se todo, e parecia que, das convulsões das veias, dos tendões e de toda a sua anatomia, inchada a ponto de rebentar, ele se libertaria num agudo cacarejo de galo.

Eu estava de pé com os braços abertos, inspirado, e apontava com os dedos estendidos, cheio de fúria, gravemente emocionado, retesado como uma placa de sinalização e trêmulo de êxtase.

Minha mão me guiava, estranha e pálida, arrastava-me atrás de si; mão hirta, como se feita de cera, como as grandes mãos votivas, como a mão de um anjo erguida em juramento.

O inverno chegava ao fim. Eram dias de poças e brasas,

com o paladar cheio de fogo e pimenta. Facas brilhantes cortavam a polpa melosa do dia em sulcos prateados, em prismas com perfis coloridos, repletos de especiarias picantes. Ao meio-dia, o mostrador do relógio reunia num espaço restrito todo o brilho daqueles dias, indicando todas as horas ardentes e cheias de fogo.

Nessa hora, incapaz de conter o ardor, o dia se despojava em chapas de prata, estalava numa folha de estanho e, camada após camada, desvelava a sua medula feita de um fulgor maciço. E como se não bastasse, as chaminés lançavam fumaça, redemoinhando num vapor resplandecente, e cada instante explodia numa grande ascensão de anjos, numa tempestade de asas, logo absorvidas pelo céu insaciável, sempre aberto a novas explosões. Seus flancos claros rebentavam em penachos brancos, fortificações longínquas desabrochavam nos leques silenciosos das explosões acumuladas — sob o fogo refulgente de uma artilharia invisível.

A janela do quarto, cheia de céu, crescia com essas ascensões incessantes e transbordava pelas cortinas, que, todas incendiadas e fumegantes, escorriam em sombras douradas e num tremor de anéis de ar. No tapete estendia-se, na diagonal, um quadrilátero ardente, ondulando com brilho, incapaz de desprender-se do chão. Essa coluna de fogo revoltava-me profundamente. Eu ficava fascinado, com as pernas escarrapachadas, latindo em sua direção com a voz alterada, cheia de estranhos e duros impropérios.

Na soleira e na antessala eles aguardavam consternados, assustados, torcendo as mãos: parentes, vizinhos, tias enfeitadas. Aproximavam-se na ponta dos pés e voltavam, espiavam pela porta, cheios de curiosidade. E eu gritava.

"Estão vendo," gritei à minha mãe, ao meu irmão, "eu sempre disse a vocês que estava tudo estancado, tapado pelo tédio, subjugado! Mas agora, vejam que efusão, que floração de tudo, que deleite!..."

E chorava de felicidade e de impotência.

"Acordem", gritei, "ajudem! Como posso dar conta sozinho dessa inundação, como posso abranger esse dilúvio? Como posso, sozinho, responder ao milhão de perguntas deslumbrantes com que Deus me inunda?"

E como não respondiam nada, gritei, encolerizado: "Venham depressa, encham baldes com essa abundância, façam estoques!".

Mas ninguém podia assumir o meu posto; ficavam sem saber o que fazer e olhavam para trás, escondendo-se atrás das costas dos vizinhos.

Foi então que entendi o que devia fazer e, cheio de entusiasmo, comecei a tirar dos armários os velhos fólios, os livros de contas do meu pai, todos preenchidos e quase despedaçados, atirando-os ao chão sob a coluna de fogo, que ardia, deitada no ar. Precisava de cada vez mais folhas de papel. Meu irmão e minha mãe vinham correndo trazer novas e novas braçadas de velhas revistas e jornais, amontoando-as no chão. E eu, sentado no meio da papelada, deslumbrado, com os olhos cheios de explosões, cores e foguetes, desenhava. Desenhava com pressa, em pânico, transversalmente, de viés, em páginas impressas ou escritas à mão. Meus lápis de cor atravessavam inspirados as colunas dos textos ilegíveis, corriam em rabiscos geniais, em zigue-zagues de torcer o pescoço, estreitando-se, de repente, em anagramas de visões, em logogrifos de revelações luminosas, e tornavam a dissolver-se em relâmpagos ocos e cegos que procuravam o rastro da inspiração.

Ó, aqueles desenhos luminosos, que surgiam como que de uma mão alheia, ó, aquelas cores e sombras límpidas! Quantas vezes, ainda hoje, tantos anos depois, eu os encontro em meus sonhos, no fundo de velhas gavetas, brilhantes e frescos como a manhã — ainda úmidos do primeiro orvalho do dia: figuras, paisagens, rostos!

Ó, aqueles azuis que resfriam a respiração com um sopro de medo; ó, aquele verde, mais verde que a surpresa; ó, aqueles prelúdios e gorjeios das cores apenas pressentidas, procurando ainda se definir!

Por que as desperdicei naquele tempo, na indiferença do excesso, com inconcebível leviandade? Deixei que os vizinhos vasculhassem e pilhassem os montes de desenhos. Levaram maços inteiros. Naquele tempo não havia casa aonde não chegassem nem monturo em que não tivessem perambulado! Adela forrou com eles a cozinha, de modo que esta ficasse clara e colorida, como se fosse noite lá fora e a neve caísse.

Era um desenho cheio da crueldade dos assaltos e das emboscadas. Quando eu me sentava assim, hirto como um arco, imóvel, espreitando, e ao meu redor ardiam os papéis em cores berrantes, bastava que um desenho fincado pelo meu lápis fizesse o menor movimento de fuga, para que a minha mão, no espasmo de novos reflexos e impulsos, se atirasse com raiva contra ele, como um gato, e, tornando-se estranha, selvagem, feroz, mordesse aquele monstro, que queria escapulir-se de debaixo do lápis. E só largava o papel quando o cadáver do desenho, morto e inerte, estendia no caderno, como se este fosse um herbário, a sua anatomia fantástica e cheia de cores.

Era uma caçada mortal, uma luta de vida ou morte. Quem poderia distinguir o atacante do atacado nesse combate, nesse emaranhado que bufava de raiva, nessa confusão cheia de guinchos e pavor? Acontecia que a minha mão se atirava duas ou três vezes ao assalto, para atingir a vítima apenas na quarta ou na quinta folha. Por vezes ela gritava de dor e pavor entre as pinças e tenazes daqueles monstros, que se retorciam sob o meu escalpelo.

De hora em hora afluíam visões, cada vez mais numerosas, que apinhavam-se e criavam engarrafamentos, até o dia em que todas as estradas e veredas encheram-se e transbordaram em cortejos, e o país inteiro ramificou-se em migrações, dispersou-se em desfiles — intermináveis peregrinações de monstros e animais.

Como nos dias de Noé, escorriam desfiles coloridos, rios de pelos e crinas, dorsos e caudas ondulantes, suas cabeças sempre assentindo, ao ritmo da marcha.

Meu quarto era a fronteira e o pedágio. Ali todos paravam e se aglomeravam, emitindo berros suplicantes. Giravam, marchando sem sair do lugar, cheios de angústia, selvagens, seres corcundas e chifrudos, vestindo todos os trajes e todas as armaduras da zoologia, e, assustados consigo mesmos, espantados com seus próprios disfarces, olhavam pelos buracos de suas dermes peludas com olhos atemorizados e surpresos, e baliam tristemente, como se amordaçados sob suas máscaras.

Será que esperavam que eu lhes desse nomes, que solucionasse o enigma que não compreendiam? Será que me perguntavam os seus nomes para neles entrar e preenchê-los com os seus seres? Chegavam monstros estranhos, seres-interrogação, seres-proposta, e eu tinha de gritar, de enxotá-los com as mãos.

Recuavam, baixando a cabeça e olhando de esguelha, e perdiam-se em si mesmos, retornavam e dissolviam-se num caos anônimo, num bricabraque de formas. Quantos dorsos retos ou corcundas passaram naquele tempo pela minha mão, quantas cabeças deslizaram sob ela numa carícia aveludada!

Naquele momento eu entendi por que os animais têm chifres. Estes eram precisamente o incompreensível que não coubera em suas vidas, um capricho selvagem e inoportuno, uma resistência irracional e cega. Uma *idée fixe*, que crescera para além das fronteiras dos seus seres, acima das cabeças, e, emergindo subitamente na luz, solidificara-se em matéria palpável e dura; e ali adquiriu uma forma selvagem, incrível e incalculável, encaracolada num fantástico arabesco, assustador e invisível aos olhos deles, um algarismo desconhecido, sob o horror do qual eles viviam. Entendi por que esses animais eram propensos a um pânico irracional e selvagem, a uma fúria afugentada: tragados pela loucura, não conseguiam livrar-se do emaranhado daqueles chifres, e em meio a eles — abaixando a cabeça — olhavam com tristeza e ferocidade, como se procurassem uma passagem entre os seus ramos. Aqueles animais chifrudos tinham pouca chance de libertação e, com tristeza e resignação, carregavam na própria cabeça o estigma do seu erro.

Mais afastados da luz, no entanto, estavam os gatos. A sua perfeição atemorizava. Encerrados na precisão e na justeza de seus corpos, não conheciam erro nem desvio. Por um momento desciam ao fundo, ao âmago dos seus seres, e permaneciam imóveis dentro de suas peliças macias, sérios, severa e solenemente, enquanto os seus olhos se arredondavam como luas, absorvendo o olhar para dentro de suas crateras de fogo. Mas logo depois, empurrados para a margem, à superfície, bocejavam o seu nada, desencantados e sem ilusões.

Nas suas vidas, cheias de uma graça fechada em si mesma, não havia lugar para qualquer alternativa. E, aborrecidos nessa prisão de uma perfeição sem saída, tomados pelo *spleen*, resmungavam com os beiços franzidos, enquanto os seus rostos curtos, alongados por listras de pelos escuros, enchiam-se de uma crueldade abstrata. Embaixo, passavam sorrateiramente as martas, as fuinhas e as raposas, ladrões entre os animais, seres de má consciência. Haviam conquistado o seu lugar pela astúcia, pela intriga, pelo truque, contrariando o plano da criação, e, perseguidos pelo ódio, ameaçados, sempre vigilantes, sempre temendo por esse lugar, amavam zelosamente aquela vida roubada, escondida em covis, sempre dispostos a serem despedaçados em defesa dessa vida.

Por fim passaram todos, e o silêncio hospedou-se no

meu quarto. Voltei a desenhar, submerso na minha papelada que respirava luz. A janela estava aberta e, sentadas na cornija, pombas e rolinhas tremulavam ao vento primaveril. Inclinando as cabeças, mostravam o perfil de seus olhos redondos e vítreos, cheios de medo e de voo. Os dias, ao findar, tornavam-se brandos, opalinos e luminosos e, logo em seguida, perolados e repletos de uma doçura velada.

Chegou a Páscoa, meus pais viajaram para passar uma semana com minha irmã casada. Deixaram-me sozinho no apartamento, à mercê das minhas inspirações. Todos os dias Adela trazia-me o café da manhã e o almoço. Eu mal notava sua presença quando ela parava na soleira, endomingada, cheirando a primavera em seus tules e fulares.

Pela janela aberta afluíam sopros suaves, enchendo o quarto do reflexo de paisagens longínquas. Por um momento, essas cores de distâncias serenas mantinham-se no ar para logo desaparecer, desvanecendo numa sombra azul, numa ternura, numa comoção. A enchente de desenhos cessou um pouco, a efusão das visões abrandou e calou-se.

Eu estava sentado no chão. À minha volta havia lápis de cor, pastilhas de aquarela, cores divinas, azuis que exalavam frescor, verdes que erravam até os limites do inesperado. E quando eu segurava o lápis vermelho, as fanfarras do vermelho feliz marchavam em direção ao mundo claro, todas as varandas flutuavam nas ondas de bandeiras rubras, enquanto as casas se alinhavam ao longo da rua, numa fileira triunfal. Os desfiles dos bombeiros municipais em uniformes cor de framboesa exibiam-se nas estradas luminosas e felizes, e os cavalheiros tiravam seus chapéus-coco, cor de cereja. A doçura de cereja, o gorjeio de cereja dos pintassilgos enchia o ar, carregado de alfazema e brilhos suaves.

E quando eu pegava na tinta azul, o reflexo do cobalto primaveril percorria todas as ruas e penetrava todas as janelas; abriam-se, tinindo, os vidros, um após o outro, cheios de azul e de um fogo celeste, as cortinas levantavam-se como se soasse um alarme, e uma corrente de ar, alegre e leve, passava por essa fileira, entre as musselinas ondulantes e os oleandros nas varandas vazias, como se no outro extremo dessa longa e clara avenida aparecesse alguém, vindo de muito longe, alguém que se aproximava radiante, precedido de rumores, de intuição, anunciado pelo voo das andorinhas, por sinais luminosos espalhados entre uma e outra milha.

III

Justamente na Páscoa, no fim de março ou início de abril, Szloma, filho de Tobiasz, deixava a prisão para onde o recolhiam durante o inverno, após os escândalos e as loucuras do verão e do outono. Numa tarde dessa primavera, vi-o pela janela quando ele saía da loja do barbeiro, que era ao mesmo tempo o enfermeiro e o cirurgião da cidade; com a distinção adquirida sob o rigor da prisão, ele abriu as brilhantes portas de vidro da barbearia e desceu os três degraus de madeira, faceiro e rejuvenescido, os cabelos cuidadosamente cortados, vestindo uma jaqueta curta demais e uma calça xadrez puxada para cima, esbelto e juvenil, apesar dos seus quarenta anos de idade.

Naquele tempo, a praça da Trindade ficava vazia e limpa. Do degelo e do lodo da primavera, lavados depois por chuvas torrenciais, restava agora o pavimento limpo, enxugado em repetidos dias de tempo calmo e discreto, dias já enormes e talvez vastos demais para essa época prematura, alongados em excesso, sobretudo à tardinha, quando o anoitecer se prolongava sem fim, ainda vazio em seu interior, inútil e estéril em sua enorme expectativa.

Quando Szloma fechou as portas de vidro da barbearia, imediatamente o céu as penetrou, como penetrou em todas as pequenas janelas daquela casa térrea, aberta às profundezas límpidas do firmamento sombreado.

Descendo a escada, viu-se completamente só na margem da grande concha da praça, através da qual flutuava o azul de um céu sem sol.

Essa praça grande e limpa parecia naquela manhã uma redoma de vidro, um novo ano, ainda não inaugurado. Szloma permanecia em sua margem, totalmente sombrio e apagado, coberto pelo azul, e não ousava tomar a decisão capaz de quebrar essa redoma perfeita do dia ainda não utilizado.

Szloma só se sentia assim, limpo, leve e novo, uma vez por ano, quando deixava a prisão. O dia recebia-o então, lavado de seus pecados, renovado, reconciliado com o mundo, e, suspirando, abria à frente dele os límpidos círculos de seus horizontes, círculos coroados por uma beleza silenciosa.

Ele não tinha pressa. Permanecia na margem do dia e não ousava passar, riscar com seu passo miúdo, jovem, um pouco manquejante, aquela concha da tarde, suavemente abobadada.

Uma sombra transparente pairava sobre a cidade. O silêncio das três da tarde retirava das casas o branco puro de giz, abrindo-o, em silêncio, como um baralho ao redor da praça. Após uma rodada começava outra, haurindo as reservas de brancura da grande fachada barroca da Igreja da Santíssima Trindade, a qual, como uma enorme camisa de Deus que caíra do céu, dobrada em pilastras, ressaltos e portinholas, enfunada pelo *páthos* das volutas e das arquivoltas, ajeitava em si às pressas essa veste enorme e agitada.

Szloma ergueu o rosto e farejou o ar. Um sopro suave trazia o aroma dos oleandros, o aroma das casas em festa, o aroma de canela. Então deu um espirro estrondoso, e esse seu famoso espirro estrondoso fez com que as pombas do telhado do posto de polícia revoassem assustadas. Sorriu para si mesmo: por meio dessa explosão das suas narinas, Deus assinalava a chegada da primavera. Era um sinal mais seguro do que a chegada das cegonhas, e a partir dali os dias seriam interrompidos por essas detonações que, perdidas no ruído da cidade, glosavam os eventos, aqui e ali, com um comentário espirituoso.

— Szloma! — chamei-o da janela do nosso andar térreo.

Szloma me viu e, sorrindo o seu sorriso agradável, fez uma continência.

— Estamos sozinhos na praça, você e eu — disse eu, baixinho, pois a bojuda redoma do céu ecoava como um barril.

— Eu e você — repetiu ele, com um sorriso triste —, como o mundo está vazio hoje.

— Poderíamos dividi-lo e dar-lhe um novo nome: de tal modo está aberto, indefeso e sem pertencer a ninguém. Num dia como este, o Messias chega à beira do horizonte e dali observa a terra. E ao vê-la assim, branca e silenciosa, com seus azuis e sua contemplação, pode acontecer que perca os limites de sua vista, que as faixas azuis das nuvens formem uma passagem, e que, sem saber o que faz, Ele próprio desça à terra. E a terra, absorta em meditação, nem notará quem desceu aos seus caminhos, e os homens acordarão da sesta e não se lembrarão de nada. Toda a história será como que apagada, e será como foi antes dos séculos, antes de a história começar.

— Adela está em casa? — ele perguntou, sorrindo.

— Não tem ninguém, entre um pouco, e eu lhe mostro os meus desenhos.

— Se não tem ninguém, não me negarei este prazer. Abra a porta.

E, olhando para os dois lados como um ladrão, entrou em casa.

IV

— Estes desenhos são muito legais — disse, afastando-os de si com o gesto de um perito em arte. Seu rosto ficou mais claro com o reflexo das cores e das luzes. Às vezes enrolava a mão em torno do olho e mirava através dessa luneta improvisada e, com as feições contraídas, fazia uma careta de seriedade e competência. — Pode-se dizer — disse — que o mundo passou pelas suas mãos para se renovar, para trocar de pele, para se descascar como um lagarto fabuloso. Ah, você acha que eu roubaria e cometeria mil loucuras se o mundo não tivesse se desgastado e decaído tanto, se as coisas não tivessem perdido o dourado, o reflexo distante das mãos divinas? O que fazer num mundo como esse? Como não duvidar, como não desanimar, se tudo fica estreitamente fechado, murado em seu próprio sentido, e se em todo lugar só batemos em pedras, como contra o muro de uma prisão? Ah, Józef, você devia ter nascido antes.

Estávamos num quarto meio escuro, profundo, que se alongava em perspectiva até a janela aberta para a praça, da qual nos chegavam, em suaves pulsações, vagas de ar que se estendiam no silêncio. Cada fluxo trazia uma nova carga de silêncio, temperada com as cores da distância, como se a carga anterior já estivesse gasta e esgotada. Esse quarto escuro vivia apenas dos reflexos das casas distantes além da janela, refletindo aquelas cores em seu interior, como uma câmara escura. Da janela podia-se ver, como através do tubo de uma luneta, os pombos no telhado do posto de polícia, enfatuados, passeando ao longo da cornija do sótão. Por vezes, levantavam-se todos e voavam em semicírculo sobre a praça. Naquela hora o quarto clareava por um instante com as suas asas abertas, alargava-se com o reflexo de seu adejo longínquo, e depois se apagava, quando fechavam as asas ao descer.

— A você, Szloma — eu disse —, posso confiar o segredo destes desenhos. Já desde o princípio eu duvidava se era realmente o seu autor. Às vezes me parecem um plágio involuntário, algo que me foi soprado, sugerido... Como se algo estranho se servisse da minha inspiração para fins que me são desconhecidos. Porque tenho de confessar a você — acrescentei baixinho, fitando-o nos olhos: — Encontrei o Livro Autêntico...

— O Livro Autêntico? — perguntou ele, o rosto iluminado por uma luz súbita.

— Sim, veja — disse eu, ajoelhando-me diante da gaveta da cômoda.

Primeiro tirei o vestido de seda de Adela, a caixa com suas fitas, seus sapatos novos de salto alto. Um cheiro de pó de arroz ou de perfume encheu o ar. Tirei ainda alguns livros: no fundo da cômoda estava, de fato, a papelada preciosa, há muito não vista, e reluzia.

— Szloma — eu disse, comovido —, veja, aqui está...

Mas ele estava imerso em meditação, segurava o sapato de Adela e olhava-o com profunda gravidade.

— Deus não disse nada disso — murmurou —, mas mesmo assim estou convencido, estou contra a parede, privado do último argumento. Estas linhas são irresistíveis, fazem estremecer, de tão acertadas, definitivas que são, atingem como um raio o próprio âmago das coisas. Como resguardar-se, como resistir, quando já se foi subornado, derrotado e traído pelos seus mais fiéis aliados? Os seis dias da Criação foram claros e divinos. Mas no sétimo dia Ele sentiu uma trama estranha sob as mãos e, assustado, retirou-as do mundo, apesar de o seu fervor criativo estar programado ainda para durar muitos dias e noites. Ó, Józef, tenha cuidado com o sétimo dia...

E, levantando com horror o sapato afilado de Adela, falou como se estivesse enfeitiçado pela eloquência lustrosa e irônica daquela vazia casca de verniz:

— Você entende o cinismo monstruoso deste símbolo no pé de uma mulher, a provocação de seu passo licencioso nestes saltos tão extravagantes? Como eu poderia abandonar você ao poder deste símbolo? Deus me livre...

Ao falar assim, metia habilmente os sapatos, o vestido e os colares de Adela nos bolsos.

— O que está fazendo, Szloma? — perguntei, pasmo.

Mas ele já se apressava em direção à porta, mancando um pouco nas suas curtas calças xadrez. Na soleira, virou mais uma vez o rosto sombrio, indistinto, e levou a mão aos lábios num gesto tranquilizador. Já estava lá fora.

A PRIMAVERA

I

Esta é a história de certa primavera, primavera que foi mais verdadeira, mais deslumbrante e ofuscante do que as outras primaveras, primavera que simplesmente levou a sério o seu texto literal, o tal manifesto inspirado, escrito com o mais claro e festivo vermelho, vermelho dos calendários e lacres postais, vermelho dos lápis de cor, vermelho do entusiasmo, o amaranto dos telegramas felizes de além...
Toda primavera começa assim, com esses horóscopos enormes e embriagantes que ultrapassam as medidas de uma só estação, e em cada primavera — é preciso dizer — há tudo isso: intermináveis desfiles e manifestações, revoluções e barricadas, e através de cada uma, passa, num dado momento, o tufão quente da loucura, a infinidade da tristeza e do deleite, procurando em vão o seu equivalente na realidade.
Mas depois esses exageros e extremos, essas excessos e êxtases ingressam no florescimento, entram todos no balanço da folhagem fresca, em jardins primaveris que se agitam à noite, sendo absorvidos pelo ruído. Assim as primaveras traem-se a si mesmas: uma após outra, imersas no farfalhar ofegante de parques que florescem em suas enchentes e crescentes, esquecem-se de seus juramentos, perdem folha após folha de seus testamentos.
Aquela foi a única primavera que teve a coragem de resistir, de permanecer fiel, de cumprir tudo. Após tantas ten-

tativas malsucedidas, tantos ápices, tantos encantamentos, ela quis finalmente constituir-se em realidade, estourar no mundo inteiro como primavera definitiva e generalizada.

Ó, esse turbilhão de acontecimentos, esse furacão de ocorrências: um feliz golpe de Estado, dias dramáticos, sublimes e triunfantes! Eu queria que o passo desta narrativa pudesse captar seu ritmo envolvente e inspirado, assumir o tom heroico daquela epopeia, igualar o ritmo de sua marcha ao daquela Marselhesa primaveril!

É tão inabarcável o horóscopo da primavera! Quem poderia culpá-la por estar aprendendo a lê-lo de cem modos diferentes ao mesmo tempo, a acertá-lo às cegas, a soletrá-lo em todas as direções, feliz quando consegue decifrar algo em meio à enganadora adivinhação dos pássaros. Ela lê esse texto de trás para a frente e vice-versa, perdendo o sentido e retomando-o, em todas as versões, em mil possibilidades, trinados e chilreios. Porque o texto da primavera é todo marcado por suposições, alusões, elipses, pontilhado sem letras no azul vazio, e nas lacunas entre as sílabas os pássaros inserem caprichosamente as suas conjecturas e decifrações. Por isso, esta será uma história à imagem desse texto, estendida por vários trajetos ramificados, toda entremeada por travessões, suspiros e reticências primaveris.

II

Naquelas noites anteprimaveris, selvagens e proliferadas, cobertas por céus imensos, ainda crus e sem fragrância, noites que, por entre estradas acidentadas e campinas de ar, conduzem aos descampados das estrelas, meu pai me levava para jantar no jardim de um pequeno restaurante, oculto entre os muros de fundo das últimas casas da praça.

Caminhávamos sob a luz úmida dos lampiões da rua,

que zumbiam com as lufadas de vento, atravessando por vielas a grande praça abobadada, sozinhos, esmagados pela imensidão dos labirintos de ar, perdidos e desnorteados nos espaços vazios da atmosfera. Meu pai erguia para o céu o rosto banhado pelo luar brando, e mirava, com uma preocupação amarga, o cascalho das estrelas, espalhado por baixios de turbilhões largamente ramificados e derramados. Suas concentrações irregulares e incontáveis não formavam ainda qualquer constelação, nenhuma figura dominava ainda aqueles pântanos vastos e estéreis. A tristeza dos descampados estelares pesava sobre a cidade, lá embaixo os lampiões perfuravam a noite com feixes de raios, atando-os, com indiferença, de nó em nó. Sob aqueles lampiões os passantes se detinham, ora dois, ora três, no círculo de sua luz, que por um instante criava ao redor deles a ilusão efêmera de um quarto iluminado por uma lâmpada de mesa, e a noite, indiferente e hostil, desmanchava-se acima em espaços irregulares, em selvagens paisagens de ar desfiadas pelos golpes do vento, lastimáveis e sem lar. As conversas não encadeavam, os homens sorriam com os olhos na sombra profunda dos seus chapéus, escutando em silêncio o ruído distante das estrelas, com o qual cresciam rapidamente os espaços da noite.

    Os caminhos do jardim do restaurante estavam cobertos de cascalho. Dois lampiões silvavam em meditação. Senhores de vestes pretas estavam sentados, em pares ou trios, curvados sobre as mesas cobertas com toalhas brancas, olhando sem pensar para os pratos reluzentes. Assim sentados, calculavam mentalmente os movimentos e lances no grande e negro tabuleiro do céu, e em seus espíritos viam, entre as estrelas, cavalos saltando e peças perdidas, cujos lugares eram imediatamente ocupados por novas constelações.

    No palco, os músicos molhavam o bigode na cerveja amarga, em profunda introspecção. Seus instrumentos de nobres perfis, violinos e violoncelos, estavam abandonados de lado, sob o mudo aguaceiro das estrelas. De vez em quando pegavam neles e provavam-nos, afinando-os ao diapasão do tom queixoso de seus peitos, que experimentavam ao tossir de leve. Depois, punham os instrumentos de lado, como se ainda não estivessem maduros nem à altura daquela noite, que prosseguia indiferente. Naquela hora de silêncio, da ressaca dos pensamentos, quando garfos e facas tilintavam silenciosamente sobre as mesas cobertas com toalhas brancas, o violino, que de repente se levantara sozinho, prematuramente crescido e maior de idade, ainda há pouco tão plangente e incerto, agora tão eloquente, esguio, entalhado na cintura, prestava contas de sua plenipotência, retomava por um momento a causa humana que fora adiada, e continuava pleiteando esse processo perdido perante o tribunal indiferente das estrelas, entre as quais se desenhavam, com marcas-d'água, ornamentos em forma de "S" e os perfis dos instrumentos, claves fragmentárias, liras inacabadas e cisnes,[6] um comentário imitativo e desatinado das estrelas à margem da música.

 O senhor fotógrafo, que havia algum tempo lançava-nos olhares expressivos desde a mesa vizinha, finalmente juntou-se a nós, passando sua caneca de uma mesa a outra. Sorria de modo ambíguo, lutava contra os próprios pensamentos, estalava os dedos, perdendo sempre de novo o inatingível desfecho da situação. Desde o princípio sentimos o seu paradoxo. O acampamento improvisado do restaurante, sob os auspícios das estrelas longínquas, falia sem salvação, quebrava miseravelmente, sem poder dar conta das pretensões da noite, que cresciam sem parar. O que podíamos contrapor a esses insondáveis descampados? A noite cancelava a empresa humana, defendida ainda, inutilmente, pelas tentativas do

---

 [6] Alusão à forma dos instrumentos musicais e, ao mesmo tempo, aos nomes das constelações Lira e Cisne. (N. do T.)

violino, e ocupava aquela lacuna, punha nas posições retomadas as suas constelações.

Vimos desmanchar-se o acampamento das mesas, o campo de batalha de guardanapos e toalhas abandonadas, e acima deles passava a noite triunfante, luminosa e inumerável. Levantamo-nos também, enquanto, adiante de nossos corpos, já há tempos o nosso pensamento seguia o tumultuoso barulho dos carros da noite,[7] o distante e amplamente disperso ruído cósmico daqueles grandes e luminosos trajetos.

Assim caminhávamos sob os foguetes de suas estrelas, antecipando mentalmente, com os olhos semicerrados, seus deslumbramentos cada vez mais altos. Ah, o cinismo da noite triunfante! Depois de tomar posse de todo o céu, ela agora jogava dominó em seus espaços, lentamente, sem fazer contas, arrecadando com indiferença os prêmios milionários. Depois, aborrecida, traçava rostos sorridentes no campo de batalha das pedras tornadas hieróglifos transparentes, repetindo milhares de vezes o mesmo sorriso, que logo passava para as estrelas, já eterno, dissipando-se na indiferença daqueles corpos celestes.

No caminho, entramos numa confeitaria para a sobremesa. Mal passamos pelas portas sonoras de vidro para aquele interior branco, glacê, cheio de doces lustrosos, e a noite imediatamente deteve as suas estrelas, de repente atenta e cuidadosa, curiosa para saber se conseguiríamos lhe escapulir. Esperou-nos com paciência, o tempo todo vigiando à porta, brilhando através das janelas de cima com suas estrelas imóveis, enquanto nós, profundamente concentrados, escolhíamos nossos doces. Foi nesse momento que vi Bianka pela primeira vez. Estava de perfil junto ao balcão com sua governanta, de vestido branco, esbelta e caligráfica, como se

---

[7] Referência aos nomes das constelações do Grande Carro (Ursa Maior) e Pequeno Carro (Ursa Menor). (N. do T.)

tivesse saído do Zodíaco. Não virou a cabeça, permaneceu no *contrapposto* exemplar das moças jovens, comendo uma torta de creme. Não pude vê-la bem, tão ofuscado que estava pelos zigue-zagues das linhas astrais. Assim, pela primeira vez, nossos horóscopos se cruzaram, ainda muito emaranhados. Encontraram-se e desenlaçaram-se com indiferença. Ainda não compreendêramos o nosso destino naquele prematuro aspecto estelar, e partimos indiferentes, fazendo retinir as portas de vidro.

Depois, voltamos por um desvio, uma rota que passava num subúrbio distante. As casas ficavam cada vez mais baixas e raras, até que as últimas apartaram-se de nós, e ingressamos em outro clima. Entramos, de repente, numa primavera suave, numa noite quente, que, com uma lua violeta recém-nascida, prateava o lodo ainda fresco. Essa noite anteprimaveril avançava num ritmo apressado, antecipando febrilmente as etapas seguintes. O ar, temperado ainda há pouco com a acidez própria da estação, ficou de repente doce e insípido, cheio de um perfume de água pluvial, de lodo úmido e das primeiras prímulas, que floresciam lunaticamente na mágica luz alva. E era estranho que sob aquela lua generosa a noite não se enxameasse como a gelatina das rãs no lodo prateado, não chocasse suas ovas, não ressoasse como mil focinhos a mexericar nas cascalheiras das margens do rio, deixando vazar, de todos os seus poros, uma rede lustrosa da água doce. E era preciso exprimir melhor, entender melhor o coaxar daquela noite barulhenta e fontanal, cheia de frêmitos subcutâneos, para que, retida por um instante, ela pudesse continuar, e a lua pudesse culminar cada vez mais branca, como se baldeasse a sua brancura de uma taça a outra, cada vez mais alta e radiante, cada vez mais mágica e transcendental.

Assim caminhávamos, sob a crescente gravitação da lua. Meu pai e o senhor fotógrafo puseram-me no meio, pois eu caía de tanto sono. Nossos passos rangiam na areia úmida.

Dormia ao caminhar já fazia algum tempo, tinha sob as pálpebras toda a fosforescência do céu, repleta de sinais luminosos, signos e fenômenos estelares, quando enfim chegamos ao campo aberto. Meu pai me deitou no sobretudo estendido no chão. De olhos fechados, eu via o sol, a lua e as onze estrelas desfilando em formação à minha frente no céu. "Bravo, Józef!", exclamou o meu pai, batendo palmas. Eu era um plágio evidente de outro Józef,[8] aplicado a circunstâncias bem diferentes, mas ninguém me culpava por aquilo. Meu pai Jakub acenou com a cabeça e estalou os lábios, e o senhor fotógrafo fincou o tripé na areia, abriu, como um acordeão, o fole da máquina fotográfica e, completamente submerso nas pregas do tecido negro, fotografou o fenômeno singular, o horóscopo que cintilava no céu, enquanto eu, deitado no sobretudo, com a cabeça flutuando no fulgor, deslumbrado, sustentava imóvel aquele sonho para a exposição.

III

Os dias se tornaram longos, claros e vastos, talvez vastos demais para o seu conteúdo, ainda pobre e insosso. Eram dias exagerados, dias cheios de espera, desbotados pelo tédio e pela impaciência. Um claro suspiro, um vento brilhante, caminhava pelo vazio daqueles dias, ainda não turvados pelo eflúvio dos jardins nus e ensolarados, e varria as ruas, que iam tornando-se longas e claras, limpas como num dia de festa, como se à chegada de um desconhecido que viesse de longe. O sol se dirigia com vagar aos seus pontos equinociais, diminuía a marcha, chegava à posição exata em que devia permanecer imóvel, em perfeito equilíbrio, lançando

---

[8] Referência ao sonho do José bíblico. Ver Gênesis, 37. (N. do T.)

torrentes de fogo, fluxo após fluxo, sobre a terra deserta que as tragava.

Uma corrente de ar clara e interminável soprava por toda a amplitude do horizonte, punha alamedas e avenidas sob as linhas nítidas das perspectivas, limava-se naquele sopro grande e vazio e por fim parava, sem fôlego, imensa e espelhada, como se quisesse, naquele espelho que a tudo abrangia, encerrar uma imagem perfeita da cidade, uma miragem que se prolongasse às profundezas de sua concavidade luminosa. Nessa hora o mundo ficava por um instante imóvel, sem fôlego, deslumbrado, querendo entrar por inteiro naquele quadro ilusório, naquela eternidade provisória que se abria à sua frente. Mas a feliz oferta chegava ao fim, o vento quebrava seu espelho, e outra vez o tempo se apossava de nós.

Chegaram os feriados da Páscoa, longos e impenetráveis. Livres da escola, vagávamos pela cidade sem objetivo e sem necessidade, não sabendo ainda como desfrutar de nossa liberdade. Era uma liberdade completamente vazia, indefinida e inaplicável. Nós mesmos, ainda indefinidos, esperávamos a definição do tempo, que não sabia encontrá-la, perdendo-se em milhares de subterfúgios.

Na calçada em frente ao café, já haviam posto as mesas. Em vestidos de cores claras, as senhoras sentavam-se ali e engoliam vento em pequenos goles, como se fosse sorvete. Saias farfalhavam, o vento as mordiscava de baixo, qual um cachorro pequeno e bravo, e as senhoras enrubesciam, seus rostos ardiam com o vento seco e seus lábios ficavam ásperos. Durava ainda o entreato, bem como o grande tédio do entreato; com vagar e medo do palco, o mundo se aproximava de um limite, alcançava cedo demais a linha de chegada, aguardava.

Naqueles dias, tínhamos todos um apetite canino. Ressecados pelo vento, corríamos para casa, para comer, em embotada meditação, enormes fatias de pão com manteiga, comprávamos na rua grandes rosquilhas, tão frescas que estalavam na boca, sentávamos todos em fila no vestíbulo espaçoso — vazio e abobadado — de um prédio da praça, sem um único pensamento na cabeça. Através das arcadas baixas podíamos ver a praça do mercado, branca e limpa. Barris de vinho enfileiravam-se junto à parede, emitindo seu aroma. Sentávamo-nos num balcão comprido, em que nos dias de feira eram vendidos lenços coloridos, típicos dos camponeses, e batíamos com os pés nas tábuas, de tanto tédio e desamparo.

De repente, Rudolf, com a boca cheia de rosquilhas, tirou do bolso e desembrulhou na minha frente um álbum de selos.

IV

Naquele momento eu entendi por que a primavera tinha sido até ali tão vazia, côncava e sufocante. Calava-se em si mesma sem o saber, emudecia, retirava-se para o fundo — cedendo lugar, abria-se toda ao espaço límpido, ao azul vazio, sem significado e sem definição, era uma forma nua, surpreendida, pronta para receber um conteúdo desconhecido. Daí essa neutralidade azul, como se acordada do sono, essa grande e como que indiferente prontidão para tudo. A primavera mantinha-se toda de prontidão, deserta e espaçosa, estava toda às ordens, sem fôlego e sem memória — em uma palavra, esperava a revelação. E esta, quem poderia prever que viria preparada, completamente armada e deslumbrante, do álbum de selos de Rudolf?

Eram fórmulas e abreviações estranhíssimas, receitas de civilizações, jeitosos amuletos que permitiam pegar entre dois dedos a essência de climas e províncias. Eram vales postais para impérios e repúblicas, arquipélagos e continentes. O que mais poderiam possuir os imperadores e usurpadores, os conquistadores e ditadores? Conheci, de repente, a doçura do poder sobre a terra, o espinho daquela insaciabilidade que só a dominação pode aliviar. Cheguei a desejar, como Alexandre da Macedônia, o mundo inteiro. E nem um palmo de terra a menos.

V

Confuso, ardente, cheio de um amor exasperado, eu assistia ao desfile das criaturas, os países em marcha, as brilhantes passeatas, que eu via a intervalos, através de eclipses purpúreos, atordoado pela pulsação do sangue, que em meu coração batia ao ritmo da marcha universal de todas as nações. Rudolf fazia passar diante de mim aqueles batalhões e regimentos, conduzia o desfile, zeloso e concentrado. Ele, o proprietário do álbum, rebaixava-se voluntariamente ao papel de ajudante de ordens, e com solenidade, cheio de emoção, apresentava o seu relatório como se fosse um juramento, obcecado e desorientado em sua função pouco clara e cheia de ambiguidades. Por fim, num momento de entusiasmo, num fluxo de generosidade intensa, pregou-me no peito, como uma medalha, a Tasmânia cor-de-rosa, radiante como o mês de maio, e o Haiderabade, que formigava num balbucio cigano de alfabetos embaralhados.[9]

---

[9] Nos selos do antigo Estado de Haiderabade, que existiu no atual território da Índia até 1956, havia inscrições nos alfabetos latino, urdu e árabe. (N. do T.)

VI

Foi então que teve lugar a revelação, a súbita visão da beleza flamejante do mundo, e foi então que chegou a boa-nova, a mensagem secreta, a missão especial das possibilidades inabarcáveis do ser. Abriram-se em toda a sua amplitude horizontes ofuscantes, severos, de perder o fôlego, o mundo tremia e cintilava em suas junturas, reclinava-se perigosamente, ameaçando livrar-se de todas as regras e medidas.

O que representa para você, caro leitor, o selo postal? O que representa esse perfil do imperador Francisco José I com a calva coroada por uma grinalda de louros?[10] Não será ele um símbolo do cotidiano, uma demarcação de todas as possibilidades, uma garantia da intransponibilidade das fronteiras nas quais o mundo fora aprisionado de uma vez por todas?

Naquele tempo, o mundo era contido de todos os lados por Francisco José I, e não havia como sair. Em todos os horizontes, em todas as esquinas, crescia, emergia esse perfil onipresente e inevitável, fechando o mundo à chave, como uma prisão. E quando, cheios de amarga resignação, já perdêramos a esperança, quando já nos conformáramos com a uniformidade do mundo, com aquela tesa imutabilidade cujo poderoso fiador era Francisco José I — então, inesperadamente, abriste diante de mim, como se fosse algo sem importância, este álbum de selos, ó, Deus, permitindo-me ver de passagem este livro cujo brilho já descascava, este álbum que página após página despia-se, cada vez mais luminoso e apavorante... Quem poderia me culpar por eu ter me deslumbra-

---

[10] Francisco José I, dos Habsburgo, imperador austro-húngaro entre 1848 e 1916, foi um dos monarcas que por mais tempo esteve no poder na história do mundo, símbolo da estabilidade do Antigo Regime. Seu perfil estampava as tabuletas das lojas de tabaco e bebidas, cuja venda era monopólio do Estado. (N. do T.)

do naquela hora, exânime de tanta comoção, por ter derramado lágrimas dos meus olhos transbordantes de luz? Que relativismo deslumbrante, que feito copernicano, que fluidez de todas as categorias e de todos os conceitos! Quantas formas de existência nos deste, ó, Deus, como é ilimitado o Teu mundo! É mais do que já imaginei em meus sonhos mais ousados. Então era verdadeira a antevisão da minha alma, que, contrariando as evidências, insistia que o mundo era ilimitado!

VII

O mundo naquele tempo estava circunscrito a Francisco José I. Em cada selo postal, em cada moeda e em cada carimbo, sua imagem afirmava a imutabilidade do mundo, o dogma inabalável da sua univocidade. O mundo é este, e não há outros além deste — proclamava o carimbo com a efígie do ancião imperial e real. O resto é ilusão, indômita pretensão, usurpação. Francisco José I refestelara-se sobre tudo o que havia e tolhera o mundo em seu crescimento.

No fundo do nosso ser, estamos inclinados, caro leitor, à observância. A lealdade da nossa natureza bem-comportada não é insensível aos encantos da autoridade. Francisco José I era a autoridade suprema. Se esse ancião autoritário jogava todo o seu prestígio na balança dessa verdade, não havia solução senão abdicar das miragens da alma, de suas fervorosas antevisões, e instalar-se da melhor maneira neste único mundo possível, sem ilusões, sem romantismo, e esquecer.

Mas quando a prisão se fechou irrevogavelmente, quando o último buraco foi tapado, quando tudo se conjugou de modo a mantermos silêncio sobre Ti, ó Deus, quando Francisco José I barrou, e até cobriu, a última fenda para que ninguém pudesse Te ver, então Tu te levantaste no manto mur-

murante dos mares e continentes, desmascarando-lhe as mentiras. Tu, Deus, assumiste para Ti o *odium* da heresia e rebentaste no mundo nessa enorme, colorida e magnífica blasfêmia. Ó, esplêndido heresiarca! Golpeaste-me naquela hora com este livro chamejante, explodiste naquele álbum de selos tirado do bolso de Rudolf. Eu não conhecia ainda o formato triangular do álbum. Confundia-o, na minha cegueira, com as pistolas de papel com que atirávamos na escola, por baixo das carteiras, para incômodo dos professores. Como disparaste com esta pistola, ó Deus! Foi esta a Tua diatribe fervorosa, foi esta a Tua filípica, ardente e magnífica, contra Francisco José I e seu Estado prosaico, foi este o verdadeiro Livro do Esplendor!

Abri-o, e na minha frente resplandeceram as cores dos mundos, o vento dos espaços infinitos, um panorama de horizontes a rodopiar. Tu, Deus, passaste por ele, página por página, arrastando atrás de Ti uma cauda tecida de todas as zonas e todos os climas. Canadá, Honduras, Nicarágua, Abracadabra, Hipporabúndia... Eu te entendi, ó Deus. Eram todos apenas subterfúgios da Tua riqueza, as primeiras palavras que encontraste. Puseste a mão no bolso e mostraste-me, como um punhado de botões, as possibilidades que fervilhavam em Ti. Tu não Te importavas com a precisão, falavas o que Te viesse à mente. Podias dizer também Pânfibras e Haleliva, e o ar faria drapejar papagaios entre palmeiras com a mesma força, e o céu, como uma imensa rosa cêntupla cor de safira soprada até o fundo, revelaria seu imo deslumbrante — o Teu olho de pavão, apavorante, guarnecido de longos cílios — e lampejaria com o cerne ofuscante da Tua sabedoria, resplandeceria com uma supracor, sopraria um supra-aroma. Tu quiseste deslumbrar-me, ó Deus, gabar-Te, coquetear comigo, porque Tu também tens momentos de vaidade, em que Te deleitas com Tua própria imagem. Ah, como eu amo esses momentos!

Como você foi derrotado, Francisco José I, você e o seu evangelho da prosa! Meus olhos procuravam-no em vão. Mas enfim eu o encontrei. Você também estava entre a multidão, mas tão pequeno, destronado e cinza. Você caminhava com os outros na poeira da estrada, logo depois da Austrália e antes da América do Sul, e cantava com os outros: Hosana!

VIII

Tornei-me discípulo do novo evangelho. Fiz amizade com Rudolf. Admirava-o, pressentindo vagamente ser ele um mero instrumento, ser o livro destinado a outrem. Na verdade, ele mais parecia ser o guardião do livro. Catalogava, colava, descolava, guardava-o à chave no armário. No fundo, era triste, como se soubesse que haveria de minguar, ao passo que eu cresceria. Era como aquele que viera endireitar as veredas do Senhor.

IX

Eu tinha muitas razões para acreditar que o livro me fora predestinado. Muitos sinais indicavam que ele se dirigia justamente a mim com uma missão especial, uma mensagem e um encargo pessoal. Soube disso já pelo fato de que ninguém se sentia o seu dono. Nem Rudolf, que mais parecia servir-lhe. No fundo, aquilo era para ele uma coisa estranha. Ele era como um servo preguiçoso e de má vontade, que apenas cumpria um dever. Às vezes, a inveja enchia seu coração de amargura. Revoltava-se em seu íntimo contra o papel de claviculário de um tesouro que não lhe pertencia. Assistia com inveja enquanto reflexos de mundos longínquos passavam pelo meu rosto numa gama silenciosa de cores. Só depois de se refletir em meu rosto é que chegava a ele um revérbero longínquo daquelas páginas, das quais nenhum quinhão cabia à sua alma.

X

Certa vez, vi um prestidigitador. Estava no palco, esbelto, observável de todos os lados, e exibia sua cartola, mostrando a todos o fundo vazio e branco. Tendo assegurado desse modo a sua arte contra a suspeita de manobras fraudulentas — sem deixar dúvidas —, traçou no ar com uma varinha um complicado sinal mágico e, imediatamente, com exagerada precisão e perfeita visibilidade, começou a tirar da cartola, servindo-se da varinha, fitas de papel, fitas coloridas, em côvados, em braças, e enfim em quilômetros. A sala enchia-se daquela massa colorida e farfalhante, iluminava-se com a multiplicação infinita do espumoso e leve papel de seda, com aquele amontoado luminoso, enquanto o artista não parava de puxar o fio interminável, apesar das vozes apavoradas, cheias de protesto encantado, dos gritos de êxtase, dos choros espasmódicos, até que finalmente ficava claro como o dia que aquilo não lhe custava nada, que aquela abundância, ele a extraía não de seus próprios recursos, que simplesmente haviam-lhe sido abertas fontes extraterrenas, além das medidas e dos cálculos humanos.

Mas alguém que fosse predestinado a entender o sentido mais profundo da demonstração voltaria para casa pensativo, deslumbrado em seu íntimo, penetrado a fundo por uma verdade recém-incorporada: Deus é ilimitado...

XI

Aqui convém desenvolver um curto paralelo entre Alexandre, o Grande, e a minha própria pessoa. Alexandre, o Grande, era sensível aos aromas dos países. Suas narinas farejavam possibilidades inauditas. Era um daqueles homens em cujo rosto Deus passou a mão enquanto dormiam, de modo que sabem o que não sabem, estão cheios de conjecturas e suposições, e reflexos de mundos distantes perpassam as suas pálpebras fechadas. Porém, ele tomou as alusões divinas demasiadamente ao pé da letra. Sendo ele um homem de ação, quer dizer, de espírito raso, interpretou sua missão como a de conquistador do mundo. Seu peito se enchia da mesma insaciabilidade que o meu, os mesmos suspiros alargavam-na, e ela adentrava a sua alma horizonte após horizonte, paisagem após paisagem. Não havia ninguém que pudesse corrigir seu engano. Nem Aristóteles o compreendia. Assim, apesar de ter conquistado o mundo inteiro, morreu decepcionado, duvidando de Deus, que lhe escapava, e de Seus milagres. Sua efígie adornava as moedas e os selos de todos os países. Como castigo, tornou-se o Francisco José de seu tempo.

XII

Gostaria de dar ao leitor ao menos uma ideia aproximada do que era naquele tempo esse livro, em cujas páginas eram orçamentadas e arranjadas as questões últimas daquela primavera. Um vento inquietante e inexprimível passava pela fileira lustrosa dos selos, rua decorada com brasões e estandartes, desenrolando com zelo as armas e os emblemas a ondular no silêncio abafado, à sombra das nuvens, que crescia ameaçadoramente sobre o horizonte. De repente, surgiam na rua vazia os primeiros arautos — em trajes de gala, com faixas vermelhas nos braços, brilhando de suor, perplexos, absortos e tomados por sua missão. Acenavam em silêncio, profundamente comovidos e solenes, e a rua já escurecia com a manifestação que avançava e todas as travessas turvavam-se no estalido dos milhares de pés em marcha. Era uma enorme passeata de países, um Primeiro de Maio universal, um monstruoso desfile de mundos. O mundo fazia sua manifestação com milhares de braços, erguidos como que em juramento, bandeiras e estandartes, manifestava-se com milhares de vozes que não eram a favor de Francisco José I, mas de alguém muito, muito maior. Acima de tudo, aquilo ondulava uma cor vermelho-clara, quase cor-de-rosa, indescritível, a libertadora cor do entusiasmo. De Santo Domingo, de San Salvador, da Flórida chegavam delegações ofegantes e quentes, todas de terno framboesa, e saudavam levantando os chapéus-coco cor de cereja, do fundo dos quais esvoaçavam, aos gritos, pares ou trios de pintassilgos. O vento lustroso aguçava em seus voos felizes o brilho das trombetas, sacudia suavemente e sem vigor as arestas dos instrumentos, que iam deixando cair, por toda parte, silenciosas vassourinhas de eletricidade. Apesar do aperto, apesar do desfile de milhares, tudo corria em ordem, o gigantesco *revue* prosseguia em silêncio e conforme o programa. Havia momentos em que as bandeiras das varandas, ondulando com ardor e ímpeto, serpeando no ar rarefeito em torsões amarantinas, em adejos silenciosos e violentos, em inúteis decolagens de entusiasmo — levantavam-se imóveis como se convocadas, e toda a rua se avermelhava, deslumbrante e cheia de um alarme calado, enquanto num lugar distante era feita, cuidadosamente, a contagem das continências surdas da salva da artilharia, quarenta e nove detonações a enegrecer o ar.

Depois o horizonte se cobria de nuvens, abruptamente, como antes de uma tempestade primaveril, e brilhavam apenas os instrumentos das bandas, e ouvia-se, no silêncio, o murmúrio do céu que escurecia, o murmúrio de espaços longínquos, enquanto, dos jardins próximos, um aroma de cereja afluía em cargas compactas, dissolvendo-se sem nenhuma resistência nas vastidões indizíveis.

XIII

Até que um dia, no fim de abril, a manhã estava cinzenta e quente; as pessoas caminhavam olhando para o chão, sempre para o metro quadrado de terra úmida à sua frente, e não sentiam que as árvores do parque por onde passavam se ramificavam em negror, rebentavam, em vários lugares, em doces e supuradas feridas.

Emaranhado na rede ramosa das árvores negras, o céu, cinzento e abafado, deitava-se tortuosamente nas costas dos homens: amontoado, informe, pesado e enorme como um edredom. Os homens saíam de quatro de debaixo dele, como escaravelhos na umidade quente, farejando com os cornichos sensíveis o barro doce. O mundo jazia mudo, desenrolava-se e crescia nalgum canto acima, nalgum canto atrás e no fundo, e corria deleitosamente exânime. De vez em quando desacelerava ao ter a vaga lembrança de algo, ramificava-se junto às árvores, enxertava no dia cinzento a rede espessa e brilhante do chilreio dos pássaros e seguia para o fundo, rumo ao serpentário subterrâneo das raízes, à pulsação cega dos vermes e lagartas, ao surdo estupor da terra negra e da argila.

E debaixo dessa imensidão informe acocoravam-se os homens, atordoados e sem nenhum pensamento na cabeça, acocoravam-se com a cabeça entre as mãos, pendiam curvados nos bancos dos jardins com uma pétala de jornal nos joelhos, da qual escorria o texto para a enorme e parda insensatez do dia; pendiam desajeitados numa pose ainda de ontem e babavam indolentemente.

Talvez estivessem atordoados por causa dos espessos chocalhos de chilreio, das incansáveis cápsulas de papoula despejando um chumbo cinzento que ofuscava o ar. Andavam sonolentos sob esse granizo de chumbo, comunicavam-se por gestos nessa torrente estrondosa, ou então silenciavam com resignação.

Mas, de repente, cerca de onze horas, quando num certo ponto do espaço o sol furou com um broto pálido o grande corpo inchado das nuvens, nos cestos ramados das árvores acenderam-se densamente todos os rebentos, e o véu pardo do chilreio, rede de ouro opaco, separou-se aos poucos do rosto do dia, que abria os olhos. Era a primavera.

Então, num só instante, a avenida do parque, até então vazia, fica semeada de homens que se apressam em várias direções, como se fosse um ponto de junção de todas as ruas da cidade, e floresce com os trajes das mulheres. Algumas dessas moças, rápidas e atraentes, se apressam rumo ao trabalho, rumo às lojas e aos escritórios, outras vão a encontros, mas, por alguns instantes, enquanto passam pelo cesto rendado da avenida, que respira a umidade das lojas de flores, cesto borrifado pelo gorjeio dos pássaros, tornam-se parte dessa avenida e desse momento, sendo — sem o saber — figurantes dessa cena do teatro da primavera, como se nascessem na calçada, junto das sombras delicadas dos ramos e das folhas, que brotam a olhos vistos no pano de fundo dourado-escuro do cascalho úmido; e correm pela duração de alguns dourados, quentes e preciosos batimentos de coração para, em seguida, empalidecerem e ensombrecerem de repente, para infiltrarem-se na areia, como aquelas filigranas de sombra transparentes que se projetam quando o sol adentra a contemplação das nuvens.

Mas, ao menos por um momento, elas encheram com

sua pressa fresca aquela avenida, cujo aroma anônimo parece emanar do farfalho de suas lingeries. Ah, essas camisas leves, frescas de goma, levadas a passear sob a sombra rendada do corredor primaveril, camisas com manchas úmidas debaixo das mangas, secando ao sopro violeta da distância. Ah, essas pernas jovens, rítmicas, suadas de tanto movimento, em novas meias chiantes de seda, meias sob as quais se escondem espinhas e manchas vermelhas, erupções saudáveis e primaveris do sangue quente. Ah, todo esse parque é descaradamente espinhoso, e todas as árvores se derramam em brotos de espinhos, que rebentam em chilreios.

Depois a avenida fica vazia de novo, e na calçada abobadada chia baixinho em seus raios de arame um carrinho de bebê com molas delgadas. Na pequena canoa envernizada, envolto num canteiro de altas penugens engomadas de fular, dorme como num buquê algo mais delicado do que flores. A moça que empurra devagar o carrinho se inclina às vezes sobre ele, e reclina nas rodas traseiras, que chiam nos eixos dos aros, esse cesto balançante, florescente de frescura branca, e atiça carinhosamente esse buquê de tule até o seu doce e adormecido âmago, em cujos sonhos passa, como um conto de fadas, o fluxo das nuvens e das luzes, enquanto o carrinho segue os rastros da sombra.

Depois, ao meio-dia, ainda se entrelaçam no jardim florescente a luz e a sombra, e através das malhas delicadas dessa rede, derrama-se sem parar, como pérolas caindo na gaiola de arame do dia, o chilreio dos passarinhos de um a outro galho, mas as mulheres que passam na beira da calçada já estão cansadas, com os cabelos desatados pela enxaqueca e os rostos atormentados pela primavera. Depois, a avenida se esvazia por completo, e através do silêncio da tarde passa lentamente o cheiro do restaurante do pavilhão do parque.

XIV

Todos os dias, à mesma hora, acompanhada pela governanta, Bianka atravessa a alameda do parque. O que posso dizer sobre Bianka, como descrevê-la? Só sei que está maravilhosamente em harmonia consigo mesma, que cumpre sem falta o seu programa. Com o coração angustiado por uma profunda alegria, vejo, sempre de uma forma nova, como ela adentra passo a passo o seu ser, leve como uma bailarina, como, inconscientemente, acerta com cada um dos seus movimentos o próprio âmago.

Caminha de maneira bastante comum, sem graça excessiva, mas com uma simplicidade que toca o coração, e o coração fica apertado pela felicidade de que é possível ser Bianka tão simplesmente, sem nenhum artifício e nenhuma tensão.

Uma vez ela ergueu os olhos devagar para mim, e a sabedoria desse olhar penetrou-me a fundo, trespassou-me de lado a lado como uma flecha. Desde então soube que não há como guardar segredos dela, que desde o princípio ela conhece todos os meus pensamentos. Naquele mesmo momento coloquei-me à sua disposição, sem limites, exclusivamente. Ela aceitou com um movimento quase imperceptível de suas pálpebras. Tudo transcorreu sem nenhuma palavra, de passagem, numa só troca de olhares.

Quando quero imaginá-la, posso evocar apenas um detalhe insignificante: a pele ressequida dos seus joelhos, como os de um menino, o que me deixa muito comovido e leva o pensamento a istmos aflitivos de contradições, entre as antinomias que nos fazem felizes. Todas as outras coisas, as de cima e as de baixo, são transcendentes e inimagináveis.

XV

Hoje afundei-me novamente no álbum de selos de Rudolf. Que estudo maravilhoso! É um texto cheio de notas remissivas, alusões, menções, repleto de cintilações ambíguas. Mas todas as linhas convergem em Bianka. Que felizes conjecturas! Minha suspeita corre de um a outro nó, como ao longo de um pavio aceso pela esperança luminosa, cada vez mais deslumbrada. Ah, como é difícil, como fica apertado o meu coração pelos mistérios que pressinto.

XVI

Agora, todos os dias no fim da tarde há música no parque da cidade, e os passeios primaveris se estendem para as alamedas. As pessoas circulam e retrogradam, encontram-se e ultrapassam-se em arabescos simétricos que sempre se repetem. Os jovens envergam seus novos chapéus de primavera e caminham segurando as luvas com displicência. Através de troncos e cercas vivas, os vestidos das moças reluzem nas alamedas vizinhas. As moças caminham aos pares, balançando as ancas enfeitadas pela espuma da penugem e dos franzidos, carregando consigo, como cisnes, enfeites brancos e cor-de-rosa, sinos cheios de musselina florescente, e às vezes sentam-se com eles num banco, como se estivessem cansadas de seu desfile vazio, sentam-se com essa enorme rosa de gaze e cambraia que rebenta derramando suas pétalas. E nesse momento desvelam-se as pernas cruzadas, entrelaçadas numa forma branca e cheia de irresistível expressividade, e os jovens que passeiam calam-se e empalidecem diante delas, fulminados pela justeza do seu argumento, completamente convencidos e vencidos.

Pouco antes do anoitecer, há um momento em que as

cores do mundo ficam ainda mais belas. Sobem pelas botas, tornam-se festivas, ardentes e tristes. O parque se enche subitamente de um verniz cor-de-rosa, de um esmalte brilhante que deixa tudo muito colorido e iluminado. Porém, já há entre essas cores um azul demasiado profundo, uma beleza demasiado aguda, e por isso mesmo suspeita. Mais um pouco, e a mata do parque, mal coberta do verde recente, ainda ramalhudo e nu, transparece inteira na hora do crepúsculo cor-de--rosa, forrada pelo bálsamo do frescor, engrossada pela indizível tristeza das coisas eterna e mortalmente belas.

Assim, de repente, o parque inteiro se assemelha a uma orquestra enorme e silenciosa, solene e recolhida, que aguarda, sob a batuta do regente, o amadurecimento e o crescimento da música, e, de repente, sobre essa sinfonia enorme, potencial e ardente, cai um crepúsculo teatral, rápido e colorido, como se sob influência dos tons que se avolumam abruptamente em todos os instrumentos. Lá no alto, o canto do melro dourado escondido na mata trespassa o verde recente, e de súbito o ambiente se torna solene, solitário e tardio, como numa floresta ao cair da noite.

Um sopro mal perceptível atravessa o cume das árvores, das quais cai tremendo uma camada seca de flores de cerejeira — amarga e inefável. No alto, sob o céu crepuscular, transborda e escorre, com o suspiro desmedido da morte, esse aroma amargo, e nele caem as lágrimas das primeiras estrelas, como flores de sabugueiro colhidas na noite pálida e lilás. (Ah, eu sei: o pai dela é médico de bordo; a mãe era quarterã. E é por ela que, todas as noites, um pequeno e escuro vapor fluvial fica à espera no porto, com rodas dos lados, sem acender as lanternas.)

Nesse momento, uma estranha força e uma inspiração invadem os jovens e as moças que circulam e voltam sempre a se encontrar em suas voltas regulares. Cada um desses jovens torna-se belo e irresistível como Don Juan, supera-se a si mesmo, vitorioso e cheio de orgulho, e seu olhar emite uma força mortífera, que faz estremecer o coração das mulheres. Os olhos das moças se aprofundam, abrem-se neles fundos jardins ramificados de avenidas, escuros e sussurrantes labirintos de parques. As pupilas dilatam-se com um brilho festivo, expandem-se sem resistência e deixam que esses conquistadores entrem nos caminhos de seus escuros jardins, que se dividem numerosas vezes, simetricamente, como as estrofes de uma cançoneta, para depois se encontrar, como numa rima triste, em praças cor-de-rosa, em torno de redondos canteiros de flores ou perto de fontes que ardem com o fogo tardio da aurora, para de novo separarem-se e derramarem-se entre as massas negras do parque, o bosque cerrado do anoitecer, cada vez mais espesso e mais sussurrante, e ali extinguirem-se e perderem-se, como entre bastidores intricados, cortinas de veludo e alcovas afastadas. E ninguém sabe quando, através do frescor desses jardins mais escuros, os caminhos desembocam em recantos completamente esquecidos, estranhos, num outro farfalhar das árvores, mais escuro, que navega pela mortalha em que a escuridão fermenta e se degenera, e o silêncio, ao longo dos anos, apodrece e se decompõe fantasticamente, como em velhos e esquecidos barris de vinho.

Errando assim, às apalpadelas, na negra pelúcia desses parques, por fim eles se encontram numa clareira solitária, sob a última púrpura da aurora, à beira de um tanque que há séculos se cobre de lama negra, e, no balaústre desmoronado, nalgum lugar nos confins do tempo, na entrada dos fundos do mundo, veem-se outra vez numa vida há muito transcorrida, numa preexistência longínqua, e, imersos num tempo estranho, em trajes de séculos remotos, choram interminavelmente sobre a musselina de uma cauda de vestido e, alçando-se a votos inalcançáveis, escalando os degraus do delírio, atingem cumes e fronteiras, para além das quais só existem a morte e a dormência do prazer que não tem nome.

XVII

O que é o crepúsculo primaveril?
Será que já chegamos ao cerne das coisas, será que esse caminho não leva mais a lugar nenhum? Chegamos ao fim das nossas palavras, que aqui já se tornam delirantes, disparatadas e irresponsáveis. Porém, só além dos seus confins começa aquilo que nesta primavera é imensurável e inexprimível. O mistério do crepúsculo! Só além das nossas palavras, onde a força da nossa magia já não alcança, sussurra esse elemento obscuro e inabarcável. A palavra se decompõe em fatores e se dissolve, retorna à sua etimologia, volta a adentrar a profundeza, a sua raiz obscura. A profundeza, em que sentido? Ao pé da letra. Eis que escurece, e as palavras se perdem entre associações confusas: Aqueronte, Orco, Subsolo... Estão sentindo como essas palavras fazem escurecer, como espalha-se a casa da toupeira, como passa o sopro da profundidade, do porão, do túmulo? O que é o crepúsculo primaveril? Repetimos mais uma vez a questão, o fervoroso refrão da nossa pesquisa, a pergunta que não tem resposta.

Quando as raízes das árvores querem falar, quando se amontoa sob a grama uma grande quantidade de passado, de velhos romances, de histórias antiquíssimas, quando sob as raízes acumulam-se demasiados sussurros ofegantes, a polpa inarticulada e o fôlego escuro que precede cada palavra — a cortiça das árvores escurece e se desmancha rugosamente em escamas grossas, em leivas profundas, a medula se abre em poros escuros, como a pele de um urso. Caso mergulhemos o rosto na pele fofa do entardecer, por um instante tudo fica completamente escuro, surdo e sem fôlego, como sob uma tampa. Nesse momento é preciso pressionar os olhos, como sanguessugas, à mais negra escuridão, forçá-los um tanto, fazê-los passar pelo impenetrável, pelo solo surdo, de um lado a outro — e eis que, de repente, estamos na linha de chegada, na outra face das coisas, estamos nas profundezas, no Subsolo. E enxergamos...

Aqui não é escuro, como se poderia supor. Pelo contrário: todo o interior palpita de luz. Trata-se, é óbvio, da luz interior das raízes, de uma vaga fosforescência, das minúsculas veias do resplendor que marmoreiam a escuridão, do errante e luminoso delírio da substância. Do mesmo modo, quando dormimos, apartados do mundo, perdidos em profunda introversão, numa viagem de volta a nós mesmos — enxergamos também, enxergamos nitidamente sob as pálpebras fechadas, porque nesse momento os pensamentos acendem em nós uma tocha interior e ardem, delirando ao longo de compridos pavios, inflamando-se de um a outro nó. Assim ocorre uma regressão total, uma retirada à profundeza, uma viagem de volta às raízes. Assim ramificamo-nos com a anamnese na profundeza, estremecendo com os frêmitos subterrâneos que nos percorrem, sonhamos subcutaneamente em toda a superfície delirante. Porque só lá em cima, na luz — é preciso dizer —, somos um feixe trepidante e articulado de melodias, um cume luminoso de cotovias, enquanto aqui, na profundeza, voltamos a nos dispersar num negro ronronar, num zunido, numa profusão de histórias infinitas.

Só agora vemos em que solo a primavera cresce, por que ela é tão indizivelmente triste e plena de conhecimento. Ah, não acreditaríamos se não tivéssemos visto com os próprios olhos. Eis os labirintos do interior, os celeiros e armazéns das coisas, eis os túmulos ainda quentes, a madeira apodrecida, a palha. As histórias ancestrais. Sete camadas, como na antiga Troia, corredores, câmaras, caixas-fortes. Tantas máscaras douradas, uma ao lado da outra, sorrisos achatados, rostos corroídos, múmias, ocas crisálidas... Aqui se encontram esses columbários, gavetas em que os mortos repousam, ressecados, negros como raízes, aguardando sua hora. Aqui se encontram as grandes drogarias onde eles são postos à venda em lacrimatórios, crisóis, frascos. Passam anos em suas prateleiras, em longas fileiras solenes, embora ninguém os compre. Talvez já tenham voltado à vida nos compartimentos de seus ninhos, já totalmente curados, limpos, aromáticos como incenso: específicos chilreantes, impacientes remédios despertos, bálsamos e pomadas matutinas pesando seu sabor prematuro na ponta da língua. Esses pombais emparedados estão cheios de pequeninos bicos protuberantes e das primeiras tentativas de chilreio luminoso. Como ficam de repente matutinas e prematuras essas alas vazias e longas, onde os mortos, bem descansados, acordam em filas — para uma madrugada completamente nova!...

* * *

Mas ainda não chegou o fim, desçamos mais. Não tenha medo. Dê-me a mão, por favor; mais um passo e chegaremos junto às raízes, onde tudo escurece de repente, de raízes e ramos, como numa mata cerrada. Tudo cheira a grama e madeira apodrecida, as raízes passeiam na escuridão, enredam-se, levantam-se, e, num ímpeto, enchem-se de sucos como bombas de sucção. Estamos do outro lado, no forro das coisas, na escuridão alinhavada com uma fosforescência emaranhada em si mesma. Que circulação, que movimento, que turba! Que enxame e que polpa, povos e gerações, bíblias e ilíadas mil vezes multiplicadas! Que migração e que tumulto, que rebuliço e confusão da história! Esse caminho já não leva a lugar algum. Estamos no próprio fundo, na escura fundação, estamos na casa das Mães.[11] Aqui se encontram os infinitos Infernos, as desesperadas regiões ossiânicas, os de-

---

[11] Deusas veneradas na antiga cidade de Êngion, na Sicília. (N. do T.)

ploráveis nibelungos.[12] Aqui se encontram as grandes chocadeiras de histórias, as fábricas de fábulas, os nebulosos defumadouros de fábulas e contos de fadas. Agora, finalmente, torna-se possível entender o magnífico e triste mecanismo da primavera. Ah, ela cresce das histórias. Quantos eventos, quantas crônicas, quantos destinos! Tudo que alguma vez tenhamos lido, todas as histórias ouvidas e todas aquelas que nos fazem delirar desde a infância, mesmo sem nunca tê-las ouvido, têm aqui a sua casa e a sua pátria. De onde os escritores tirariam suas ideias, onde encontrariam a audácia para criá-las, se não tivessem sentido atrás de si essas reservas, esses capitais, essas numerosas prestações de contas com as quais vibra o Subsolo? Que confusão de sussurros, que ronronante ruído da terra! Uma persuasão inexaurível palpita no seu ouvido. Você caminha de olhos fechados nesse calor de sussurros, sorrisos e sugestões, sendo o tempo todo importunado, mil vezes picado pelas perguntas, como que por milhões de delicados sugadouros de mosquitos. Eles gostariam que você tomasse algo deles, qualquer coisa, ao menos uma pitada dessas histórias incorpóreas e sussurrantes, e que a recebesse em sua jovem vida, em seu sangue, e que a preservasse e passasse a viver com ela. Pois o que é a primavera senão a ressurreição das histórias? Só ela, única entre todas as coisas incorpóreas, é viva, real, é fresca e nada sabe. Ó, como o seu sangue verde e a sua ignorância vegetal atraem todos esses espectros, fantasmas, larvas e lêmures! E ela os recebe em seu sono, indefesa e ingênua, e dorme com eles, e acorda inconsciente na madrugada, e não se lembra de nada. Por isso está tão carregada de toda essa soma de coisas es-

---

[12] Os Infernos (em latim no texto original) fazem menção ao *Inferno* de Dante; as regiões ossiânicas remetem a Ossian, poeta mítico da tradição oral gaélica; os nibelungos figuram na epopeia medieval *Nibelungenlied*. (N. do T.)

quecidas, e tão triste, pois tem que viver sozinha por tantas vidas, e ser bela por tantas outras, rejeitadas e abandonadas... E para fazer tudo isso dispõe apenas do perfume insondável da flor de cerejeira, que flui num único, eterno e infindável curso, e nele há tudo... Pois o que é esquecer? As histórias antigas se cobriram durante a noite de um novo verdor; uma macia camada verde, um claro e espesso germinar se derramou por todos os poros em pequenas cerdas uniformes, recém-nascidas como as cabeleiras dos meninos um dia depois de raspadas. Como esverdeia de esquecimento a primavera; como as velhas árvores recuperam sua doce e ingênua ignorância, como despertam nos ramos livres da memória, mantendo as raízes imersas nas antigas histórias! Esse verde vai lê-las mais uma vez, como novas, soletrá-las desde o princípio, até que as histórias rejuvenesçam e recomecem, como se nunca tivessem existido.

Há tantas histórias não nascidas. Ó, esses coros lastimáveis entre as raízes, essas conversas, esses monólogos inesgotáveis em meio a improvisações que irrompem de súbito! Será que temos paciência suficiente para escutá-los? Antes da mais antiga história ouvida, havia outras, que vocês não ouviram, precursores anônimos, romances sem título, epopeias imensas, pálidas e monótonas, bilinas[13] amorfas, carcaças disformes, gigantes sem rosto ocupando o horizonte, textos obscuros, escritos para os dramas vespertinos das nuvens, e, mais adiante, livros-lendas, livros nunca escritos, livros-eternopretendentes, livros errantes e perdidos *in partibus infidelium*...[14]

---

[13] Antigos poemas épicos da tradição oral eslava. (N. do T.)

[14] Em latim no original: "em províncias infiéis"; adição ao título dos bispos católicos designados para países não cristãos. (N. do T.)

* * *

    Em meio às histórias que se apinham ainda emaranhadas nas raízes da primavera, existe uma que há muito passou a ser propriedade da noite, para sempre assentada no fundo da abóbada celeste — eterno acompanhamento e pano de fundo das distâncias astrais. Toda noite de primavera, a despeito do que nela aconteça, é atravessada por essa história com seus passos largos, acima do imenso coaxar das rãs e do interminável correr dos moinhos. O varão caminha sob os estrelados grãos de trigo despejados pelo moinho da noite, caminha a passos largos pelo céu, aninhando a criancinha nas pregas de seu casaco, caminha sem parar, numa peregrinação incessante pelas infinitas distâncias da noite. Ó, grande tristeza da solidão, ó, imensurável orfandade na vastidão noturna, ó, brilho de estrelas longínquas! O tempo já não altera nada nessa história. Esta, a cada instante, atravessa os horizontes das estrelas; agora mesmo passa por nós, a passos largos, e assim será sempre, sempre outra vez, pois uma vez descarrilhada dos trilhos do tempo, tornou-se insondável, sem fundo, e nenhuma repetição pode exauri-la. O varão caminha com a criança nos braços — repetimos deliberadamente este refrão, este triste mote da noite, para exprimir a continuidade intermitente da travessia, às vezes encoberta pela confusão das estrelas, às vezes de todo invisível por longos e mudos intervalos, nos quais sopra a eternidade. Mundos distantes se achegam bem perto e, terrivelmente brilhantes, emitem para a eternidade violentos sinais em relatórios mudos, impronunciáveis, enquanto ele caminha, tranquilizando a menina o tempo todo, monotonamente e sem esperança, impotente diante daquele sussurro, das persuasões terrivelmente doces da noite, daquela única palavra que molda os lábios do silêncio quando ninguém o ouve...

    Esta é a história da princesa raptada e transformada.

XVIII

Quando, a altas horas da noite, eles voltam silenciosamente à mansão espaçosa no meio dos jardins, ao cômodo branco e baixo, com um longo piano preto e reluzente, calado em todas as suas cordas; quando, através da grande parede de vidro, como através das janelas de uma estufa fria, a noite toda se inclina, pálida e chuviscando estrelas, e, vindo de todos os frascos e vasos, o odor amargo da flor de cerejeira se espalha sobre os frescos lençóis na cama branca — inquietudes e escutas percorrem a imensa noite insone, o coração fala durante o sono, e voa, e tropeça, e soluça ao longo da noite vasta, orvalhada, cheia de mariposas, noite luminosa e amarga de cerejeiras... Ah, é a cerejeira amarga que tanto amplia a noite insondável; o coração aflito por voos, cansado de corridas felizes, gostaria de dormir um pouco nalguma fronteira aérea, nalguma borda mais fina; mas dessa noite pálida emerge sem parar uma noite sempre nova, cada vez mais pálida e mais imaterial, riscada de linhas luminosas e zigue-zagues, de espirais de estrelas e voos pálidos, mil vezes picada pelos sugadouros de mosquitos invisíveis, silenciosos e doces de sangue feminil, e o coração incansável volta a delirar no sono, inconsciente, envolvido em estreladas e intricadas negociatas, em azáfamas ofegantes, em pânicos lunares, enlevado e multiplicado, entrançado em encantamentos pálidos, em sonhos lunáticos e entorpecidos, em tremores letárgicos.

Ah, todos os sequestros e perseguições dessa noite, as traições e os sussurros, os negros e os timoneiros, as grades das varandas e as persianas noturnas, os vestidos de musselina e os véus esvoaçando com a fuga ofegante!... Até que, finalmente, através de um estonteamento súbito, de uma pausa surda e negra, chega o tal momento, e todas as marionetes voltam às suas caixas, todas as cortinas se fecham e todas as respirações há muito prescindidas passeiam tranquilamente por toda a amplitude do palco, enquanto no vasto e sossegado céu a madrugada constrói silenciosamente suas cidades longínquas, rosadas e brancas, com seus serenos e bojudos pagodes e minaretes.

XIX

Somente para o leitor atento do Livro a natureza desta primavera se torna nítida e legível. Todos os preparos do dia, logo de manhã, toda a sua toalete matinal, todas as suas hesitações, dúvidas e dificuldades de escolha — tudo isso desvela seu âmago àqueles que foram iniciados nos selos. Os selos nos introduzem ao jogo complicado da diplomacia matinal, a todas as negociações prolixas e manobras atmosféricas que precedem a redação definitiva do dia. Da neblina ruiva das nove horas — vê-se bem — quer derramar-se um México mosqueado e marchetado com uma serpente enroscada no bico de um condor,[15] um México quente e ressequido por um severo eczema; mas na lacuna do azul, no alto verde das árvores, o papagaio não para de repetir "Guatemala", e repete obstinado, a intervalos regulares e sempre com a mesma entonação, e com essa verde palavra o ambiente se torna cada vez mais cerejeiro, fresco e frondoso. E assim, devagar, em meio a conflitos e dificuldades, transcorre a votação, é definido o curso da cerimônia, a ordem dos desfiles, o protocolo diplomático do dia.

Em maio os dias eram rosados como o Egito. Na praça, o brilho se derramava e ondulava. No céu, ajoelhavam-se amontoados de nuvens primaveris, emaranhadas sob as fres-

---

[15] Alusão às armas do México, que apareciam nos selos daquele país. (N. do T.)

tas de luz, vulcânicas, de contornos claros, e — Barbados, Labrador, Trindade — tudo se avermelhava, como se visto por lentes de rubi, e durante duas ou três pulsações e estonteamentos, durante esse eclipse vermelho do sangue que sobe à cabeça, a grande corveta da Guiana navegava atravessando o céu, explodindo com todas as suas velas.[16] Passava enfunada, com as lonas resfolegando, rebocada com dificuldade entre cordas soltas e os gritos dos rebocadores, através do alvoroço das gaivotas e do rubro fulgor do mar. Àquela hora, surgia no céu inteiro e expandia-se amplamente um enorme e emaranhado arranjo de cordas, escadas e mastros; e, trovejando com o pano desfraldado no alto, rebentava um espetáculo aéreo de velas, vergas e pegas, um espetáculo múltiplo e de muitos andares, em cujas lacunas apareciam, por um instante, pequenos e ágeis negros que percorriam o labirinto de lona e perdiam-se entre os fantásticos sinais e figuras do céu dos trópicos.

Depois o cenário mudava, e no céu, nos maciços de nuvens, culminavam a um só tempo três eclipses cor-de-rosa, a lava brilhante fumegava, traçando com uma linha de luz os contornos severos das nuvens, e — Cuba, Haiti, Jamaica — a medula do mundo se aprofundava, amadurecia, cada vez mais deslumbrante, alcançava o âmago, e derramava-se de repente a pura essência daqueles dias: a troante natureza oceânica dos trópicos, dos azuis dos arquipélagos, dos felizes saprófitos e turbilhões, das salgadas monções equatoriais.

Eu li aquela primavera com o álbum de selos na mão. Não era ele o grande comentário dos tempos, a gramática dos seus dias e noites? Aquela primavera era declinada em

---

[16] As armas em forma de corveta com a divisa *Damus petimusque vicissim* ("Damos e ao mesmo tempo pedimos") aparecem nos selos das primeiras três séries emitidas na Guiana Inglesa em 1853-1875, 1876-1882 e 1889-1907. (N. do T.)

Colômbias, Costas Ricas e Venezuelas, pois o que são na verdade o México e o Equador, e Serra Leoa, senão um fármaco sofisticado, um aguçador do paladar do mundo, um recurso último, extremo e requintado, um beco sem saída do aroma, no qual o mundo se encurrala em suas explorações, testando-se, ensaiando todas as teclas.

O mais importante é não esquecer, como Alexandre, o Grande, que nenhum México é definitivo, que ele é apenas um ponto de passagem que o mundo atravessa, e que atrás de cada México abre-se um novo México, ainda mais deslumbrante — supracores e supra-aromas...

XX

Bianka é toda gris. Sua cútis morena parece conter um ingrediente de cinzas dissolvidas. Penso que um toque de sua mão deve superar tudo o que se possa imaginar.

No seu sangue disciplinado há gerações inteiras de adestramento. É comovente essa submissão resignada aos ditames do tato, que dá testemunho da superação do espírito de contrariedade, das revoltas sufocadas, do choro silenciado à noite e das violações infligidas contra o seu orgulho. A cada movimento, ela se entrega, cheia de boa vontade e de triste graça, às formas prescritas. Não faz nada além do necessário, cada gesto seu é medido com avareza, mal preenche a forma, ocupando-a sem entusiasmo, como se apenas por um passivo senso de dever. Das profundezas dessas vitórias Bianka sorve sua experiência prematura, seu conhecimento de todas as coisas. Bianka sabe de tudo. Essa sabedoria não a faz sorrir, é uma sabedoria séria e cheia de tristeza, e sobre ela os lábios se fecham numa linha de beleza consumada, as sobrancelhas se desenham com exatidão severa. Não, essa sabedoria não a leva a um relaxamento condescendente, à indolência ou à devassidão. Pelo contrário. É como se essa verdade mirada por seus olhos só pudesse ser enfrentada com intensa vigilância, apenas com a mais rigorosa observância da forma. E nesse tino impreterível, nessa lealdade à forma, há um mar cheio de tristeza e sofrimento, a custo superável.

E ela, mesmo dobrada pela forma, conseguiu erguer-se vitoriosa. Mas com que sacrifício foi pago esse triunfo!

Quando caminha, esguia e ereta, não se sabe que orgulho é esse que ela carrega com simplicidade, no ritmo nada sofisticado do seu caminhar: se o seu próprio orgulho vencido ou o triunfo dos princípios aos quais sucumbiu.

Em compensação, ao erguer o olhar sincera e tristemente, ela logo sabe de tudo. A juventude não a protegeu da capacidade de adivinhar as coisas mais secretas. Sua quieta serenidade é um alívio após longos dias de choros e soluços. Por isso ela tem olheiras, e seus olhos guardam uma brasa ardente e úmida, um senso de finalidade, inimigo do desperdício, que nunca falha.

XXI

Bianka, a maravilhosa Bianka, é para mim um enigma. Estudo-a com obstinação, paixão e desespero, com base no álbum de selos. Como? Será que o álbum de selos também trata de psicologia? Que pergunta ingênua! O álbum é um livro universal, compêndio de todo o conhecimento sobre o ser humano. Naturalmente, por meio de alusões, deduções, insinuações. É preciso perspicácia, certa coragem do coração, certa criatividade para encontrar a trama, o rastro de fogo, o relâmpago que percorre as páginas do livro.

Há uma coisa que deve ser evitada aqui: a mesquinhez limitada, o pedantismo, a literalidade obtusa. Todas as coisas estão interligadas, todos os fios se juntam num só novelo.

Vocês notaram que nas entrelinhas de certos livros passam revoadas de andorinhas, versetos inteiros de andorinhas trepidantes e pontiagudas? É preciso ler o voo desses pássaros...

Mas volto a Bianka. Quão comovente é a beleza dos seus movimentos! Cada gesto é deliberado, há séculos determinado, executado com resignação, como se ela conhecesse de antemão o curso e a sequência inevitável do seu destino. Às vezes quero perguntar-lhe algo com meus olhos, pedir-lhe algo em pensamento, sentado à sua frente numa avenida do parque, e tento formular minha queixa. Mas antes que eu consiga, ela já respondeu. Respondeu tristemente, com um único, profundo e breve olhar.

Por que mantém a cabeça baixa? O que fitam seus olhos com tanta atenção, tão pensativos? Será tão insondavelmente triste o fundo do seu destino? No entanto, apesar de tudo, não carrega com dignidade essa resignação, com orgulho, como se assim tivesse de ser, como se esse conhecimento, ao privá-la da alegria, lhe tivesse dado uma imunidade, uma liberdade superior, encontrada no fundo da submissão voluntária? É isso que confere à sua submissão a graça do triunfo, assim superando-a.

Ela está sentada num banco à minha frente com sua governanta, as duas leem. Seu vestido branco — nunca a vi usar outra cor — repousa no banco como uma flor aberta. As pernas, esbeltas e morenas, estão cruzadas com graça indizível. Tocar seu corpo deve ser doloroso, devido à santidade concentrada no contato.

Depois, fechando os livros, as duas se levantam. Num único e breve olhar, Bianka recebe e retribui meu ardente cumprimento e, como se não tivesse nenhum peso, afasta-se com um serpeante entrelaçamento das pernas, que se intromete melodiosamente no ritmo dos passos largos e elásticos da governanta.

XXII

Investiguei toda a área em torno da propriedade. Contornei várias vezes o vasto terreno rodeado por uma alta cerca. As paredes brancas da mansão, com seus terraços e amplas varandas, apresentavam-se a mim cada vez por um ângulo diferente. Atrás da mansão há um parque que se estende, tornando-se uma planície sem árvores, a ali há estranhas edificações, meio fábricas, meio construções de granja. Encostei os olhos numa fenda na cerca, e o que vi só podia ser ilusão. Nesse ar primaveril rarefeito pelo calor, surgem às vezes miragens de objetos distantes, refletidos por milhas inteiras de ar vibrante. Mesmo assim, minha cabeça explodia com os pensamentos mais contraditórios. Precisava consultar o álbum de selos.

XXIII

Será possível? Será a mansão de Bianka uma área extraterritorial? Será sua casa protegida por tratados internacionais? Como são espantosas as descobertas a que me leva o estudo do álbum de selos! Serei o único em posse dessa verdade assombrosa? Porém, não se pode menosprezar todos os indícios e argumentos que o álbum reúne em torno desse ponto.

Hoje examinei de perto toda a mansão. Durante semanas circulei ao redor do grande portão forjado artesanalmente, cuja frente exibia um brasão. Aproveitei o momento em que dois grandes coches vazios saíam do jardim. O portão estava amplamente aberto. Ninguém o fechara. Entrei a passos descuidados, tirei do bolso um caderno de desenho e, encostado no pilar do portão, fingi copiar um detalhe arquitetônico. Estava no caminho de cascalho tantas vezes pisado pelos leves pezinhos de Bianka. Só de pensar que numa das portas da varanda poderia aparecer sua figura esbelta, de vestido branco e leve, meu coração ficava pasmo de um medo alegre. Mas todas as janelas e portas estavam fechadas por persianas verdes. Nem o menor sussurro denunciava a vida que se escondia na casa. No horizonte, o céu se cobria de nuvens; longe, nalgum lugar, relampejava. Nenhum vento soprava no ar quente e rarefeito. No silêncio do dia cinzento, apenas as paredes brancas da mansão se pronunciavam, em silêncio, com a articulada eloquência da arquitetura ricamente desmembrada. Sua leve verbiagem se espalhava em pleonasmos, em mil variantes de um mesmo motivo. Ao longo do friso, de uma brancura berrante, corriam em cadências rítmicas as grinaldas em baixo-relevo, à esquerda e à direita, e paravam indecisas nas esquinas. Da altura do terraço central descia uma escada de mármore — dramática e cerimoniosa, entre balaústres e vasos arquitetônicos que se separavam depressa — e, derramando-se espaçosa no chão, parecia recolher suas vestes agitadas, curvando-se em profunda reverência.

Meu senso de estilo é estranhamente aguçado. Aquele estilo me irritava e me inquietava, como algo impossível de explicar. Por trás do seu classicismo fervoroso, a custo controlado, por trás daquela elegância aparentemente fria, escondiam-se frêmitos elusivos. Aquele estilo era quente demais, pontuado de modo demasiado agudo, cheio de uma picância inesperada. Uma gota de algum veneno desconhecido, injetada em suas veias, tornara seu sangue escuro, explosivo e perigoso.

Intimamente desnorteado, tremendo de impulsos contraditórios, rondei na ponta dos pés diante da mansão, espantando as lagartixas que dormiam na escada.

Ao redor da piscina redonda, sem água, a terra ainda nua estava gretada pelo sol. Aqui e acolá, de uma fenda aberta no solo, brotava um pouco de verde fanático e ardente. Arranquei um tufo daquela erva e guardei-a em meu caderno de desenho. Tremia todo de agitação interior. Sobre a piscina pairava um ar cinzento, demasiado transparente e brilhante, ondulante de calor. Num poste próximo, o barômetro mostrava uma baixa catastrófica. A calma reinava em toda parte. Nenhum ramo era tocado pelo vento. A mansão dormia com as persianas abaixadas, luzindo com brancura de giz na desmedida morbidez do ar cinzento. De repente, como se essa estagnação tivesse atingido um ponto crítico, o ar se precipitou com um fermento colorido, desintegrou-se em pétalas de várias cores, em adejos cintilantes.

Eram borboletas enormes, pesadas, que ocupavam-se aos pares de jogos amorosos. Seu adejo desajeitado e trêmulo pairou por um momento no clima morto. Elas ultrapassavam-se um palmo umas às outras, e de novo juntavam-se no voo, misturando no ar escurecido todo um baralho de cintilações coloridas. Teria sido apenas uma rápida decomposição do clima exuberante, uma miragem no ar cheio de caprichos e haxixe? Bati com o boné, e uma pesada, aveludada borboleta caiu no chão, ainda batendo as asas. Peguei-a e guardei. Mais uma prova.

XXIV

Desvendei o segredo daquele estilo. Em sua verve insistente, por tanto tempo as linhas arquitetônicas repetiram aquela mesma e incompreensível frase feita, que logo entendi o código traiçoeiro, a piscadela, a mistificação que fazia cócegas! O disfarce era por demais transparente. Naquelas linhas sofisticadas e móveis, de elegância exagerada, havia uma pimenta forte demais, um excesso de tempero picante, havia algo ágil, fervoroso, algo que gesticulava muito — em suma, algo colorido, colonial e de olhos piscantes... Sim, no fundo era um estilo bem repugnante — devasso, sofisticado, tropical e extremamente cínico.

XXV

Não preciso explicar como foi chocante para mim essa descoberta. Linhas distantes que se aproximam e se juntam; correlações e paralelismos que convergem inesperadamente. Cheio de agitação, partilhei minha descoberta com Rudolf. Ele se mostrou pouco interessado. Ficou até indignado, acusando-me de exagero e invenção. Com frequência cada vez maior ele me acusa de blague, de uma mistificação proposital. Eu ainda tinha certa consideração por ele como proprietário do álbum de selos, mas suas explosões de inveja, cheias de amargura incontida, afastam-me cada vez mais. Não demonstro, porém, nenhum ressentimento, já que, infelizmente, dependo dele. O que eu faria sem o álbum de selos? Ele bem sabe disso, e aproveita-se dessa vantagem.

XXVI

Acontecem coisas demais nessa primavera. São muitas as aspirações, as pretensões sem limite, as ambições acumuladas e incontidas a encher suas profundezas obscuras. Sua expansão não conhece fronteiras. A administração dessa enorme empresa, ramificada e exuberante, supera as minhas forças. A fim de transferir parte do peso a Rudolf, nomeei-o corregente. Anônimo, naturalmente. Junto do álbum, constituímos, nós três, um triunvirato não oficial que carrega o peso da responsabilidade por toda essa insondável e inabarcável empresa.

XXVII

Não tive coragem suficiente para contornar a mansão e chegar ao outro lado. Decerto seria visto. Por que então, apesar disso, tenho a impressão de já ter estado lá, muito tempo atrás? Será que, no fundo, não conhecemos de antemão todas as paisagens que encontramos em nossas vidas? Será que, de fato, ainda pode acontecer algo totalmente novo, algo que não pressentimos com muita antecedência no fundo de nossas reservas? Sei que algum dia, numa hora tardia, estarei lá, na entrada dos jardins, de mãos dadas com Bianka. Entraremos naqueles recantos esquecidos, onde entre muros antigos estão enclausurados parques envenenados, os paraísos artificiais de Poe, cheios de cicuta, papoula e convolvuláceas entorpecentes, ardentes sob o céu cinzento dos afrescos antigos. Despertaremos o mármore branco da estátua de olhos vazios, adormecida naquele mundo marginal, além dos limites da tarde murcha. Espantaremos seu único amante, um vampiro vermelho que dorme com as asas pousadas no seu seio. Ele voará silenciosamente, fluido, suave, ondulando seus restos exânimes, imateriais, sem esqueleto nem substância, e, girando e batendo asas, se dissolverá no ar entorpecido. Entraremos por uma pequena porta numa clareira deserta. A vegetação estará queimada como fumo, como as pradarias ao fim do verão indiano. Isso será talvez em Nova Orleans, em Louisiana — afinal os países são apenas pretextos. Sentaremos na borda de pedra de um açude quadrado. Bianka molhará os dedos brancos na água morna, cheia de folhas amarelas, sem erguer os olhos. Do outro lado estará sentada uma figura negra, delgada, toda coberta. Perguntarei sobre ela murmurando, e Bianka, acenando com a cabeça, responderá baixinho: "Não tenha medo, ela não ouve, é minha mãe morta, que mora aqui". Depois ela me dirá as coisas mais doces, mais silenciosas e mais tristes. Não haverá nenhum consolo. A tarde cairá...

XXVIII

Os eventos ultrapassam um ao outro numa velocidade louca. O pai de Bianka chegou. Eu estava hoje na esquina da rua Fontann com a Skarabeusza quando chegou um landau aberto, brilhante, de cabine larga e rasa como uma concha. Nessa branca concha de seda vi Bianka, reclinada, num vestido de tule. Seu perfil meigo era sombreado pelo véu rendado do chapéu, que caía, preso sob o queixo por uma fita. Afundava-se quase toda na penugem do fular branco, sentada ao lado de um senhor de sobrecasaca preta e colete alvo pespontado, sobre o qual brilhava uma pesada corrente de ouro cheia de berloques. Sob o chapéu-coco preto e afundado na cabeça, via-se um rosto cinzento, sombrio e fechado, com suíças. Estremeci ao vê-lo. Não tive dúvida. Era o sr. de V...

Quando o elegante veículo passou por mim, roncando discretamente com sua cabine flexível, Bianka disse algo ao pai, que virou-se e dirigiu-me um olhar de trás dos grandes óculos pretos. Tinha o rosto de um leão pardo sem juba.

Excitado, quase inconsciente devido aos sentimentos mais contraditórios, gritei: "Conte comigo!...", e: "Até a última gota do meu sangue...", e disparei no ar com o revólver, que sacara do bolso interno do paletó.

XXIX

São muitos os fatos a confirmar que Francisco José I era na verdade um demiurgo poderoso e triste. Seus olhos estreitos, opacos como pequenos botões, assentados no delta triangular das rugas, não eram olhos humanos. Seu rosto cabeludo, com suíças brancas como leite penteadas para trás, lembrando aquelas dos demônios japoneses, era o rosto de uma raposa velha, triste. Visto de longe, do alto do terraço de Schönbrunn,[17] esse rosto, graças a certa composição das rugas, parecia sorrir. De perto, o sorriso se desmascarava num esgar de amargura e numa objetividade prosaica, não iluminada pelo clarão de nenhuma ideia. No momento em que ele apareceu no palco do mundo, com o penacho verde de general, vestindo um sobretudo turquesa que ia até o chão, levemente curvado e prestando continência, o mundo havia chegado a um limiar feliz em seu desenvolvimento. Todas as formas, tendo exaurido seu conteúdo em metamorfoses infinitas, pendiam com folga nas coisas, meio descascadas, prontas para a precipitação. O mundo era uma crisálida prestes a se transformar violentamente, nascia em cores jovens, gorjeantes, extraordinárias, desenlaçava venturosamente todos os seus nós e as suas juntas. Faltava pouco para que o mapa do mundo, esse lençol cheio de remendos e cores, cheio de inspiração, levantasse voo. Francisco José I sentia isso como uma ameaça à sua pessoa. Seu elemento era o mundo capturado pelos regulamentos da prosa, pela pragmática do tédio. O espírito da chancelaria e dos postos de guarda era o seu espírito. E, coisa estranha, esse homem velho, seco e obtuso, cuja essência nada tinha de encantador, conseguiu atrair para o seu lado grande parte da criação. Todos os leais e previdentes pais de família sentiam-se, como ele, ameaçados, e só respiraram com alívio quando esse poderosíssimo demônio se deitou com todo o seu peso sobre as coisas, freando a ascensão do mundo. Francisco José I quadriculou o mundo em campos de formulário, regularizou seu curso por meio de patentes, prendeu-o em regras de procedimento e preveniu seu

[17] Palácio imperial de verão em Viena. (N. do T.)

descarrilamento na direção de algo imprevisível, aventuresco e completamente incalculável.

Francisco José I não era inimigo dos prazeres decentes e pios. Foi ele quem inventou, movido por uma espécie de previdente benevolência, a loteria imperial e real, os livros egípcios de sonhos, os calendários ilustrados e as tabacarias imperiais e reais. Foi ele quem padronizou os servidores celestiais, vestindo-os com simbólicos uniformes azuis e soltando no mundo, dividida em castas e categorias, essa equipe dos exércitos angélicos, em trajes de carteiros, cobradores e coletores de taxas. O mais humilde desses mensageiros celestiais ainda levava no rosto o reflexo da eterna sabedoria, emprestada do Criador, além de um jovial sorriso de graça encerrado na moldura de suas suíças, e isso mesmo quando seus pés, em consequência das intensas peregrinações terrenas, cheiravam a chulé.

Mas teria alguém ouvido sobre uma conspiração frustrada ao pé do trono, sobre uma grande revolução palaciana sufocada ainda em fase embrionária, durante o início do glorioso governo do Todo-Poderoso? Os tronos murcham quando não são alimentados com sangue, sua vitalidade aumenta com a massa da injustiça, da vida negada, com a massa do eternamente diferente, por eles reprimida e proibida. Desvendamos aqui coisas secretas e interditadas, tocamos em segredos de Estado mil vezes fechados e lacrados com mil selos de silêncio. O Demiurgo tinha um irmão mais novo, de gênio bem diferente, e com outras ideias. Mas quem não o possui, nesta ou noutra forma, a quem ele não acompanha, como sombra, como antítese, como parceiro de eterno diálogo? Segundo uma versão, era apenas um primo. Segundo outra, nem chegara a nascer — fora apenas deduzido dos receios e delírios do Demiurgo, ouvidos enquanto ele dormia. Pode ser que o Demiurgo o tenha fabricado de qualquer jeito, que o tenha substituído por uma pessoa qualquer, apenas para que esse drama fosse encenado simbolicamente, para que mais uma vez se repetisse, cerimoniosa e ritualmente, esse ato primordial e fatal, que nem um milhão de repetições seriam capazes de esgotar. Nascido condicionalmente, prejudicado em sua profissão devido ao papel que tinha de desempenhar, esse antagonista infeliz se chamava Maximiliano. Só esse nome, pronunciado num murmúrio, já renova o sangue em nossas veias, torna-o mais claro e mais vermelho, pulsando apressado com a cor berrante do entusiasmo, do lacre postal e dos lápis de cor vermelhos, com que são marcados os telegramas felizes de além. Maximiliano tinha as bochechas rosadas, olhos azuis e radiantes, e todos os corações corriam ao seu encontro, as andorinhas cruzavam-lhe o caminho trilando de alegria e punham-no entre aspas trepidantes — uma citação feliz em itálico festivo e gorjeante. O próprio Demiurgo amava-o em segredo, embora preparasse sua ruína. Primeiro, nomeou-o comodoro da Esquadra do Levante, esperando que ao aventurar-se nos mares do Sul acabasse por naufragar miseravelmente. Em seguida, fez uma aliança secreta com Napoleão III, que ardilosamente atraiu Maximiliano para uma aventura no México. Tudo foi tramado com antecedência. Esse jovem, cheio de fantasia e imaginação, atraído pela esperança de construir um mundo novo e feliz no Pacífico, abdicou de todos os direitos de agnado à coroa e à herança dos Habsburgo. No navio de linha francês *Le Cid*, ele navegou direto para a armadilha que lhe haviam preparado. As atas dessa conspiração nunca viram a luz do dia.

Desvaneceu-se assim a última esperança dos descontentes. Depois da trágica morte de Maximiliano, Francisco José I proibiu, sob pretexto do luto da corte, o uso da cor vermelha. O luto preto e amarelo passou a ser a cor oficial. A cor de amaranto — estandarte ondulante do entusiasmo, agora só drapejava secretamente, nos corações dos seus adeptos. Mas o Demiurgo não conseguiu extirpá-la por completo da natureza. Afinal, seu potencial está contido na própria luz do sol. Basta fechar os olhos ao sol da primavera para absorvê-la sob as pálpebras, onda após onda. O papel fotográfico queima justamente por causa do vermelho da luz primaveril, que transborda além de todas as fronteiras. Os touros, conduzidos pela rua ensolarada da cidade com um pano sobre os cornos, veem essa cor em retalhos claros e abaixam a cabeça, prontos para atacar toureiros imaginários, que fogem em pânico nas arenas em chamas.

Às vezes o dia inteiro passa em explosões solares, em amontoados de nuvens de contornos cromáticos e luminosos, dia cheio de um vermelho que transborda todas as suas orlas. As pessoas caminham zonzas de luz, de olhos fechados, explodindo em seu íntimo com foguetes, rojões e fogos de artifício. Depois, ao entardecer, o turbilhão de luz e chamas se ameniza, o horizonte se arredonda, tornando-se mais belo e enchendo-se de azul, como um globo ornamental de vidro contendo um luminoso panorama do mundo, uma miniatura de planos bem-ordenados, acima dos quais agrupam-se, feito um coroamento definitivo, as nuvens que se estendem em longa fila sobre o horizonte, qual uma fileira de medalhas de ouro, ou como sinos que ressoam e complementam-se em litanias róseas.

As pessoas se reúnem na praça, permanecem em silêncio sob a enorme cúpula luminosa, agrupam-se involuntariamente e complementam-se umas às outras numa grande e estática cena final, numa concentrada cena de espera; as nuvens se amontoam, cada vez mais rosadas, e no fundo de cada par de olhos há uma calma profunda e um reflexo da distância luminosa, e de repente, enquanto assim esperam, o mundo chega ao seu zênite e, em duas ou três pulsações, matura atingindo a mais alta perfeição. Os jardins se arranjam, dessa vez em definitivo, na esfera de cristal do horizonte, o verde de maio espuma e ferve feito um vinho cintilante, para logo transbordar, os morros se formam imitando as nuvens: tendo ultrapassado o mais alto pico, a beleza do mundo se aparta e paira, ingressando na eternidade com seu aroma fortíssimo.

E enquanto as pessoas permanecem imóveis, cabeças baixas, ainda cheias de visões nítidas e gigantescas, encantadas com a grande e luminosa ascensão do mundo, subitamente, do interior da multidão, sai, às pressas, aquele que era inconscientemente esperado, o mensageiro ofegante, todo rosado, com lindas calças de tricô de cor framboesa, coberto de sinetas, medalhas e condecorações; ele atravessa a praça vazia, cercada pela multidão silenciosa, ainda cheia do voo e da anunciação — um excedente suplementar, puro lucro, descartado pelo dia, que por sorte o amealhou em todo o seu brilho. Ele dá cinco ou seis voltas na praça, traçando belos círculos mitológicos, círculos belamente arqueados e delineados. Corre vagaroso, visto por todos, com as mãos nas ancas, baixando os olhos como que envergonhado. Sua barriga um tanto pesada cai, flácida, chacoalhando no ritmo da corrida. O rosto, rubro de tensão, todo suado, brilha sob o negro bigode bósnio, e as medalhas, as sinetas e as condecorações saltam compassadamente no decote marrom, como as arneses de uma carruagem nupcial. Pode-se vê-lo de longe, quando, dobrando a esquina numa estirada linha parabólica, ele se aproxima com a fanfarra janízara de suas sinetas, belo como um deus, incrivelmente rosado, de torso imóvel, defendendo-se a golpes de chicote, com um clarão no canto do olho, da matilha que o persegue ladrando.

É então que, desarmado pela harmonia universal, Francisco José I proclama uma anistia silenciosa, concede o uso da cor vermelha, concede-o apenas naquela única noite de maio, na forma de um doce diluído, de um caramelo, e, reconciliado com o mundo e com sua própria antítese, aparece à janela aberta do palácio de Schönbrunn, onde agora pode ser visto pelo mundo inteiro, de todos os horizontes, sob os quais, nas varridas praças das cidades, margeadas por multidões silenciosas, correm mensageiros rosados; é visto como uma imensa apoteose imperial e real contra o pano de fundo das nuvens, apoiando-se com as mãos enluvadas na balaustrada da janela, vestindo uma sobrecasaca azul-turquesa com a faixa de comandante da Ordem de Malta — de olhos estreitos, com um sorriso no delta das rugas: botões azuis sem bondade e sem graça. Assim ele fica, com as suíças de brancura nívea penteadas para trás, caracterizado de modo a representar a bondade — uma raposa amargurada que, de longe, finge sorrir com seu rosto sem humor e sem gênio.

XXX

Depois de muito hesitar, contei a Rudolf os acontecimentos dos últimos dias. Não pude mais conter o segredo que me oprimia. Seu rosto escureceu; ele gritou, acusando-me de mentir, e enfim explodiu num ataque de ciúme. "Tudo mentira, pura mentira", gritava correndo de braços erguidos. "Extraterritorialidade! Maximiliano! México! Há, há! Plantações de algodão!" Basta, acabou, ele não emprestaria mais seu álbum para essas leviandades. Fim da sociedade. Anulação do contrato. Puxava os cabelos, de tão agitado. Ficou completamente descontrolado, disposto a tudo.

Assustado, comecei a dar-lhe explicações, a tranquilizá-lo. Admiti que à primeira vista minha história parecia improvável. Inacreditável até. Eu próprio — reconheci — fico estupefato. Portanto não era nada estranho que ele, despreparado, tivesse dificuldades para aceitá-la de pronto. Fiz um apelo ao seu coração e à sua honra. Como pode sua consciência deixar que justamente agora, quando as coisas estão entrando numa fase decisiva, ele me recuse ajuda e, retirando sua participação, exponha tudo à destruição? Enfim resolvi provar, com base no álbum de selos, que tudo o que eu havia dito, palavra por palavra, era verdade.

Um pouco mais calmo, Rudolf abriu o álbum. Nunca falei com tanta verve e tanto entusiasmo. Superei a mim mesmo. Baseando minha argumentação nos selos, não só consegui refutar todas as acusações, desfazer todas as dúvidas, como, além disso, cheguei a conclusões tão extraordinárias que eu mesmo fiquei deslumbrado com as perspectivas que se abriam. Rudolf permaneceu calado e vencido, e não se falou mais na dissolução da sociedade.

XXXI

Será mera coincidência que justamente naqueles dias tenha chegado à cidade um grande teatro de ilusão, um maravilhoso museu de cera, montado na praça da Santíssima Trindade? Era o que havia muito eu tinha previsto, e agora podia anunciá-lo, triunfante, a Rudolf.

Era um entardecer ventoso e afugentado. Estava prestes a chover. Nos horizontes amarelos e insípidos, o dia se arrumava para sair, estendia apressadamente a capota impermeável sobre o comboio dos seus carros, que seguiam em fila rumo ao além, frio e crepuscular. Sob o pano meio descido, escurecendo cada vez mais, surgiam por um momento as distantes e últimas trilhas do crepúsculo, descendo por uma planície vasta, lisa e infinita, cheia de extensas regiões de lagos e de reverberações luminosas. Um reflexo amarelo, assustado e já condenado vinha de viés por essas trilhas claras, percorrendo metade do céu, e o pano caía rapidamente, os telhados brilhavam com um reflexo pálido e molhado, escurecia, e logo as goteiras dariam início ao seu canto monótono.

O museu de cera já estava bem iluminado. Naquele anoitecer espantado e apressado, com suas silhuetas escuras cobertas por guarda-chuvas, as pessoas se apinhavam num vestíbulo da tenda sob a luz desbotada do fim do dia, e ali, respeitosamente, pagavam a entrada a uma dama decotada e colorida, que fazia cintilar suas joias e uma obturação de ouro — era um busto vívido, apertado e pintado, cujas partes baixas desapareciam de modo inexplicável na sombra de uma cortina de veludo.

Entramos pela cortina entreaberta num espaço bem iluminado. Já estava cheio de gente. Grupos de pessoas de sobretudos molhados pela chuva, com as golas levantadas, arrastavam-se de um lugar a outro, parando em semicírculos de aglomeração. Sem dificuldade, reconheci entre eles os que só aparentemente faziam parte daquele mundo, mas que na realidade levavam uma vida à parte, uma vida encenada e embalsamada no pedestal, vida exposta ao público e cerimonialmente vazia. Ficavam assim, num silêncio terrível, vestidos em sobrecasacas festivas, em ternos e fraques feitos sob medida com tecidos de boa qualidade; eram muito pálidos, e tinham as máculas das doenças das quais morreram, seus olhos brilhavam. Em suas cabeças já faz tempo que não havia nenhum pensamento, apenas o hábito de se mostrar, de todos os lados, o costume de encenar sua existência vazia, o que os sustentava naquele esforço derradeiro. Deveriam estar na cama há um bom tempo, embrulhados em lençóis frescos, de olhos fechados, tendo tomado uma colherada do remédio. Era um abuso prendê-los até tão tarde em seus estreitos pedestais e cadeiras, nos quais se mantinham em extrema rigidez, com seus sapatos envernizados e apertados, milhas afastados de suas vidas passadas, com os olhos brilhantes e absolutamente desprovidos de memória.

Na boca de cada um, já morto, como a língua de um estrangulado, pendia o último grito, dado ainda naquele manicômio, onde, tomados por maníacos, passaram algum tempo antes de chegarem a essa última morada. Sim, na verdade aqueles não eram Dreyfus, Edisons e Lucchenis de todo autênticos, eram de certa forma impostores. Talvez tivessem de fato sido loucos, apanhados em flagrante no momento em que foram possuídos por essa brilhante *idée fixe*, momento em que sua loucura por um instante foi verdadeira e, sendo habilmente preparada, pura como um elemento químico, totalmente inequívoca e inalterável, tornou-se o alicerce de sua nova existência. A partir dali só tiveram na cabeça essa única ideia, como um ponto de exclamação, e postavam-se sobre ela com um só pé, como que suspensos no ar, retidos em pleno movimento.

Cheio de ansiedade, eu o procurava na multidão, passando de um grupo a outro. Enfim encontrei-o, mas não com o suntuoso uniforme de almirante da Esquadra do Levante, como tinha saído de Toulon no navio *Le Cid*, naquele ano em que assumiria o trono do México, nem com o fraque verde de general da cavalaria, que gostava de vestir em seus últimos dias. Estava de sobrecasaca comum, com longas abas plissadas, de calças claras, e uma gola alta com plastrão sustentava-lhe o queixo. Com reverência e emoção, Rudolf e eu nos juntamos a um grupo que formava um semicírculo diante dele. De repente, fiquei pasmo. Três passos à nossa frente, na primeira fila dos espectadores, estava Bianka, de vestido branco, junto com sua governanta. Olhava. Seu pequeno rosto havia empalidecido e emagrecido nos últimos dias, tinha olheiras, e seus olhos, cheios de sombra, olhavam com uma tristeza mortal.

Ficava assim, imóvel, com as mãos entrelaçadas escondidas nas pregas do vestido, e sob as sérias sobrancelhas fitava com olhos cheios de um luto profundo. Meu coração ficou dolorosamente apertado. Segui involuntariamente seu olhar mortalmente triste, e eis o que vi: o rosto de Maximiliano se moveu como que desperto, os cantos da boca ergueram-se num sorriso, os olhos faiscaram e começaram a rolar nas órbitas, o peito, cintilando de tantas condecorações, encheu-se com um suspiro. Não era um milagre, mas um simples truque mecânico. Quando davam-lhe corda adequadamente, o arquiduque fazia *cercles* de acordo com os princípios do mecanismo, de modo elaborado e cerimonioso, como era seu costume enquanto vivia. Olhava todos os presentes, detendo-se por um instante em cada um deles.

Assim, em determinado ponto seus olhares se encontraram. Ele estremeceu, vacilou, engoliu a saliva, como se quisesse dizer alguma coisa, mas em seguida, obediente ao mecanismo, seu olhar continuou a correr pelos outros, com o mesmo sorriso animador e radiante. Teria tomado conhecimento da presença de Bianka, teria essa notícia alcançado o seu coração? Quem poderia saber? Pois aquele nem era ele mesmo, no sentido estrito da palavra, era apenas um sósia distante, bastante reduzido e em estado de completa prostração. Porém, com base nos fatos, tinha de se admitir que aquele era o seu mais próximo agnato, e talvez até fosse ele mesmo, até onde permitia aquele estado de coisas, tantos anos depois de sua morte. Decerto fora difícil, nessa ressurreição de cera, ir parar precisamente dentro de si mesmo. Na ocasião, algo novo e ameaçador deve ter se esgueirado para dentro dele, a despeito de sua vontade, algo estranho deve ter se misturado ali, provindo da loucura do maníaco genial que na sua megalomania o concebeu, o que deve ter enchido Bianka de horror e medo. Se uma pessoa gravemente enferma já se afasta e se distancia do que costumava ser, o que não fará alguém tão indevidamente ressuscitado? E como lidava ele agora, diante desse ser saído do seu sangue? Cheio de alegria e de bravura artificiais, ele representava sua comédia burlesca e imperial, sorridente e magnífico. Será que tinha de mascarar-se tanto, será que temia tanto os vigias, que o observavam de todos os lados enquanto ele era exposto naquele hospital de figuras de cera, onde todos viviam sob o medo do rigor hospitalar? Será que, destilado com tanta dificuldade da loucura de outrem, limpo, curado e finalmente salvo, não temia que pudessem lançá-lo outra vez à confusão e ao caos?

Quando meu olhar voltou a localizar Bianka, vi que ela escondia o rosto num lenço. A governanta a abraçava, seus olhos esmaltados brilhavam vazios. Eu não conseguia mais ver o sofrimento de Bianka; sentindo-me quase dominado por um choro espasmódico, puxei a manga de Rudolf. Dirigimo-nos à saída.

Às nossas costas, aquele ancestral pintado de batom, aquele avô na flor dos anos continuava a distribuir aos quatro ventos as suas radiantes saudações monárquicas e, num excesso de zelo, havia até erguido a mão, quase jogava beijos para nós; no silêncio imóvel, em meio ao assobio das lâmpadas de acetileno e do murmúrio suave da chuva batendo na lona da tenda, alçava-se na ponta dos pés com o resto das suas forças, extremamente enfermo e, como todos eles, saudoso do seu corpo mortal.

No vestíbulo, o busto pintado de batom da mulher do caixa nos disse alguma coisa, fazendo cintilar os diamantes e a obturação de ouro contra o pano de fundo dos drapeados mágicos. Saímos para a noite quente e orvalhada de chuva. Os telhados cintilavam com a água que escorria, as calhas choravam monotonamente. Corremos sob aquele aguaceiro clareado pelos lampiões chamejantes que tilintavam na chuva.

XXXII

Ó, abismo da perversidade humana, ó, intriga infernal! Em que mente pôde surgir esse venenoso e diabólico pensamento, cuja ousadia supera as mais sofisticadas invenções da fantasia? Quanto mais penetro sua infâmia abismal, tanto maior se torna a minha admiração pela desmedida perfídia, pelo lampejo do gênio do mal que habita o cerne dessa ideia criminosa.

Então minha intuição não me enganou. Ali, ao nosso lado, em meio à aparente legalidade, em tempos de paz universal, garantida pelos tratados vigentes, consumava-se um crime de arrepiar os cabelos. Num silêncio perfeito ocorria ali um drama lúgubre, tão camuflado e dissimulado que ninguém poderia adivinhá-lo e detectá-lo entre as aparências inocentes daquela primavera. Quem poderia suspeitar que entre esse manequim amordaçado e mudo, de olhos rolantes, e a delicada, tão bem-educada Bianka, de tão distintas maneiras, desenrolava-se uma tragédia familiar? Mas quem era Bianka na verdade? Devemos finalmente entreabrir o véu do mistério? Que importa que ela não descenda nem da legítima imperatriz do México,[18] nem daquela esposa da mão esquerda, a morganática Isabela d'Orgaz, que do palco de uma ópera itinerante conquistara com sua beleza o arquiduque Maximiliano?

Que importa se sua mãe era aquela pequena *créole*, a quem ele chamava carinhosamente de Conchita, e que com esse nome entrou para a história, por assim dizer, pela porta da cozinha? Os dados a seu respeito, que consegui reunir com base no álbum de selos, podem ser resumidos em poucas palavras.

Após a queda do imperador, Conchita foi com a filha pequena para Paris, onde vivia de sua pensão de viúva, permanecendo resolutamente fiel ao esposo imperial. Neste ponto a história perde o rastro dessa figura tão comovente, deixando espaço para suposições e intuições. Sobre o casamen-

---

[18] Carlota von Coburg (1840-1927), filha do rei da Bélgica, Leopoldo I, e esposa de Maximiliano da Áustria. (N. do T.)

to e a sorte subsequente da filha, nada sabemos. Porém, em 1900, certa sra. de V., mulher exótica e de beleza incomum, deixa a França rumo à Áustria com a filha pequena e o marido, todos portando passaportes falsos. Em Salzburgo, na fronteira bávaro-austríaca, no momento de trocar de trem para Viena, toda a família é retida e presa pela gendarmaria austríaca. É enigmático que, depois de ter seus documentos falsos examinados, o sr. de V. seja liberado, mas não faça nenhuma tentativa para que também o sejam a esposa e a filha. No mesmo dia ele volta à França sem deixar vestígio. Neste ponto se perdem, em total obscuridade, todos os fios. Qual não foi o meu deslumbramento ao encontrar seu rastro de novo, que disparava uma linha flamejante no álbum de selos! Será sempre meu mérito, minha descoberta, a identificação do sr. de V. como um indivíduo muito suspeito, que aparece noutro país com um nome completamente diferente. Mas psiu!... Ainda é cedo para falar disso. Basta dizer que a ascendência de Bianka está confirmada, acima de quaisquer dúvidas.

XXXIII

Isso nos diz a história canônica. Mas a história oficial é incompleta. Tem lacunas propositais, longos intervalos e omissões, e neles logo se instala a primavera. Ela cobre rapidamente essas lacunas com sua marginália, paga um preço exagerado com a folhagem que cai em abundância, que cresce em desafio, que engana com os disparates dos pássaros, com a controvérsia desses seres alados, cheia de mentiras e contradições, de ingênuas perguntas sem resposta, de contumazes e pretensiosas repetições. É preciso muita paciência para encontrar o texto propriamente em meio a essa lenga-lenga. O que leva a ele é o exame cuidadoso da primavera, a análise gramatical das suas frases e dos seus períodos. Quem? O quê? A quem? Ao quê? É preciso eliminar a falácia sedutora dos pássaros, seus pontiagudos advérbios e preposições, seus tímidos pronomes reflexivos, para aos poucos extrair um grão sadio de sentido. Aqui o álbum de selos é para mim uma bela de uma placa de sinalização. Estúpida, vulgar primavera! Cobre tudo sem nenhuma seleção, confunde o sonho com o disparate, sempre fazendo palhaçadas, como se nada tivesse acontecido, frívola ao extremo. Estaria ela também aliada a Francisco José I, estaria ligada a ele pelos laços de uma mesma conspiração? É preciso lembrar que cada pitada de sentido que nasce nessa primavera é imediatamente assediada pela grande mentira, pelo disparate, papagueando não importa o quê. Aqui os pássaros apagam os rastros, bagunçam os arranjos com uma pontuação falsa. A verdade é assim suplantada em toda parte por essa primavera exuberante, que cobre imediatamente cada palmo livre, cada brecha, com sua folhagem florescente. Onde poderá refugiar-se essa verdade excomungada, onde poderá encontrar asilo, senão no lugar onde todos menos esperam — nos calendários e almanaques de feira, nos cancioneiros dos mendigos e vagabundos, que descendem em linha reta do álbum de selos?

XXXIV

Após muitas semanas de sol, sobreveio uma série de dias encobertos e quentes. O céu escureceu como nos velhos afrescos, num silêncio abafado as nuvens se amontoaram, como os trágicos campos de batalha dos quadros da escola napolitana. Contra o pano de fundo desses remoinhos cinzentos e cor de chumbo, as casas luziam fortemente com sua cálida brancura de giz, realçada ainda mais pelas sombras nítidas

das cornijas e pilastras. As pessoas andavam cabisbaixas, repletas da escuridão que se acumulava nelas, como antes de uma tempestade, entre tácitas descargas elétricas.

Bianka não aparece mais no parque. É certamente vigiada e impedida de sair. Eles devem pressentir o perigo.

Hoje vi na cidade um grupo de homens de fraque preto e cartola que atravessavam a praça com passos rítmicos de diplomata. Seus peitilhos brancos luziam ostensivamente no ar de chumbo. Olhavam as casas em silêncio, como se as avaliassem. Andavam a passos lentos, rítmicos e sincronizados. Nos rostos bem barbeados tinham bigodes pretos como carvão e olhos brilhantes, muito expressivos, que giravam levemente nas órbitas, como se estivessem lubrificados. De vez em quando tiravam a cartola e enxugavam o suor da testa. Todos eram altos, esbeltos, de meia-idade, e tinham o rosto moreno dos gângsteres.

XXXV

Os dias se tornaram escuros, nublados e cinzentos. Uma tempestade potencial, distante, passa dias e noites nos horizontes longínquos e não quer descarregar-se numa torrente. Às vezes, num grande silêncio, passa pelo ar de aço um bafo de ozônio, um cheiro de chuva, uma brisa úmida e fresca.

Mas depois voltam a ascender enormes suspiros dos jardins, onde a folhagem se adensa em desafio, dia e noite. Todas as bandeiras pendem pesadas e escurecidas, vertendo, exânimes, as últimas vagas de cores no ar espesso. Às vezes, no vão de uma rua, alguém volta para o céu a metade do seu rosto, muito clara, recortada da escuridão, com um olho apavorado e brilhante, e escuta o ruído do espaço, o silêncio elétrico das nuvens em movimento, enquanto andorinhas preto e brancas, trepidantes e afiadas, cortam como flechas o fundo do ar.

Equador e Colômbia mobilizam-se. Num silêncio ameaçador, apinham-se no cais as linhas da infantaria, calças brancas, correias brancas cruzadas no peito. O unicórnio chileno empinou.[19] Pode ser visto à tardinha contra o céu, um animal dramático, imobilizado pelo medo, com os cascos no ar.

XXXVI

Os dias mergulham cada vez mais fundo em sombra e devaneio. O céu se fechou, obstruiu a passagem, inflado de uma tempestade de aço, cada vez mais escura, e agora, mais baixo, cala-se num torvelinho. A terra, queimada e mosqueada, parou de respirar. Apenas os jardins, inconscientes e embriagados, crescem sem fôlego, espalhando a folhagem e cobrindo cada brecha com uma fresca substância folheada. (Os espinhos dos brotos, viscosos como um eczema que coça, doloridos e supurados, agora se curam com o verde fresco, cicatrizam repetidas vezes, folha sobre folha, compensados por uma saúde extraordinária, sobre-excedente, sem cálculo e além da conta. Eles já cobriram e afogaram sob o verde--escuro o apelo perdido do cuco, e, agora, deste ouve-se apenas a voz distante e suprimida, embrenhada em pátios profundos, perdida sob a enchente da floração feliz.)

Por que as casas brilham tanto nessa paisagem escurecida? Quanto mais nebuloso fica o ruído dos parques, mais aguda se torna a brancura de cal das casas, reluzindo sem sol, com o reflexo quente da terra queimada, cada vez mais clara,

---

[19] Alusão às armas do Chile: o escudo do brasão amparado por um condor e um cervo sul-andino (*huemul*) empinado. (N. do T.)

como se num instante fosse transformar-se nas manchas negras de alguma doença ostensiva e mosqueada.

Cachorros correm embriagados com os focinhos no ar. Farejam algo, e, inconscientes e agitados, vasculham o verde fofo.

Do ruído condensado desses dias nebulosos algo quer fermentar — algo extraordinário e imensurável.

Procuro, tento adivinhar que evento poderia estar à altura dessa soma negativa de expectativa, que se acumula numa imensa carga de eletricidade negativa, o que poderia igualar-se a essa catastrófica baixa barométrica.

Nalgum lugar já cresce e torna-se cada vez mais poderoso aquilo para o que em nossa natureza prepara-se essa concavidade, essa forma, esse hiato sem fôlego que os parques não conseguem preencher com o embriagador perfume do lilás.

XXXVII

Negros, negros, multidões de negros na cidade! Foram vistos aqui e acolá, ao mesmo tempo em diversos pontos da cidade. Correm pelas ruas em grande corja, barulhenta e esfarrapada, invadindo e saqueando as lojas de alimentos. Brincadeiras, cotoveladas, risos, o branco dos olhos girando largamente, sons guturais e dentes brancos e brilhantes. Antes que alguém pudesse mobilizar a polícia, eles simplesmente evaporaram.

Pressenti tudo isso; sabia que era inevitável. Foi uma consequência natural da tensão meteorológica. Só agora me dou conta do que senti desde o princípio: essa primavera está forrada de negros.

Como os negros vieram parar nessa região? De onde surgiram essas hordas de homens pretos em pijamas listrados de algodão? Teria o grande Barnum[20] acampado nas proximidades, trazendo um incontável comboio de homens, animais e demônios? Será que seus vagões, superlotados com um barulho infinito de anjos, feras e acrobatas, pararam aqui perto? Não, de jeito nenhum. Barnum estava longe. Minha suspeita aponta para outra direção. Nada direi. É por você, Bianka, que mantenho silêncio, e nenhuma tortura arrancará de mim qualquer confissão.

XXXVIII

Naquele dia me vesti cuidadosa e demoradamente. Enfim, já pronto, compus, na frente do espelho, uma expressão de tranquila e inexorável determinação. Carreguei com cuidado o revólver, antes de pô-lo no bolso traseiro das calças. Mais uma vez lancei o olhar ao espelho, pus a mão na sobrecasaca, sobre o peito, onde estavam escondidos os documentos. Estava pronto para enfrentá-lo.

Sentia-me calmo e determinado. O que estava em jogo era o futuro de Bianka, e por ela eu estava disposto a tudo! Decidi não dizer nada a Rudolf. Quanto melhor o conhecia, mais me convencia de que ele era um pássaro de voos baixos, incapaz de se elevar sobre a trivialidade. Já estava farto de olhar o rosto entorpecido de consternação e pálido de inveja com que ele reagia a cada nova revelação minha.

Pensativo, atravessei rapidamente a curta distância. Quando o grande portão de ferro se fechou atrás de mim, tremendo com uma vibração abafada, entrei de imediato noutro clima, noutra corrente de ar, numa estranha e fria re-

---

[20] Phineas Taylor Barnum (1810-1891), empresário norte-americano fundador do Ringling Brothers Circus, uma das mais famosas empresas de circo do mundo. (N. do T.)

gião do grande ano. Os escuros galhos das árvores se ramificavam num tempo distinto e abstrato; suas copas, ainda sem folhas, bifurcavam-se num vime preto rumo ao flutuante céu branco, céu de uma outra e mais estranha zona, fechada de todos os lados por avenidas, isolada e esquecida como uma baía sem escoadouro. As vozes dos pássaros, perdidas e amortecidas nos espaços longínquos do vasto céu, cortavam o silêncio de modo diferente, perscrutavam contemplativas o céu pesado, cinzento, espelhado de ponta-cabeça no açude silencioso, e o mundo transcorria naquele espelhamento sem memória, gravitava às cegas, cheio de ímpeto, naquela enorme e cinzenta contemplação universal, naqueles saca-rolhas invertidos das árvores que fugiam sem parar, naquela imensa palidez vacilante sem limite nem objetivo.

De cabeça erguida, frio e bem tranquilo, pedi que me anunciassem. Fui introduzido num saguão semiescuro. Ali reinava uma penumbra vibrante de esplendor silente. Pela alta janela aberta, como se através da fenestra de uma flauta, o ar do jardim, balsâmico e ameno, entrava em ondas suaves, como se entrasse no quarto de um doente incurável. Com esses influxos brandos, que penetravam invisíveis na respiração suave das cortinas, levemente enfunadas pela atmosfera do jardim, reanimavam-se os objetos, acordando com um suspiro, e logo uma reluzente premonição percorria em arpejos medrosos as filas de copos venezianos na funda cristaleira, enquanto, espantadas e prateadas, sussurravam as folhas do papel de parede.

Depois o papel de parede se apagava, recolhia-se à sombra, e sua meditação forçada, há anos apinhada naquela vegetação cheia de especulação obscura, libertava-se, fantasiando violentamente num cego delírio de aromas, como os velhos herbários, cujas pradarias secas eram atravessadas por revoadas de colibris, manadas de bisões, estepes queimando e perseguições a cavalo com escalpos atados à sela.

É curioso ver como esses antigos interiores não conseguem encontrar tranquilidade fora de seu passado escuro e agitado, como no silêncio tenta encenar-se de novo a história perdida, como as mesmas situações se dispõem em infinitas variantes, viradas de todos os lados pela dialética estéril do papel de parede. Assim se decompõe o silêncio, totalmente estragado e desmoralizado, em mil meditações, em deliberações solitárias, percorrendo tresloucadamente o papel de parede em relâmpagos sem luz. Por que escondê-lo? Não foi necessário aqui acalmar a cada noite essas excessivas agitações, esses empilhados paroxismos de febre, resolvê-los com injeções de drogas secretas que os transportaram a paisagens, amplas, apaziguantes e amenas, cheias — entre as fendas do papel de parede — de distantes águas e espelhamentos?

Ouvi um farfalho. Precedido pelo criado, um homem descia as escadas — atarracado e robusto, econômico nos gestos, cegado pelo reflexo dos grandes óculos de armação de tartaruga. Era a primeira vez que eu ficava diante dele, cara a cara. Era impenetrável, mas notei, e não sem satisfação, que após as minhas primeiras palavras dois sulcos de aflição e amargura apareceram no seu rosto. Enquanto, de trás do clarão cego dos óculos, ele fazia seu rosto drapejar numa máscara de magnífica inacessibilidade, pude ver como um pânico pálido fugia às escondidas entre suas rugas. Aos poucos foi ficando interessado, e seu rosto, mais atento, demonstrava que só então começara a me levar a sério. Convidou-me para o seu gabinete, logo ao lado. Quando entramos, uma figura feminina de vestido branco se afastou bruscamente da porta, espantada, como se estivesse à escuta, e desapareceu dentro da casa. Seria a governanta de Bianka? Ao cruzar a soleira do aposento, tive a impressão de entrar numa selva. A penumbra do verde opaco daquele cômodo era listrada aquosamente pelas sombras que projetavam as ripas das persianas abaixadas das janelas. As paredes estavam cobertas de quadros botânicos; em grandes gaiolas adejavam pequenos pássaros coloridos. Quem sabe para ganhar tempo, ele me mostrava os exemplares de armas primitivas — dardos, bumerangues, machadinhas — pendurados nas paredes. Meu olfato aguçado sentiu cheiro de curare. Quando ele começou a manipular uma espécie de alabarda primitiva, aconselhei-o a tomar muito cuidado, reforçando meu aviso com o revólver, que saquei de súbito. Ele sorriu penosamente, um pouco abatido, e pôs a arma no lugar. Sentamo-nos a uma enorme escrivaninha de ébano. Agradeci o charuto que me foi oferecido, dizendo que não fumo. Tal prudência, porém, valeu-me sua consideração. Com o charuto no canto dos lábios flácidos, olhava-me com severa benevolência, o que não despertava nenhuma confiança. Em seguida, folheando com ar de indiferença o talão de cheques, aparentemente distraído, propôs de repente o acordo, mencionando uma soma de muitos zeros, enquanto suas pupilas fugiam para o canto dos olhos. Meu sorriso irônico fez com que ele logo mudasse de assunto. Com um suspiro ele abriu os livros comerciais. Começou a explicar-me a situação dos negócios. O nome de Bianka não foi mencionado uma só vez, embora ela estivesse presente em cada palavra que trocamos. Olhava-o sem me mexer, e o sorriso irônico não deixava meus lábios. Enfim, exausto, apoiou-se no espaldar da cadeira. "O senhor é intransigente", disse, como que para si mesmo, "o que de fato deseja?" Comecei a falar de novo. Falei com voz abafada, contendo o entusiasmo. Ruborizei. Tremendo, pronunciei várias vezes o nome de Maximiliano, pronunciei-o com ênfase, observando como a cada vez o rosto do meu adversário se tornava mais e mais pálido. Finalmente terminei, ofegante. Ele estava arrasado. Agora já não tinha controle sobre o próprio rosto, que de repente se tornara velho e cansado. "As suas decisões mostrarão", concluí, "se o senhor é maduro o bastante para compreender o novo estado das coisas, e se está disposto a reconhecê-lo nas suas ações." Exijo fatos e mais fatos...

Com a mão trêmula, ele quis pegar a sineta. Eu o detive com um gesto e, com o dedo no gatilho, retirei-me do aposento sem dar-lhe as costas. Na saída, um criado entregou-me o chapéu. Encontrei-me no terraço inundado pelo sol, ainda com os olhos cheios de escuridão girante e vibrações. Desci as escadas sem virar as costas, triunfante e convencido de que agora nenhuma espingarda assassina poderia mirar a mim através de uma das persianas fechadas do palácio.

XXXIX

Negócios relevantíssimos, assuntos de Estado de importância maior obrigam-me agora a ter frequentes reuniões confidenciais com Bianka. Preparo-me para elas escrupulosamente, sentado à escrivaninha até altas horas da noite, refletindo sobre questões dinásticas da mais delicada natureza. O tempo passa, a noite pousa silenciosa na janela aberta, sobre o abajur, cada vez mais avançada e solene, cobrindo-se de camadas cada vez mais tardias e escuras, passa por graus de iniciação cada vez mais profundos e desarma-se, impotente, imersa em suspiros inefáveis à janela. Em longos, demorados goles, o quarto escuro absorve nas suas profundezas a mata do parque, troca em transfusões frescas o seu próprio conteúdo com a grande noite que chega, repleta de escuridão, de sementes peníferas inoculadas, de pólen escuro e tácitas mariposas de pelúcia que circunvoam as paredes num pânico silencioso. A vegetação do papel de parede se arrepia de medo na escuridão prateada, peneirando nas folhas que caem vagos frêmitos letárgicos, frios êxtases e ascensões, transcendentais angústias e desvarios, dos quais a noite de maio está cheia até as bordas, há muito passada a meia-noite. Sua fauna transparente e vítrea, leve plâncton de mosquitos, rodeia-me quando estou inclinado sobre os papéis, cobre o espaço, cada vez mais alta, com um branco, espumoso e elaborado bordado que a noite borda sobre si, há muito passada a meia-noite. Nos papéis pousam cigarras e mosquitos feitos do tecido das especulações noturnas, quase transparentes, bugigangas de vidro, finos monogramas, arabescos inventados pela noite, sempre maiores e mais fantásticos, grandes como morcegos, como vampiros, feitos apenas de caligrafia e de ar. A cortina toda fervilha dessa renda peregrina, da invasão tácita dessa branca fauna imaginária.

Numa noite extramarginal como essa, noite que não conhece limites, o espaço perde o sentido. Cercado pela ciranda brilhante de mosquitos, com um maço de papéis finalmente pronto, dou alguns passos numa direção indefinida, rumo ao beco sem saída da noite, que deve levar à porta, justamente à porta branca do quarto de Bianka. Viro a maçaneta e entro, como se passasse de um quarto a outro. Mesmo assim, ao atravessar a soleira, meu negro chapéu de carbonário drapeja como se estivesse ao vento de uma longa viagem, minha gravata, fantasticamente enredada, farfalha com a corrente de ar, eu aperto contra o peito a pasta cheia de documentos confidencialíssimos. É como se de um vestíbulo da noite eu adentrasse a própria noite! Como se respira profundamente o ozônio noturno! Aqui está a brenha, aqui está o cerne da noite transbordante de jasmim. Aqui começa sua verdadeira história. Um grande abajur com um quebra-luz cor-de-rosa arde à cabeceira da cama. Em sua penumbra rósea Bianka descansa entre imensos travesseiros, levada pelos lençóis enfunados como pelo fluxo da noite, sob uma janela amplamente aberta que transpira. Bianka lê, apoiada em seu braço pálido. À minha longa mesura ela responde com um olhar rápido por cima do livro. Vista de perto, sua beleza parece moderar-se, adentrar a si mesma, como um abajur virado. Noto, com satisfação sacrílega, que o talhe de seu nariz não é tão nobre, que sua cútis está longe de ser perfeita. Vejo isso com certo alívio, embora saiba que o autocontrole de seu brilho é mera compaixão, para que eu não perca a fala e o fôlego. Essa beleza depois se regenera rapidamente por intermédio da distância, e torna-se dolorosa, insustentável e acima de qualquer medida.

Encorajado por seu aceno, sento-me ao pé da cama e começo o meu relato, servindo-me dos documentos que tinha preparado. Pela janela aberta, atrás da cabeça de Bianka, entra o sussurro desacordado do parque. A floresta inteira, apinhada do outro lado da janela, passa numa procissão de árvores, atravessa as paredes, espalha-se, onipresente, a tudo abarcando. Bianka escuta com certa distração. Para dizer a verdade, é irritante que ela não pare de ler. Ela me deixa esclarecer cada aspecto de cada questão, expor todos os prós e contras, e depois, erguendo os olhos do livro e fazendo-os adejar, algo desacordada, toma uma decisão rápida e superficial, mas de uma precisão incrível. Vigilante e atento a cada palavra, capto zelosamente o tom da sua voz para penetrar--lhe a intenção oculta. Depois, apresento-lhe humildemente os decretos para que ela assine; Bianka assina-os com os cílios descidos, que lançam longas sombras, e sob eles observa com leve ironia enquanto ponho a minha contra-assinatura.

Pode ser que a hora avançada, bem depois da meia-noite, não favoreça a concentração nos negócios de Estado. Tendo cruzado a última fronteira, a noite está inclinada a certa devassidão. Enquanto conversamos, a ilusão do quarto desvanece cada vez mais e, na verdade, estamos agora na floresta; moitas de samambaia ocupam todos os cantos, logo atrás da cama move-se uma parede de mato, móvel e enleada. Dessa parede de folhas, sob a luz da lâmpada, emergem esquilos de olhos grandes, pica-paus e pequenas criaturas da noite, fitando estáticas a luz com seus olhos brilhantes e salientes.

A partir de certa hora entramos num tempo ilegal, numa noite sem controle, sujeita a todo tipo de excessos e caprichos. O que ainda acontece já está fora de qualquer cálculo, já não conta, é insignificante, repleto de infrações inesperadas e traquinagens noturnas. Só pode ser essa a razão das estranhas mudanças no comportamento de Bianka. Ela, sempre tão moderada e séria, a personificação da subordinação e da bela disciplina, torna-se cheia de caprichos, contradições e irresponsabilidades. Os papéis estão estendidos na grande planície do seu edredom. Bianka pega-os sem nenhum cuidado, olha-os rapidamente, sem interesse, e deixa-os cair, indiferente, dos seus dedos lassos. Com os lábios inchados, a cabeça apoiada no braço pálido, ela adia sua decisão e me faz esperar. Ou então vira as costas, tapa os ouvidos com as mãos, permanecendo surda aos meus apelos e insistências. De repente, sem uma palavra, com uma sacudidela da perna sob o edredom, ela faz cair todos os papéis no chão, e olha por cima do ombro, do alto dos seus travesseiros, com olhos enigmaticamente dilatados, como eu, encurvado, os recolho zelosamente do chão e sopro as agulhas de pinheiro de que estão cobertos. Esses caprichos, aliás encantadores, não facilitam a minha difícil tarefa de chanceler.

Durante nossas conversas, o ruído da floresta, repleto de jasmim fresco, atravessa o quarto com milhas inteiras de paisagens. Deslocam-se e passam novos e novos segmentos da floresta, fluem cortejos de árvores, arbustos e todos os cenários silvestres, estendendo-se por todo o quarto. Então fica claro que desde o princípio estamos numa espécie de trem, no trem noturno da selva, que se arrasta devagar ao longo das margens do barranco nas regiões arvoradas da cidade. Dali provém a corrente de ar embriagante e profunda que flui pelos compartimentos com uma trama sempre nova, que se estende numa infinita perspectiva de premonições. Até o cobrador com a lanterna aparece de repente, sai do meio das árvores e perfura nossos bilhetes. Assim entramos na noite cada vez mais profunda, abrimos novas salas contíguas, cheias de correntes de ar e portas que batem com força. Os olhos de Bianka se aprofundam, suas bochechas ardem, um sorriso gracioso separa seus lábios. Será que quer me confiar algo? Algum grande segredo? Bianka fala de traição, e seu pequeno rosto arde em êxtase, seus olhos se contraem num fluxo de prazer; enquanto serpeia sob o edredom como uma lagartixa ela me insinua que eu traia a mais sagrada missão. Ela sonda obstinadamente a minha face pálida com seus olhos doces, que se entrecerram. "Faça isso", cochicha com insistência, "faça isso. Você se tornará um deles, um desses negros..." E quando, num gesto de súplica, de desespero, eu levo o dedo aos lábios, seu rosto pequeno de repente se torna mau e venenoso. "Você é ridículo com essa sua fidelidade inflexível e com toda a sua missão. Deus sabe como você se imagina indispensável. Se eu tivesse escolhido Rudolf! Prefiro-o mil vezes a você, um pedante enfadonho. Ah, ele seria obediente, obediente até o crime, até o apagamento do ser, até a autodestruição..." Depois, de súbito, ela pergunta em tom triunfante: "Você se lembra de Lonka, filha da lavadeira Antosia, com quem você brincava quando criança?". Olho-a surpreso. "Era eu", diz ela, com um risinho, "só que naquele tempo ainda era um menino. Você gostava de mim naquela época?"

Ah, no próprio âmago da primavera algo apodrece e se dissolve. Bianka, Bianka, até você me decepciona?

XL

Tenho receio de revelar precocemente os meus últimos trunfos. Estou apostando alto demais para arriscar-me assim. Faz tempo que deixei de apresentar a Rudolf os relatórios sobre o curso dos acontecimentos. Aliás, recentemente seu comportamento sofreu uma mudança. A inveja, que era o traço principal do seu caráter, cedeu lugar a certa magnanimidade. Sempre que nos encontramos, nos seus gestos e nas suas palavras inábeis revela-se uma benevolência diligente, misturada a certo embaraço. Antes, sob o esgar rosnento de homem taciturno, sob a reserva da expectativa, escondia-se, no entanto, uma curiosidade devoradora, ávida por cada novo detalhe e cada nova versão sobre a causa. Agora está estranhamente tranquilo e já não quer saber de mim. Mas é isto o que agora me convém, já que todas as noites tenho reuniões de extrema importância no museu de cera, reuniões que por enquanto devem permanecer secretas. Os vigias, entorpecidos pela vodca, que lhes ofereço em abundância, dormem o sono dos justos em suas guaritas, enquanto eu, à luz de algumas velas fumegantes, conferencio nesse grêmio venerável. Entre seus membros há também monarcas, e negociar com eles não é tarefa fácil. Dos tempos idos eles conservam esse heroísmo abstrato, agora vazio e sem nenhum texto, essa chama, esse arder no fogo de um princípio, esse apostar a vida numa carta só. As ideias pelas quais viveram foram desacreditadas uma após outra na prosa do cotidiano, seus pavios se queimaram, e agora eles ficam postados, vazios e cheios de energia inexplorada, aguardando, com olhos que brilham desacordados, a última palavra de suas falas. Como seria fácil agora falsificar essa palavra, sugerir qualquer ideia — agora, que estão tão indefesos e privados de senso crítico! Isso facilita muito a minha tarefa. Por outro lado, é extremamente difícil chegar à mente deles, acender-lhes a luz de um pensamento qualquer, tão vazio é o vento que os penetra de um lado a outro, tal é a corrente de ar que perpassa seus espíritos. Já deu muito trabalho despertá-los. Estavam todos acamados, numa palidez mortal e sem fôlego. Eu me inclinava sobre eles e, cochichando, pronunciava as palavras mais vitais, palavras que deveriam percorrê-los como uma corrente elétrica. Abriam um olho. Com medo dos vigias, fingiam-se mortos e surdos. Somente após assegurarem-se de que estávamos sós, levantavam-se da cama, enfaixados, compostos de muitos pedaços, fixando as próteses de madeira, seus falsos pulmões e suas imitações de fígado. No início eram muito desconfiados e queriam recitar as falas que tinham decorado. Não podiam entender que alguém lhes exigisse algo além disso. E assim ficavam, sentados, obtusos, de quando em quando soltando um gemido, aqueles homens magníficos, a flor da humanidade, Dreyfus e Garibaldi, Bismarck e Vitor Emanuel I, Gambetta e Mazzini, e muitos outros. Quem teve as maiores dificuldades para entender foi o próprio arquiduque Maximiliano. Quando, sussurrando com delicadeza em seu ouvido, eu repetia o nome de Bianka, ele piscava os olhos desacordado, no seu rosto desenhava-se um espanto extraordinário, e nenhum vislumbre de compreensão emergia em suas feições. Só quando pronunciei, devagar e enfaticamente, o nome de Francisco José I, seu rosto foi percorrido por um esgar selvagem — puro reflexo, que já não tinha correspondente em sua alma. Esse complexo fora há muito reprimido em sua consciência, pois como poderia viver com ele, com essa tensão de ódio capaz de arrebentá-lo, a ele, montado e cicatrizado com tanta dificuldade depois do sangrento fuzilamento em Vera Cruz.[21] Tive de ensinar-lhe sua vida desde o princípio. A anamnese era muito fraca; eu apelava aos vislumbres subconscientes dos sentimentos. Implantava nele os elementos do amor e do ódio, mas na noite seguinte ele já não se lembrava de nada. Seus colegas mais inteligentes ajudavam-me, soprando para ele as reações com que devia res-

---

[21] Maximiliano da Áustria foi julgado e executado em Querétaro, no México, em 1867. (N. do T.)

ponder, e assim a educação prosseguia lentamente. Era muito descuidado, seu interior fora simplesmente devastado pelos vigias, mas mesmo assim consegui que ao som do nome de Francisco José ele desembainhasse a espada. E por pouco não traspassou Vitor Emanuel I, que demorou para sair do lugar.

O restante daquela ilustre assembleia incorporou a ideia e entusiasmou-se com ela bem mais rápido que o infeliz arquiduque, que só com muita dificuldade a acompanhava. Seu entusiasmo não tinha limites, tive de usar todas as minhas forças para refreá-los. É difícil dizer se compreenderam toda a extensão da ideia pela qual haveriam de lutar. O mérito da questão não era de seu interesse. Predestinados a queimar no fogo de um dogma qualquer, estavam encantados por terem conseguido, graças a mim, a palavra de ordem em cujo nome poderiam morrer em batalha, no turbilhão do entusiasmo. Eu os acalmava com hipnose, instruía-os pacientemente sobre como guardar o segredo. Estava orgulhoso deles. Que chefe teve, sob seu comando, um estado-maior tão ilustre, um corpo de generais composto de espíritos tão ardorosos, uma guarda, sim, de inválidos apenas, mas tão geniais!

Enfim chegou a tal noite, tempestuosa e carregada de ventania, abalada em suas profundezas pelo que nela se preparava de imenso e desmedido. Relâmpagos rasgavam as trevas, o mundo se abria, dilacerado, até as mais profundas entranhas, mostrava o seu interior ofuscante, terrível, arquejante, e voltava a se fechar bruscamente. E continuava a fluir com o ruído dos parques, o desfile das florestas e o cortejo dos horizontes que giravam. Protegidos pela noite, saímos todos do museu. Eu ia à frente da coorte inspirada, claudicante, que avançava entre o brandir de espadas e o tropel das muletas de madeira. Relâmpagos corriam pelas lâminas nuas. Na escuridão, chegamos aos portões da mansão. Estavam abertos. Inquieto, pressentindo algum estratagema, mandei acender as tochas. O ar avermelhou-se com os archotes resinosos, os pássaros espantados subiam no fulgor escarlate, e, naquela luz de fogos de artifício, vimos nitidamente a mansão, seus terraços e varandas, como se ao clarão de um incêndio. No telhado tremulava uma bandeira vermelha. Com o pressentimento de algo ruim, adentrei o pátio, à frente dos meus valentes. No terraço apareceu o mordomo. Saudando-nos, desceu a escada monumental e aproximou-se, hesitante, pálido, com gestos incertos, cada vez mais nítido no brilho dos archotes. Apontei minha lâmina para o seu peito. Meus fiéis companheiros estavam imóveis, segurando alto as tochas fumegantes, e o silêncio era tal que se podia ouvir o ruído das chamas que fluíam horizontalmente.

— Onde está o senhor de V.? — perguntei.

Ele fez um gesto indefinido com as mãos.

— Viajou, senhor — disse.

— Já vamos ver se é verdade. E onde está a infanta?

— Sua Alteza viajou também, todos viajaram...

Não havia motivos para duvidar. Alguém devia ter me traído. Não tinha tempo a perder.

— Aos cavalos! — gritei. — Precisamos barrar-lhes o caminho!

Arrombamos a porta da estrebaria e, na escuridão, sentimos o sopro do calor e do cheiro dos animais. Em pouco tempo estávamos montados nos corcéis, que empinavam relinchando. Levados pelo seu galope, entramos na rua noturna numa extensa cavalgada, em meio ao bater dos cascos no pavimento. "Ao rio, pela mata!", lancei um comando para trás, ao virar numa alameda da floresta. As profundezas da mata se enfureciam à nossa volta. Era como se na escuridão descortinassem-se amontoadas paisagens de catástrofes e dilúvios. Cavalgamos em meio ao ruído das cataratas, entre as agitadas massas de floresta, e as chamas das tochas se desprendiam em grandes tiras atrás do nosso galope estendido.

Pela minha cabeça passava um turbilhão de pensamentos. Será que Bianka foi sequestrada, ou será que a vil herança do pai prevaleceu sobre o sangue materno e sobre a missão que em vão tentei lhe inocular? A alameda estreitava-se cada vez mais, até transformar-se num desfiladeiro, no fim do qual se abria uma grande clareira da mata. Ali finalmente os alcançamos. Viram-nos ainda de longe e pararam as carruagens. O sr. de V. desceu e cruzou os braços sobre o peito. Veio em nossa direção, carrancudo, com os óculos brilhando, purpúreo à luz das tochas. Doze lâminas lustrosas apontavam para o peito dele. Aproximamo-nos num grande semicírculo, em silêncio, os cavalos iam a passo, eu protegia os olhos com a mão para enxergar melhor. A luz das tochas tocou a carruagem e pude ver, sentada lá dentro, Bianka, mortalmente pálida, e, ao seu lado — Rudolf! Ele segurava a mão dela, apertando-a contra o peito. Desmontei lentamente e, com passos vacilantes, dirigi-me à carruagem. Rudolf levantou-se devagar, como se quisesse vir ao meu encontro.

Chegando à carruagem, voltei-me para a cavalgada, que aos poucos avançava numa frente ampla de espadas em riste, e disse: "Senhores, incomodei-vos desnecessariamente. Estes senhores estão livres e partirão quando quiserem, sem que ninguém os moleste. Não toqueis em nenhum fio de cabelo deles. Vós cumpristes vosso dever. Embainhai vossas espadas. Não sei até que ponto compreendestes a ideia a cujo serviço vos empreguei, até que ponto ela vos penetrou e tornou-se sangue do vosso sangue. Essa ideia, como podeis ver, já fracassa por completo. Acredito que, quanto a vós, sobrevivereis a essa falência sem maiores danos, já que sobrevivestes à falência da vossa própria ideia. Já sois indestrutíveis. Quanto a mim... Mas isso não importa, a minha pessoa. Gostaria apenas que não pensásseis — dirigia-me agora àqueles que estavam dentro da carruagem — que esses acontecimentos encontraram-me totalmente desprevenido. Não é bem assim.

Há muito eu vinha prevendo tudo isso. Se aparentemente persisti tanto tempo em meu erro, sem permitir que a verdade chegasse até mim, foi só porque não me cabia saber de coisas que excedem a minha competência, nem antecipar os acontecimentos. Quis persistir no posto em que o destino me alocou, quis cumprir meu programa até o fim, permanecer fiel ao papel que usurpei. Pois — confesso agora arrependido —, apesar dos sopros da minha ambição, fui apenas um usurpador. Em minha cegueira quis explicar o texto, quis ser o intérprete da vontade de Deus; numa falsa inspiração, captava os indícios e contornos cegos que passavam pelo álbum de selos. Infelizmente, compunha-os apenas numa figura arbitrária. Impus minha direção a essa primavera, introduzindo o meu próprio programa em sua imensurável floração, quis manobrá-la, guiá-la de acordo com os meus planos particulares. Ela me carregou certo tempo em sua floração, paciente e indiferente, quase sem sentir a minha presença. E eu tomei essa falta de sensibilidade por tolerância, e até por solidariedade, por consentimento. Pensei ter decifrado em seus traços, melhor do que ela mesma, as suas mais profundas intenções, ter lido sua alma, ter antecipado o que ela, desorientada por sua imensidão, não podia exprimir. Ignorei todos os sinais da sua selvagem e indomável soberania, não me dei conta das violentas e incalculáveis perturbações que tanto a agitavam. Fui tão longe em minha megalomania que ousei invadir as questões dinásticas das maiores potências e convocar-vos, senhores, contra o Demiurgo. Abusei da vossa falta de resistência às ideias, da vossa nobre credulidade, para instilar em vós uma doutrina falsa e iconoclasta, para empregar vosso idealismo ardente em atos irresponsáveis. Não quero prejulgar se fui mesmo convocado a essas altíssimas tarefas, às quais a ambição me conduziu. Parece que fui convocado apenas para começá-las, fui iniciado e logo depois abandonado. Excedi os meus limites, mas isso também estava previsto. No fundo, eu conhecia o meu destino desde o princípio. Como o destino deste infeliz Maximiliano, o meu foi também o de Abel. Houve um momento em que o meu sacrifício foi oloroso e agradável a Deus, e a fumaça do teu, Rudolf, se arrastava pelo chão. Mas Caim sempre vence. Era um jogo de cartas marcadas".

Nesse momento, uma explosão distante sacudiu o ar, uma coluna de fogo ergueu-se por sobre as florestas. Todos viraram a cabeça. "Ficai tranquilos", eu disse, "é o museu de cera que está em chamas. Antes de sair, deixei lá um barril de pólvora com o pavio aceso. Vós já não tendes casa, nobres senhores, estais sem lar. Espero que isso não vos comova muito."

Mas aqueles indivíduos poderosos, a flor da humanidade, calavam — apenas seus olhos brilhavam debilmente —, permanecendo em formação de combate sob o clarão distante do incêndio. Olhavam-se e piscavam os olhos sem nenhum pensamento. "Vós, *Sire*", dirigi-me ao arquiduque, "não tínheis razão. Talvez fosse, também de vossa parte, uma megalomania. Eu não tinha o direito de querer reformar o mundo em vosso nome. E talvez nem fosse esta a vossa intenção. O vermelho é uma cor como as outras, e só todas as cores juntas constituem a plenitude da luz. Perdoai-me por ter abusado do vosso nome para fins que vos eram alheios. Viva Francisco José I!"

O arquiduque estremeceu ao ouvir esse nome, pegou no sabre, mas já no próximo instante pareceu voltar a si, um vermelho mais vivo coloriu suas bochechas pintadas de batom, os cantos da boca se levantaram como num sorriso e os olhos começaram a rolar nas órbitas enquanto ele fazia seus *cercles* regulares, cheio de dignidade, passando de um a outro com um sorriso radiante. Os outros se afastavam, escandalizados. Aquela recaída das maneiras imperiais, em circunstâncias tão inadequadas, causou a pior impressão possível.

— Deixai, *Sire* — disse eu —, não tenho dúvidas de que conheceis de cabo a rabo o cerimonial da vossa própria corte, mas agora não é hora para isso.

— Queria ler-vos, digníssimos senhores, e a vós, infanta, o ato da minha abdicação. Abdico completamente. Dissolvo o triunvirato. Entrego a regência nas mãos de Rudolf. Quanto a vós, nobres senhores — dirigi-me então ao meu estado-maior —, estais livres. Tivestes as melhores intenções e quero agradecer-vos calorosamente em nome da ideia, de nossa ideia destronada — as lágrimas encheram-me os olhos —, que, apesar de tudo...

Nesse exato momento ouviu-se um estampido ali perto. Todos viramos a cabeça naquela direção. O sr. de V. tinha um revólver fumegante na mão e estava estranhamente rígido, pendendo para um lado. Fez uma feia careta. De repente cambaleou e caiu de rosto no chão. "Pai, pai!", gritou Bianka, atirando-se sobre ele. Teve início uma confusão. Garibaldi, que, como um homem experiente, entendia de feridas, examinou o desgraçado. A bala atravessara o coração. Mazzini e o rei de Piemonte levaram-no cuidadosamente pelos braços e deitaram-no numa maca. Bianka soluçava, amparada por Rudolf. Os negros, que só agora haviam se juntado sob as árvores, cercaram seu senhor. "*Massa, massa,* nosso bom *massa*", lamentavam em coro.

— Esta noite é realmente funesta! — exclamei. — Mas esta não será a última tragédia em sua história memorável. Confesso, porém, que não tinha previsto uma coisa dessas. Causei-lhe um mal. Na verdade, em seu peito batia um coração nobre. Revogo meu julgamento sobre ele, um julgamento míope e obcecado. Devia ser um bom pai e um bom senhor de seus escravos. Também nesse ponto minha concepção fracassou. Mas a sacrifico sem pena. Você, Rudolf, deve aliviar a dor de Bianka, amá-la com amor redobrado, substituir-lhe o pai. Certamente vocês querem levá-lo a bordo, portanto formemos um cortejo e dirijamo-nos ao porto. Já faz tempo que o barco os chama com o soar da sirene.

    Bianka voltou à carruagem, montamos em nossos cavalos, os negros levaram a maca nos ombros e todos partimos em direção ao porto. A cavalgada encerrava o triste cortejo. A tempestade se acalmara durante o meu discurso, a luz das tochas abria fendas profundas entre as árvores, sombras negras e alongadas corriam às centenas ao lado e acima de nós, formando um grande semicírculo às nossas costas. Enfim saímos da floresta. Já podíamos ver, ao longe, o vapor com suas rodas.

    Já não há muito a acrescentar, nossa história está chegando ao fim. Em meio ao choro de Bianka e dos negros, o corpo do morto foi levado a bordo. Pela última vez, formamo-nos em fileira no cais. "Mais uma coisa, Rudolf", eu disse, pegando no botão de sua sobrecasaca, "você parte como herdeiro de uma enorme fortuna. Não quero cobrar-lhe nada, é a mim que deveria caber a tarefa de assegurar a velhice desses heróis da humanidade, agora sem lar, mas infelizmente sou pobre." Rudolf pegou na mesma hora seu talão de cheques. Consultamo-nos brevemente, à parte, e logo chegamos a um acordo.

    — Senhores! — exclamei, dirigindo-me à minha guarda —, este meu generoso amigo resolveu reparar o meu ato, pelo qual ficastes sem pão e sem teto. Depois do que aconteceu, nenhum museu de cera vos aceitará, tanto mais que é grande a concorrência. Tereis que abrir mão de algumas de vossas ambições. Em compensação, tornar-vos-eis homens livres, o que, sei disso, sabeis valorizar. Como não aprendestes, infelizmente, nenhum ofício prático, e predestinados que sois à pura representação, meu amigo custeará um montante suficiente para a compra de doze realejos de Schwarzwald. Dispersar-vos-eis pelo mundo, tocando e consolando os corações do povo. A escolha das árias cabe a vós. Para que gastar tantas palavras — vós não sois exatamente verdadeiros Dreyfus, Edisons e Napoleões. Vós sois eles apenas, por assim dizer — por falta de melhores. Agora ireis somar à comunidade dos seus vários predecessores, daqueles Garibaldis, Bismarcks e MacMahons[22] anônimos que, esquecidos, vagam aos milhares pelo mundo. No fundo de vossos corações, sereis assim para sempre. E agora, caros amigos e digníssimos senhores, saudai comigo os recém-casados: viva Rudolf e Bianka! "Viva!", exclamaram em coro. Os negros entoaram sua *song*. Quando terminaram, tornei a agrupá-los com um aceno, ocupei meu lugar entre eles e, sacando o revólver, exclamei: "E agora adeus, senhores, e tirai uma lição daquilo que dentro de um instante vereis, para que ninguém se atreva a adivinhar as intenções divinas. Ninguém jamais compreendeu os desígnios da primavera. *Ignorabimus*, meus senhores, *ignorabimus*!".[23]

Encostei o revólver em minha têmpora e atirei, e nesse exato momento alguém puxou minha arma. Um oficial dos *Feldjäger*[24] estava a meu lado e, com papéis na mão, perguntou:

— O senhor é Józef N.?

— Sim — respondi surpreso.

— O senhor sonhou há algum tempo — perguntou ele — o sonho padrão do José bíblico?

— Talvez...

---

[22] Edme Patrice Maurice de MacMahon (1808-1893), presidente da França de 1873 a 1879. (N. do T.)

[23] *Ignoramus et ignorabimus* ("Não sabemos e não vamos saber"): fórmula agnóstica do filósofo alemão Emil du Bois Reymond (1818-1896). (N. do T.)

[24] Soldado do batalhão de fuzileiros do exército austro-húngaro. (N. do T.)

— Está certo — disse o oficial consultando um papel.
— O senhor sabe que esse sonho foi notado nas mais altas instâncias e severamente recriminado?
— Não respondo pelos meus sonhos — disse.
— Sim, o senhor responde. O senhor está preso, em nome de Sua Majestade Imperial e Real.

Sorri.

— Como é lenta a máquina da justiça. É um tanto pesada a burocracia de Sua Majestade Imperial e Real. Há muito superei esse sonho prematuro com atos de calibre bem maior, pelos quais eu próprio quis me punir, e agora esse sonho, já prescrito, salva-me a vida. Fico à disposição do senhor.

Vi a coluna dos *Feldjäger* se aproximando. Eu mesmo estendi as mãos para que me pusessem as algemas. Ainda virei a cabeça e vi Bianka pela última vez. Acenava com um lenço a bordo do navio. Em silêncio, a guarda de inválidos prestava-me continência.

NOITE DE JULHO

Conheci pela primeira vez as noites de verão durante as férias do último ano do liceu. A nossa casa, exposta o dia inteiro aos sopros, ruídos e brilhos dos quentes dias de verão que entravam pelas janelas abertas, ganhou um novo inquilino, um ser pequenino, amuado, choramingas, o filho da minha irmã. Ele trouxe à nossa casa um certo retorno às condições primitivas, fez recuar a evolução sociológica à sua fase matriarcal, a um ambiente de harém e nomadismo, um acampamento de lençóis, fraldas, roupa eternamente lavada e estendida para secar, ao desleixo da toalete feminina, propensa a abundantes desnudamentos de natureza vegetativamente inocente, ao cheiro azedo da primeira infância e de seios inchados de leite.

Minha irmã, após um parto muito difícil, viajara a uma estação de águas, meu cunhado só aparecia na hora das refeições, meus pais ficavam na loja até tarde da noite. A casa caiu sob o domínio da ama de leite do pequenino, cuja feminilidade expansiva multiplicou-se ainda mais, sancionada por seu papel de mãe-nutriz. Na majestade dessa digníssima posição, ela imprimia à casa toda, com sua larga e grave existência, a marca da ginecocracia, que era ao mesmo tempo a supremacia da corporeidade saciada e exuberante, repartida numa sagaz gradação entre ela mesma e as duas jovens serventes, cujas atividades permitiam que se desdobrasse, como um leque de penas de pavão, toda uma gama de feminilidade autossuficiente. Ao florescimento tácito e à maturação do jardim — cheio do sussurro das folhas, de brilhos prateados e meditações sombreadas — a nossa casa respondia com o aroma da feminilidade e da maternidade, que pairava sobre a roupa íntima e a carne em flor, e quando, ao meio-dia, hora terrivelmente ofuscante, todas as cortinas das janelas, abertas de par em par, levantavam-se apavoradas, e todas as fraldas estendidas nos varais erguiam-se numa fileira cintilante, através do branco alarme das echarpes e dos panos fluíam sementes peníferas, polens, pétalas perdidas, e o jardim, num fluxo de sombras e luzes, numa peregrinação de ruídos e meditações, passava devagar pelo quarto, como se naquela hora do Senhor todas as paredes e partições fossem levantadas, como se o mundo todo fosse atravessado, num refluxo do pensamento e das emoções, pelo frêmito da unidade que a tudo abarca.

Às tardinhas, no verão, eu ia ao cinema da cidade. Só saía depois da última sessão.

Da escuridão da sala de cinema, rasgada pelo alarido das sombras e luzes voejantes, entrava-se num vestíbulo claro e tranquilo, assim como da imensidão de uma noite tempestuosa se entra numa estalagem sossegada.

Depois da fantástica corrida pelo terreno acidentado do filme, o coração arquejante se acalmava dos excessos da tela nessa clara sala de espera, cujas paredes protegiam-na da pressão da grande noite dramática, nesse porto seguro onde o tempo havia muito se interrompera, e onde as lâmpadas emitiam inutilmente uma luz estéril, onda após onda, num ritmo definido para sempre pela marcha surda do motor, que fazia tremer de leve a cabine da bilheteira.

Esse vestíbulo, imerso no tédio das horas tardias, como as salas de espera das estações ferroviárias horas depois da partida dos trens, parecia por momentos o pano de fundo definitivo do ser, aquilo que restará quando todos os acontecimentos passarem, quando a algazarra da multiplicidade se esgotar. Num grande cartaz colorido, Asta Nielsen[25] cambaleava eternamente com o negro estigma da morte em sua fronte, a boca para sempre aberta num último grito, os olhos, decididamente belíssimos, concentrados num esforço sobre-humano.

Já fazia um bom tempo que a bilheteira fora para casa. Agora, provavelmente, preparava-se em seu quarto, junto à cama arrumada, que a esperava como uma canoa para carregá-la pelas lagunas negras do sono, pelas confusões de aventuras e escândalos do sonho. Aquela que estava sentada na cabine não passava de um invólucro seu, um fantasma enganoso que mirava o vazio da luz com olhos cansados, pintados de cores berrantes, pestanejando com desatino a fim de precipitar o pólen dourado do sono, que caía sem cessar das lâmpadas elétricas. Às vezes, enviava um sorriso pálido ao sargento dos bombeiros que, abandonado havia algum tempo por sua própria realidade, ficava encostado na parede, sempre imóvel, com seu capacete lustroso, no estéril esplendor de suas dragonas, medalhas e cordões de prata. Ao longe, tiniam no ritmo do motor as vidraças da porta que conduzia à alta noite de julho, mas o reflexo do lustre de luzes elétricas ofuscava o vidro, refutava a noite, arremedava como podia a ilusão de um porto seguro, não ameaçado pelo elemento da imensidão noturna. Porém, o encanto da sala de espera tinha de desvanecer, pois a porta se abria e a cortina vermelha se enfunava com o hálito da noite, que repentinamente ocupava tudo.

Sentirão vocês o profundo e misterioso sabor dessa aventura, quando um fraco e pálido aluno do último ano do liceu sair sozinho pela porta de vidro de um porto seguro pa-

---

[25] Asta Nielsen (1881-1972), atriz dinamarquesa, uma das primeiras estrelas do cinema mudo. (N. do T.)

ra a imensidão da noite julina? Atravessará ele um dia esses pântanos negros, esses atoleiros e abismos da noite infinita, desembarcará ele, certa manhã, num cais seguro? Quantas dezenas de anos durará essa negra odisseia?

Ninguém escreveu ainda a topografia da noite de julho. Na geografia do cosmos interior, essas páginas ainda estão em branco.

A noite de julho! Com que compará-la? Como descrevê--la? Poderei compará-la ao interior de uma enorme rosa negra que nos cobre com o sono cêntuplo de mil pétalas de veludo? O vento noturno entreabre sua espessa penugem até o âmago, e desse seu fundo perfumado alcança-nos o olhar das estrelas.

Poderei compará-la ao firmamento negro das nossas pálpebras semicerradas, cheio de poeira migratória, brancas sementes de papoula estelar, foguetes e meteoros?

Ou talvez deva compará-la a um trem noturno, comprido como o mundo, correndo por um túnel negro que nunca termina? Atravessar a noite de julho é passar com dificuldade de um vagão a outro, entre passageiros sonolentos, corredores apertados, compartimentos abafados e correntes cruzadas de ar.

A noite de julho! O fluido misterioso das trevas, a viva, vigilante e movimentada matéria da escuridão, que não cessa de criar formas a partir do caos, logo abandonando cada uma delas! Um negro material de construção que faz crescer cavernas, abóbadas, cavidades e nichos em torno do viajante sonolento! A noite, como um tagarela inoportuno, acompanha o viajante solitário, fechando-o no círculo de seus fantasmas, incansável em suas invenções, disparates e fantasias — fazendo-o alucinar com suas distâncias siderais, suas brancas vias lácteas, seus labirintos de intermináveis foros e coliseus. O ar da noite, esse Proteu negro que ao brincar cria densidades de veludo, faixas de perfume de jasmim, cascatas de ozônio, súbitos ermos sem ar, crescendo, como globos negros, até o infinito, monstruosas uvas de treva repletas de sumo negro! Espremo-me entre essas portinholas estreitas, inclinando a cabeça sob os baixos arcos e abóbadas, e eis que o teto de repente se rompe, e abre-se, por um instante, com um suspiro sideral, a cúpula insondável, para logo levar-me, mais uma vez, por estreitas paredes, passagens e portinholas. Nesses remansos sem ar, nessas baías da escuridão pairam ainda lascas de conversas, deixadas pelos viajantes da noite, fragmentos das inscrições dos cartazes, cadências perdidas de riso, tiras de sussurros que a brisa noturna não conseguiu dissipar. Às vezes a noite me encerra como que num quarto apertado e sem saída. O sono se apossa de mim e já não sei se minhas pernas ainda caminham ou se há muito descanso neste pequeno quarto da hospedaria da noite. Mas, de repente, sinto, perdido no espaço, um beijo quente e aveludado de lábios perfumados, abrem-se algumas persianas, eu cruzo o parapeito da janela e sigo viagem sob as parábolas das estrelas cadentes. Do labirinto da noite saem dois viajantes. Juntos, extraem da escuridão uma longa, desesperançada trança de conversa. O guarda-chuva de um deles faz um ruído monótono ao bater no pavimento (guarda-chuvas como este são usados em chuvas de estrelas e meteoros), e suas grandes cabeças, com esféricos chapéus-coco, vagueiam como se estivessem embriagadas. Noutros momentos, sou detido por um olho negro, estrábico e conspiratório, e uma enorme mão ossuda de juntas proeminentes manqueja pela noite apoiada numa bengala, a palma cerrada no cabo de chifre de veado (bengalas como esta costumam ocultar longos e finos espadins).

Nos subúrbios da cidade, a noite finalmente desiste de seus jogos, tira o seu véu, revelando um rosto eterno e solene. Já não estamos encurralados num labirinto ilusório de alucinações e delírios, à nossa frente abre-se uma eternidade cósmica. O firmamento cresce rumo ao infinito, as constelações ardem no esplendor de suas posições sempiternas, desenhando figuras mágicas no céu, como se quisessem anunciar alguma coisa, proclamar algo definitivo com seu silêncio apavorante. Da cintilação desses mundos distantes chega um coaxar de rãs, um prateado burburinho estelar. O céu de julho espalha inaudíveis sementes de meteoro, que são silenciosamente absorvidas pelo universo.

A certa hora da noite — as constelações no céu sonhavam o seu sonho eterno —, encontrei-me de novo em minha rua. Ao fim da rua aguardava uma estrela, exalando um perfume estranho. Quando abri o portão de casa, uma corrente de ar passava por ali como se passa por um corredor escuro. Na sala de jantar a luz ainda estava acesa, quatro velas ardiam no candelabro. Meu cunhado não chegara ainda. Desde que minha irmã fora viajar, ele sempre se atrasava para o jantar, voltando às vezes tarde da noite. Muitas vezes, acordado do meu sono, eu o via despir-se com um olhar opaco e pensativo. Ele depois apagava a vela, nu em pelo, e permanecia muito tempo deitado na cama fria antes de dormir. O sono agitado, que imobilizava aos poucos o seu corpo imenso, tardava a chegar. Ainda murmurava, arfava, soltava suspiros profundos, debatia-se com um peso que lhe apertava o peito. Às vezes, estourava de repente num pranto quieto e seco. Assustado, eu perguntava na escuridão: "O que tem, Karol?", mas ele já seguia viagem no difícil caminho do sono, escalando laboriosamente o monte íngreme do ronco.

A noite respirava em pulsações lentas pela janela aberta. De sua massa enorme, ainda não formada, vazava um fluido fresco e aromático, nos seus blocos escuros afrouxavam-se as juntas, vazavam finos veios d'água. A matéria morta da escuridão procurava libertar-se nos voos inspirados do perfume de jasmim, porém a imensurável massa no fundo da noite permanecia morta e cativa.

A fresta da porta do quarto vizinho brilhava num fio dourado, terno e ressonante, como o sono do bebê que ali se queixava no berço. Podia-se ouvir o gorjeio das carícias, o idílio da ama de leite com a criança, a écloga do primeiro amor, cheio de sofrimentos e amuos, pressionado por todos os lados pelos demônios da noite, que engrossavam a escuridão atrás da janela, atraídos pela quente centelha de vida que lá dentro ardia.

Do outro lado havia um quarto vazio e escuro, contíguo ao nosso, e depois ficavam os aposentos dos meus pais. Com algum esforço pude ouvir como o meu pai, pendurado no seio do sono, deixava-se transportar em êxtase pelos seus trajetos aéreos, totalmente entregue àquele longo voo. Seu ronco melodioso e distante contava a história dessa viagem pelas desconhecidas veredas do sono.

Assim as almas entravam devagar no afélio escuro, no lado sem sol da vida, cujas formas nenhum ser vivo jamais chegara a ver. Ficavam deitadas como mortos, estertorando e chorando terrivelmente, enquanto o eclipse negro pesava como um chumbo surdo em seus espíritos. E quando enfim perpassavam pelo negro Nadir, pelo mais profundo Orco das almas, quando, banhadas em suor mortal, conseguiam transpor aqueles estranhíssimos promontórios, os foles de seus pulmões começavam a encher-se de novo de uma outra melodia, crescendo num ronco inspirado rumo à madrugada.

A escuridão surda e espessa comprimia a terra, seus corpos mortos se estendiam como negros e inertes animais com as línguas de fora, deitando saliva pelas bocas exânimes. Mas um outro odor e uma outra cor da treva anunciavam a aproximação da aurora vinda de longe. A escuridão inchava com os fermentos envenenados do novo dia, sua massa fantástica crescia rapidamente, embalava-se em formatos de loucura, transbordava de todas as gamelas e tabuleiros, e azedava, às pressas, em pânico, para que a manhã não a surpreendesse em procriação devassa e não fixasse para sempre essas exuberâncias doentias, esses monstruosos filhos da autogamia, crescidos nas selhas do pão da noite e que, como demônios, banhavam-se aos pares em banheirinhas de criança. Esse é o momento em que até a mais lúcida, a mais insone cabeça fica por um instante estonteada pelo sono. Os doentes, muito tristes e dilacerados, têm nessa hora um momento de alívio. Quem sabe quanto tempo dura esse momento, em que a noite abaixa as cortinas para o que acontece nas suas profundezas, mas esse curto entreato é suficiente para que se reorganize o cenário, para que se remova a enorme aparelhagem, para que se liquide o grande espetáculo da noite com toda a sua pompa fantástica e tenebrosa. Você acorda assustado, com a sensação de ter perdido a hora, e, de fato, avista no horizonte uma luminosa faixa de aurora e a negra massa de terra que começa a solidificar-se.

MEU PAI ENTRA PARA O CORPO DE BOMBEIROS

Nos primeiros dias de outubro, voltávamos, eu e minha mãe, da nossa casa de veraneio, situada no distrito vizinho, na bacia do rio Słotwinka, abundante de florestas, bacia que destilava o murmúrio da água nascente de mil riachos. Com o sussurro dos amieiros ainda nos ouvidos, entrelaçado ao chilreio dos pássaros, seguíamos no grande e velho landau, engrandecido pela enorme capota, parecendo uma ampla e escura hospedaria, apinhados entre trouxas de roupa na profunda alcova revestida de veludo, em que pela janela caíam, carta após carta, imagens coloridas da paisagem, como se baralhadas devagar de mão em mão.

Ao fim da tarde, chegamos a um planalto arejado pelos ventos, a uma extensa e atônita bifurcação do país. O céu, profundo e abafado, pairava sobre ela, girando em seu zênite numa colorida rosa dos ventos. Aquele era o mais distante posto de pedágio do país, a última curva, depois do qual se abria, mais abaixo, a vasta e tardia paisagem outonal. Ali ficava a fronteira, e ali estava o velho e carunchoso posto de fronteira com uma inscrição apagada que tocava ao vento.

Os grandes aros do landau rangeram e atolaram na areia, calaram-se os faladores e cintilantes raios de suas rodas, e só a grande capota ressoava abafada, ondulando obscuramente sob os ventos cruzados do entroncamento qual uma arca assentada no deserto.

Minha mãe pagou a taxa, a cancela do pedágio chiou ao subir e o landau entrou pesadamente no outono.

Entramos no tédio murcho de uma enorme planície, numa ventilação pálida e desbotada, que abria, sobre a distância amarela, o seu deleitoso e insípido infinito. Das lonjuras descoradas levantava-se aos ventos a enorme e tardia eternidade.

As amareladas páginas da paisagem viravam como num velho romance, cada vez mais pálidas e desfalecidas, como se fossem acabar num grande e desvanecido vazio. Nesse nada dissipado, nesse nirvana amarelo, poderíamos ter chegado além do tempo e da realidade, permanecido para sempre naquela paisagem, naquela quente e estéril ventilação — uma imóvel diligência de grandes rodas, presa entre as nuvens no pergaminho do céu, uma velha ilustração, a xilogravura esquecida de um romance antiquado e disperso —, quando o cocheiro, num último esforço, puxou as rédeas, tirando o landau da doce letargia dos ventos e voltando com ele para a floresta.

Entramos numa penugem espessa e seca como tabaco murcho. Logo o ambiente à nossa volta tornou-se silencioso e pardo, como numa caixa de trabucos. Nessa penumbra de cedros passavam ao nosso lado troncos de árvores secos e aromáticos como charutos. Avançávamos, e a floresta tornava-se cada vez mais escura, cheirando cada vez mais a um fumo fragrante, até que enfim nos fechou, como num seco estojo de violoncelo surdamente afinado pelo vento. O cocheiro não tinha fósforos e não pôde acender a lanterna. Os cavalos, arfando, só por instinto encontravam o caminho na escuridão. O matraquear dos raios afrouxou a marcha e cessou, os aros das rodas andavam suavemente sobre as perfumadas folhas aciculares. Minha mãe adormeceu. O tempo passava sem ser contado, formando, nessa passagem, extraordinários nós e abreviaturas. A escuridão era impenetrável, sobre a capota ressoava ainda o ruído seco da floresta, quando, de repente, o chão sob os cascos dos cavalos endureceu, transformando-se no pavimento da rua; a carruagem manobrou e parou. Parou tão perto de casa que quase roçou a parede. Minha mãe tateou o portão, logo em frente à porta do landau. O cocheiro começou a descarregar as trouxas.

Entramos no grande vestíbulo ramificado. Estava escuro, quente e tranquilo, como numa padaria vazia de manhãzinha, quando o forno acaba de ser apagado, ou como numa casa de banhos, tarde da noite, quando as banheiras e os baldes abandonados esfriam no escuro, no silêncio medido pelo pingar da água. Um grilo arrancava pacientemente da escuridão pontos ilusórios de luz, uma costura tão fina que nada iluminava. Encontramos a escada às apalpadelas.

Quando atingimos o patamar que rangia, depois da curva, minha mãe disse: "Acorde, Józef, você está quase caindo, faltam só uns poucos degraus". Mas, inconsciente de tanto sono, aconcheguei-me ainda mais a ela e desfaleci por completo.

Nunca pude saber da minha mãe até que ponto era real o que vi naquela noite, através de minhas pálpebras fechadas, vencido pelo sono pesado, caído em surdo esquecimento, e até que ponto foi tudo fruto da minha imaginação.

Houve um grande debate entre meu pai, minha mãe e Adela, a protagonista da cena; um debate — como hoje suponho — de importância capital. Se fracassam minhas tentativas de decifrar o seu sentido, sempre fugidio, a culpa é sem dúvida das lacunas da minha memória, das manchas cegas do sono, que tento preencher com conjecturas, hipóteses, suposições. Inerte e inconsciente, eu partia sempre outra vez rumo a uma espessa ignorância, enquanto o sopro da noite estrelada, estendida na janela aberta, descia sobre as minhas pálpebras fechadas. Respirando em pulsações puras, a noite estendia de súbito o véu translúcido das estrelas, espiava de cima o meu sono, com seu rosto velho e eterno. O feixe de luz de uma estrela distante, enredado nos meus cílios, derramava-se em prata na cega esclera do meu olho, e através das frestas das pálpebras eu via o quarto à luz de uma vela, enredado num emaranhamento de zigue-zagues e linhas douradas.

Aliás, pode ser que essa cena tenha acontecido noutro tempo. Há muitos indícios de que a testemunhei só bem mais tarde, num dia em que, após fechar a loja, voltávamos para casa com minha mãe e os vendedores.

À porta de casa minha mãe soltou um grito de espanto e deleite, os vendedores emudeceram deslumbrados. No meio do cômodo aguardava-nos um esplêndido cavaleiro de latão, um verdadeiro São Jorge, engrandecido pela couraça, pelos escudos dourados das ombreiras e por toda a ressonante equipagem de chapas douradas e polidas. Com admiração e alegria reconheci o bigode eriçado e a barba encrespada do meu pai, que projetavam-se por baixo do pesado capacete pretoriano. A couraça ondulava em seu peito agitado, os anéis de latão respiravam pelas fendas, como o corpo de um enorme inseto. Engrandecido pela armadura, no esplendor daquelas chapas de ouro ele parecia um arquiestratega das tropas celestes.

— Infelizmente, Adela — disse o meu pai —, você jamais compreendeu assuntos de ordem superior. Sempre e em todo lugar você frustrou as minhas atividades com suas explosões de cólera insensata. Mas agora, nessa armadura, posso zombar das cócegas com que você me levava, indefeso, ao desespero. Uma fúria impotente hoje toma conta da sua língua e conduz você a uma eloquência lamentável, em que a grosseria e a vulgaridade se misturam à insipiência. Acredite, isso só me enche de tristeza e compaixão. Privada da nobre fantasia, você arde com uma inveja inconsciente de tudo o que paira acima do ordinário.

Adela fitou meu pai com um olhar cheio de um desprezo desmedido e, dirigindo-se à minha mãe, disse, com a voz alterada, derramando, sem querer, lágrimas de irritação: "Ele leva todo o nosso suco de framboesa! Tira de casa todas as garrafas de suco que fizemos neste verão! Quer dar tudo a esses bombeiros vadios, para que eles bebam. E para completar, cobre-me de impertinências", Adela choramingou. "Capitão de bombeiros, capitão de moleques!", gritou, fitando meu pai com ódio. "Eles estão por todo lado. De manhã, quando quero sair para comprar pão, não consigo abrir a porta. É claro, dois deles a estão barrando, adormecidos na soleira do saguão. Em cada degrau da escada dorme um deles, de capacete de latão. Querem entrar na cozinha, metem na fresta da porta as suas caras de coelho em latas de cobre, erguem dois dedos, como os meninos da escola, e imploram, aos gemidos: açúcar, açúcar... Tiram o balde das minhas mãos e correm para buscar água, dançam à minha volta, chegam perto, quase abanando as caudas. Piscam os olhos com suas pálpebras rosadas e lambem horrorosamente os beiços. Basta que eu dirija um olhar incisivo a qualquer um deles para que o seu rosto inche com uma impudente carne vermelha, como se fosse um peru. E a esses vamos dar o nosso suco de framboesa!..."

— A sua natureza ordinária — disse o meu pai — conspurca tudo o que você toca. A imagem que você traçou desses filhos do fogo faz jus à sua mente medíocre. Quanto a mim, toda a minha simpatia está com essa estirpe infeliz de salamandras, essas pobres e deserdadas criaturas do fogo. A única culpa dessa estirpe, outrora tão magnífica, foi pôr-se a serviço dos homens, vender-se por uma colher da miserável comida humana. Ela foi paga com desprezo. A insipiência da plebe não tem limites. Essas criaturas tão sensíveis foram levadas à mais profunda decadência, a uma extrema degradação. Será que se pode estranhar que não gostem daquela ração, tão insípida e vulgar, feita pela mulher do bedel da escola municipal numa mesma caldeira para eles e para os presidiários da cidade? Seu paladar, o paladar delicado e genial dos espíritos do fogo, exige bálsamos nobres e escuros, fluidos coloridos e aromáticos. Por isso, nesta noite festiva, quando estivermos todos sentados solenemente às mesas cobertas de toalhas brancas no grande salão Estauropégico,[26] no salão de janelas altas e bem-iluminadas que projetam sua luz nas profundezas da noite outonal, e quando mil luzes iluminarem a cidade em volta, cada um de nós, com reverência e requinte próprios dos filhos do fogo, irá molhar o pão numa taça de suco de framboesa e bebericar vagarosamente esse nobre e espesso licor. Desse modo fortifica-se o ser interior do bombeiro, regenera-se toda a riqueza das cores que esse povo emite em forma de fogos de artifício, foguetes e fogos de bengala. Minha alma está cheia de compaixão por eles, por sua miséria, por sua injusta degradação. Se aceitei das mãos deles a espada de capitão, foi só por ter a esperança de poder levantar da queda esta tribo, tirá-la da humilhação e estender por cima dela o estandarte de uma nova ideia.

— Você mudou muito, Jakub — disse a minha mãe. — Está magnífico. Não vá passar a noite fora de casa. Não se esqueça de que desde o meu regresso não tivemos ainda oportunidade de conversar direito. Quanto aos bombeiros — disse ela, dirigindo-se a Adela —, acho que você está se deixando levar por alguns preconceitos. São moços simpáticos, apesar de serem uns malandros. Vejo sempre com prazer esses jovens esbeltos em seus uniformes bem-feitos, embora apertados demais na cintura. Têm muita elegância natural, e o zelo e o ardor com que sempre estão dispostos a servir às damas são realmente comoventes. Na rua, sempre que a sombrinha cai da minha mão, ou o cadarço do meu sapato desa-

---

[26] No cristianismo oriental, designação dos monastérios subordinados diretamente ao patriarca da Igreja ou ao sínodo, e não aos bispados locais. (N. do T.)

marra, um deles acorre, cheio de emoção e de fervorosa prontidão para ajudar. Não tenho coragem de frustrar essas ardentes disposições, e sempre espero com paciência até que um deles se aproxime para me servir, o que, segundo parece, deixa-os muito felizes. Quando o rapaz se afasta, após ter cumprido o seu dever cavalheiresco, é logo cercado pelos colegas, com os quais comenta vivamente o ocorrido, reproduzindo com gestos tudo o que aconteceu. Eu, no seu lugar, faria uso da galanteria deles.

— Para mim eles são uns parasitas — disse Teodor, o chefe dos vendedores. — Nós nem sequer permitimos que apaguem os incêndios, pois são irresponsáveis como crianças. Basta ver com que inveja olham os meninos a atirar botões contra a parede para avaliar a maturidade daquelas mentes de coelho. Quando da rua chegam gritos selvagens de divertimento, é quase certo que, se você olhar pela janela, verá entre os meninos esses grandalhões, absortos, ofegantes e à beira do desfalecimento, numa correria desenfreada. Quando veem um incêndio, ficam loucos de alegria, batem palmas e dançam como selvagens. Não, não há como usá-los para apagar incêndios. Para isso usamos os limpa-chaminés e a milícia municipal. Restam apenas os bailes e os festejos populares, nos quais eles são indispensáveis. No chamado cerco ao Capitólio, por exemplo, na escura madrugada de outono eles se vestem de cartagineses e, com um barulho infernal, sitiam o monte Basiliano. Nessa hora todos os presentes cantam: "Hannibal, Hannibal, ante portas".[27] Além disso, no fim do outono ficam preguiçosos e sonolentos, adormecem de pé, e, quando cai a primeira neve, desaparecem completamente de vista. Um velho estufeiro me contou que, ao consertar as lareiras, costumava encontrá-los metidos no cano da chaminé,

---

[27] Grito dos romanos ameaçados pelas tropas cartaginenses em 216 a.C. (N. do T.)

imóveis como crisálidas, com seus uniformes escarlate e seus capacetes lustrosos. Assim dormem, de pé, embriagados pelo suco de framboesa, repletos de fogo e de uma doçura viscosa. É preciso puxá-los pelas orelhas e arrastá-los para o quartel, ébrios de sono e desfalecidos, passando pelas ruas matinais do outono, coloridas pela primeira geada, enquanto a ralé da rua lhes atira pedras, ao que eles respondem com um sorriso envergonhado de culpa e remorso, cambaleando como bêbados.

— Seja como for — disse Adela —, não lhes darei suco. Não passei horas na cozinha estragando minha cútis para que esses vagabundos o bebam.

Em vez de responder, meu pai levou um apito à boca e soltou um assobio estridente. Como se estivessem espionando pelo buraco da fechadura, quatro moços esbeltos entraram imediatamente, alinhando-se junto à parede. O cômodo resplandeceu com o brilho dos capacetes, enquanto eles, morenos e bronzeados sob os seus elmos, aguardavam em postura militar as ordens do meu pai. Ao seu sinal, dois deles pegaram de ambos os lados um enorme garrafão num cesto de vime, cheio do líquido purpúreo, e, antes que Adela pudesse impedi-los, desceram num tropel as escadas, levando embora o precioso butim. Os outros dois prestaram continência e seguiram os colegas.

Por um instante pareceu que Adela se deixaria levar por atos irresponsáveis, tais eram as faíscas que os seus lindos olhos lançavam. Mas meu pai não esperou a explosão de raiva. Com um salto ele alcançou o parapeito da janela e abriu os braços. Corremos atrás dele. Na praça, toda semeada de luzes, fervilhava uma multidão colorida. Em frente à nossa casa, oito bombeiros estendiam uma grande lona. Meu pai voltou-se mais uma vez, reluzindo com todo o esplendor de sua armadura, prestou continência em silêncio e, em seguida, com os braços abertos, radiante como um meteoro, saltou para a noite que cintilava com mil luzes. Foi tão bonito o espetáculo que, encantados, começamos todos a bater palmas. Até Adela, esquecendo o rancor, aplaudiu aquele salto executado com tamanha elegância. Enquanto isso, meu pai ergueu-se ligeiro da lona e, agitando com um estalido a carapaça de chapas, postou-se diante do destacamento, que saiu marchando aos pares, numa longa coluna que ia passando devagar pelas fileiras escuras da multidão, reluzindo o latão de seus capacetes.

O SEGUNDO OUTONO

Dos diversos trabalhos científicos realizados pelo meu pai nos seus raros momentos de calma e serenidade interior, entre os golpes das derrotas e catástrofes que abundavam em sua vida aventureira e tempestuosa, os mais caros ao seu coração foram os estudos sobre meteorologia comparada, em especial sobre o clima específico da nossa província, cheio de peculiaridades ímpares. Foi justamente ele, o meu pai, quem lançou as bases para uma análise eficaz das formações climáticas. O seu *Esboço para uma sistematização geral do outono* explicou de uma vez por todas a essência dessa estação, que em nosso clima provinciano assume um caráter crônico, ramificado e parasitário, conhecido como "verão chinês", e prolonga-se até as profundezas dos nossos invernos coloridos. Que mais posso dizer? Ele foi o primeiro a explicar o caráter secundário e derivativo dessa formação tardia, que não é senão uma poluição do clima pelos miasmas da degenerada e demasiado madura arte barroca que se amontoa nos nossos museus. Essa arte de museu, decompondo-se em tédio e esquecimento, torna-se adocicada demais e, fechada sem nenhum escoamento, como velhas geleias, açucara excessivamente o nosso clima, sendo ela a causa dessa bela febre malárica, desses delírios coloridos em que agoniza o outono crônico. Pois a beleza é uma doença — ensinava o meu pai —, é como o tremor causado por uma infecção misteriosa, um obscuro prenúncio da decomposição, prenúncio que emerge do fundo da perfeição e é recebido por ela com um suspiro da mais autêntica felicidade.

Algumas observações factuais sobre o nosso museu provinciano devem servir, aqui, para uma melhor compreensão da causa... Suas origens remontam ao século XVIII e estão ligadas ao admirável zelo de colecionista dos padres basilianos, que presentearam a cidade com essa excrescência parasitária, onerando o orçamento municipal com gastos excessivos e improdutivos. Por anos seguidos, o Tesouro da República, que comprava por uma bagatela a coleção da ordem empobrecida, arruinou-se generosamente com esse mecenato digno de uma casa real. Mas a geração seguinte de governantes da cidade, que era mais prática e não fechava os olhos às necessidades econômicas, após negociações infrutíferas com a curadoria da coleção arquiducal, à qual eles queriam vender o museu, resolveu fechá-lo e dissolver sua diretoria, oferecendo uma pensão vitalícia ao último curador. Durante essas negociações, foi constatado pelos peritos, sem a menor sombra de dúvida, que o valor da coleção fora superestimado pelos patriotas locais. Os bondosos padres haviam adquirido, com meritório zelo, várias falsificações. O museu não tinha nenhum quadro de um mestre de primeira, mas, em compensação, havia coleções completas de pintores de terceira ou quarta categoria, escolas provincianas inteiras, conhecidas apenas por especialistas, becos sem saída da história da arte.

Coisa curiosa: os bondosos frades tinham inclinações bélicas, e a maior parte dos quadros representava cenas de batalha. Naquelas telas deterioradas pela ação do tempo escurecia um crepúsculo de ouro queimado; em baías sem marés, apodreciam frotas de galeras e caravelas, antigas armadas, já esquecidas, agitando em suas velas enfunadas a majestade de repúblicas há muito perdidas. Sob os vernizes esfumados e escurecidos desenhavam-se traços pouco visíveis de combates equestres. Através de uma Campânia vazia e calcinada, debaixo de um céu escuro e trágico, passavam, num silêncio ameaçador, cavalgadas rodopiantes, bloqueadas pelos dois lados pelos acúmulos e afloramentos do fogo da artilharia.

Nos quadros da escola napolitana envelhece infinitamente uma tarde morena e defumada, como se vista pelo fundo de uma garrafa escura. O sol obscurecido parece murchar a olhos vistos nessas paisagens perdidas, como se às vésperas de uma catástrofe cósmica. Por isso são tão triviais os gestos e sorrisos das pescadoras douradas, que vendem com charme amaneirado suas fieiras de peixes aos atores cômicos ambulantes. Todo esse mundo fora há muito sentenciado e proscrito. Daí a doçura sem limites desse último gesto, o único que ainda perdura — perdido e distante de si mesmo, sempre a repetir-se, já imutável.

Mais adiante, no interior desse país habitado por um povo leviano de homens alegres, arlequins e passarinheiros com gaiolas, nesse país sem seriedade e sem nenhuma realidade, pequenas mulheres turcas moldam, com suas mãos rechonchudas, bolos de mel dispostos em tábuas de madeira; dois meninos de chapéu napolitano carregam um cesto cheio de pombos barulhentos numa vara que se curva levemente ao arrulhante peso alado. E ainda mais adiante, no próprio limiar do entardecer, na última nesga de terra, onde um molho murcho de acanto oscila na fronteira do nada cor de ouro baço, continua ainda uma partida de cartas, a última aposta dos homens antes da grande noite que se aproxima.

Todo esse bricabraque de beleza antiga fora sujeito a uma dolorosa destilação sob a pressão de vários anos de tédio.

"Conseguem compreender", perguntava o meu pai, "o desespero dessa beleza condenada, seus dias e suas noites? Uma vez mais ela se atreve a organizar leilões ilusórios, encena liquidações bem-sucedidas, licitações barulhentas e tumultuadas, inflama-se com selvagens jogos de azar, aposta na baixa, gasta com um gesto esbanjador, dissipa sua fortuna, apenas para perceber, num momento de lucidez, que tudo isso é vão, que nada ali conduz para fora do círculo fechado da perfeição, que está condenada a si mesma, e não tem como aliviar esses excessos dolorosos. Portanto, não é nada estranho que essa impaciência, essa impotência do belo tivesse de enfim refletir-se em nosso céu, arder num clarão sobre o nosso horizonte, degenerar-se nessas charlatanices atmosféricas, nesses arranjos de nuvens enormes e fantásticos a que chamo o nosso segundo, o nosso pseudo-outono. Esse segundo outono da nossa província não é senão uma miragem doentia, projetada em nosso céu, numa radiação agigantada, pela beleza moribunda enclausurada em nossos museus. Esse outono é um grande teatro ambulante de engano poético, uma enorme cebola colorida que, descascando-se camada após camada, desvela sempre um novo panorama. Nunca se pode alcançar o âmago. Atrás de toda cortina, quando esta murcha e enrola-se num farfalhar, revela-se sempre um pano de fundo novo e radiante, por um momento vivo e verdadeiro, que, prestes a se extinguir, trai sua natureza de papel. E todas as paisagens são pintadas, todos os panoramas são feitos de papelão, e apenas o cheiro é verdadeiro, o cheiro da cortina a murchar, o cheiro do vasto camarim, rico de batom e incenso. Ao entardecer, resta-nos a grande confusão e a desordem dos bastidores, a desordem dos trajes abandonados, entre os quais se pode patinhar sem fim como entre farfalhantes folhas caídas. E tem lugar um grande caos, todos puxam as cordas dos panos, e o céu, o enorme céu de outono, fica pendurado, em farrapos, cheio do rangido das polias. E ainda há uma febre apressada, um ofegante carnaval tardio, um pânico nos salões de baile da madrugada e uma torre de Babel de máscaras incapazes de encontrar seus verdadeiros trajes.

"Outono, outono, uma estação alexandrina, que em suas bibliotecas monumentais reúne a sabedoria estéril dos trezentos e sessenta e cinco dias da revolução em torno do

Sol. Ó, essas manhãs senis, amarelas como pergaminho, doces de sabedoria como os fins de tarde! Essas manhãs que sorriem dissimuladas, como sábios palimpsestos de diversas camadas, como velhos livros amarelados! Ah, o dia de outono, esse velho bibliotecário-embusteiro caminhando entre escadas de mão num roupão desbotado, provando geleias de todos os séculos e todas as culturas! Cada paisagem lhe serve de introdução a um velho romance. Como se diverte quando solta os protagonistas das antigas histórias a passear sob o céu enfumaçado e cor de mel, nessa turva e triste doçura tardia da luz! Que novas aventuras aguardam D. Quixote em Soplicowo? Como será a vida de Robinson quando voltar à sua Bolechów natal?"

Nos abafados e imóveis fins de tarde, dourados pelo crepúsculo, nosso pai lia-nos excertos do seu manuscrito. O voo empolgante das ideias às vezes permitia-lhe esquecer a presença ameaçadora de Adela.

Sopravam os ventos quentes da Moldávia, era chegada a enorme monotonia amarela, a doce e estéril brisa do sul. O outono não queria terminar. Os dias, como bolinhas de sabão, despertavam cada vez mais belos e etéreos, e cada um deles parecia enobrecido até o limite, tanto que cada instante de duração era um milagre tão prolongado que chegava a doer.

No silêncio desses dias belos e profundos, a consistência da folhagem mudava imperceptivelmente, até o dia em que as árvores se tornavam cor de palha queimada e completamente desmaterializadas, numa beleza leve como a floração do joio, como uma cobertura de confete colorido: magníficos pavões e fênix que só precisam se agitar e bater asas para despir-se de sua plumagem suntuosa, mais leve que papel de seda, já rarefeita e supérflua.

A ESTAÇÃO MORTA

I

Às cinco da manhã — deslumbrante manhã de sol recém-nascido —, a nossa casa já se banhava havia algum tempo no ardente e quieto brilho matinal. Nessa hora solene, ela entrava silenciosamente, sem ser vista por ninguém — enquanto pelos quartos, na penumbra das cortinas fechadas, passava ainda o respirar solidário e harmonioso dos que dormiam —, na fachada que flamejava sob o sol, no silêncio da brasa matutina, entrava como se toda a sua superfície fosse feita de suaves pálpebras adormecidas. Sim, aproveitando o silêncio dessas horas majestosas, a casa absorvia o primeiro fogo da manhã com seu rosto jubilosamente adormecido, que desmaiava quando iluminado, com suas feições que tremulavam levemente nos sonhos daquela hora intensa. A sombra da acácia defronte da casa, que ondulava com nitidez naquelas pálpebras ardentes, repetia em sua superfície, como num piano, sempre a mesma lustrosa frase feita, logo lavada pelo vento que tentava, em vão, penetrar o fundo daquele sonho dourado. As cortinas de linho absorviam trago a trago o incêndio matinal, e bronzeavam-se, desmaiando, amorenadas, no fulgor sem fim.

Nessa hora da manhã, meu pai, que já não conseguia conciliar o sono, descia as escadas, carregado de livros, para abrir a loja no andar térreo do edifício. Por um momento ficava imóvel na soleira, enfrentando de olhos semicerrados o ataque violento do fogo solar. A parede ensolarada da casa absorvia-o docemente na sua superfície plana, deliciosamente nivelada, alisada a ponto de extinguir-se. Por um momento ele se tornava um pai achatado, arraigado na fachada, e sentia como os seus braços ramificados, trêmulos e quentes cicatrizavam numa crosta plana em meio aos estuques dourados. (Quantos pais se arraigavam assim para sempre na fachada de suas casas às cinco da manhã, tão logo desciam o último degrau da escada? Quantos pais se transformavam, assim, em eternos porteiros de seu próprio portão, entalhados em baixo-relevo na portinhola, com a mão na maçaneta e o rosto desatado em sulcos paralelos e deleitosos, nos quais passariam depois com afeto os dedos dos filhos, em busca dos últimos traços dos seus pais, já incorporados para sempre ao sorriso universal da fachada?) Mas, passado algum tempo, graças aos últimos resíduos de sua vontade, ele conseguia desprender-se, recuperar a terceira dimensão, e, novamente humano, libertava a porta gradeada da loja de seus cadeados e barras de ferro.

Quando ele abria a pesada porta da loja, revestida de ferro, a escuridão rude recuava um passo da entrada, afastava-se um palmo para dentro, deslocava-se e acomodava-se preguiçosamente no fundo. Fumegando invisível nas lajes da calçada ainda fria, a frescura matinal se detinha timidamente à soleira, como um exíguo, vibrante fio de ar. No fundo da loja, nos rolos de tecido ainda não abertos, deitava-se uma escuridão de muitos dias e noites, disposta em camadas, correndo em alas para dentro, em passeatas e migrações suprimidas, até parar, exânime, no próprio coração da loja, no depósito escuro onde, já indistinta e saturada de si mesma, dissolvia-se numa surda e delirante protomatéria têxtil.

Meu pai avançava ao longo da alta parede de cotelê e cheviote, deslizando a mão pelos rolos de tecido como se fossem fechos de vestidos de mulher. Seu toque tranquilizava aquelas fileiras de carcaças cegas, sempre prestes a entrar em pânico, a romper a ordem, e as fortalecia em suas hierarquias e ordenamentos têxteis.

Para o meu pai, nossa loja era um lugar de eternos tormentos e aflições. Não era de hoje que essa cria de suas próprias mãos, à medida que crescia, começava a investir contra ele com insistência a cada dia maior, a sobrepujá-lo ameaçadoramente, incompreensivelmente. A loja se tornou para ele uma tarefa difícil demais, acima de suas forças, uma sublime, inabarcável tarefa. Apavorava-o a magnitude dessa exigência. Constatando com horror a sua grandeza — grandeza que nunca poderia satisfazer, ainda que lhe dedicasse toda a sua vida —, ele via, desesperado, a leviandade dos vendedores, seu otimismo volúvel e indolente, suas manobras insensatas e travessas, que ocorriam à margem dessa grande causa. Com amarga ironia ele perscrutava aquela galeria de rostos que nenhuma preocupação turvava, aquelas testas as quais nenhuma ideia atacava, penetrava no fundo daqueles olhos cheios de confiança inocente, nunca perturbada pela menor sombra de suspeita. Como poderia a minha mãe, com toda sua lealdade e devoção, ajudá-lo? Pois se nem um reflexo dessa coisa desmedida alcançava a sua alma simples e segura. Ela não fora criada para causas heroicas. E ele não percebia quando, às suas costas, ela se comunicava com os vendedores, trocando olhares rápidos, contente por cada momento livre de supervisão, em que podia tomar parte nas insensatas palhaçadas deles?

Meu pai se afastava cada vez mais daquele mundo de indiferença frívola, refugiava-se na rígida disciplina de sua ordem. Apavorado com a devassidão que se espalhava por todo canto, ele se enclausurava no serviço solitário a um ideal sublime. Nunca a sua mão soltava as rédeas, nunca ele se dava o direito de afrouxar a disciplina, de entregar-se à conveniência.

Tal procedimento era típico da Balanda & Cia. e de outros diletantes do ramo, que não conheciam nem a fome de perfeição, nem o ascetismo da alta maestria. Meu pai assistia com tristeza a decadência do ramo. Quem, da atual geração de comerciantes têxteis, ainda recordava as boas tradições daquela antiga arte? Qual deles ainda sabia, por exemplo, que uma coluna de rolos de tecido, quando disposta na prateleira de acordo com os princípios da arte do comércio, devia emitir, sob o dedo passado de cima para baixo, um som semelhante à escala do teclado? Qual dos seus contemporâneos tivera acesso às últimas finezas de estilo na troca de notas, cartas e memorandos? Quem se lembrava ainda de todo o encanto da diplomacia comercial, a boa diplomacia da antiga escola, de todo o andamento, tão tenso, das negociações: desde a rigidez intransigente e a fechada reserva no momento da chegada do plenipotenciário de uma empresa estrangeira, passando por um degelo gradual, em consequência das incansáveis persuasões e adulações do diplomata, até o jantar compartilhado, com vinho, servido em cima dos papéis da escrivaninha, num ambiente solene, entre beliscões nas nádegas de Adela, que os servia, e a conversa picante e desenvolta de homens que sabem o quanto devem ao tempo e às circunstâncias — tudo coroado por um acordo mutuamente proveitoso?

No silêncio das horas matinais, quando o mormaço amadurecia, meu pai ficava na expectativa de encontrar o arremate feliz e inspirado com que concluiria a carta aos srs. Chrystian Seipel & Filhos, Fiação e Tecelagem Mecanizadas. Tratava-se de uma resposta ferina às reivindicações injustificáveis daqueles senhores, uma réplica interrompida justamente no momento decisivo, no qual o estilo da carta devia elevar-se a um clímax potente e espirituoso, em que haveria um curto-circuito, sentido como um leve frêmito interior, rematando depois com uma sentença enérgica e elegante, um encerramento de fato definitivo. Ele sentia a forma da frase, que havia dias lhe escapava, tinha-a quase entre os dedos, mas ela se mantinha inalcançável. Faltava-lhe um momento de bom humor, um instante de verve feliz, para que tomasse de assalto aquele obstáculo que a cada vez barrava o seu caminho. Voltava sempre a pegar uma folha de papel em branco, para que, tomando um novo impulso, pudesse então superar a dificuldade que menosprezava os seus esforços.

Enquanto isso, a loja se enchia gradualmente de vendedores. Entravam, vermelhos do ardor matutino, evitando a escrivaninha do meu pai, a qual espreitavam angustiados, cheios de remorsos.

Cheios de culpa e fraqueza, sentiam na pele o peso da desaprovação silenciosa do meu pai, a qual não tinham como se opor. Era impiedoso aquele chefe, encerrado em suas preocupações; nenhuma assiduidade podia aplacá-lo, à espreita em sua mesa como um escorpião, com suas lentes que lampejavam venenosamente, farfalhando entre os papéis como um rato. Sua excitação aumentava e, à medida que se intensificava o ardor solar, uma paixão indefinida tomava conta dele. Um quadrilátero de luz ardia no chão. Moscas campestres, metálicas e brilhantes, cortavam como relâmpagos a entrada da loja, pousavam por instantes na porta, como se feitas de vidro metálico — bolinhas de vidro, sopradas pelo cachimbo ardente do sol da vidraria do dia em chamas —, e ali ficavam, de asas abertas, repletas de voo e velocidade, trocando de lugar em zigue-zagues furiosos. No luminoso quadrilátero da porta, desmaiavam, em plena luz, as distantes tílias do jardim da cidade; o longínquo campanário da igreja assomava bem perto, no ar transparente e vibrante, como se visto pelas lentes de uma luneta. Os telhados de zinco ardiam. Inflava-se sobre o mundo um enorme e dourado globo de calor.

A irritação do meu pai crescia. Olhava para os lados,

desamparado, encolhido de dor, exausto devido à diarreia. Um gosto mais amargo que o absinto enchia sua boca.

O calor aumentava, aguçando a fúria das moscas, fazendo chispar seus abdomes metálicos. O quadrilátero de luz chegava à escrivaninha e os papéis chamejavam como o Apocalipse. Os olhos do meu pai, iluminados pelo excesso de luz, já não podiam manter sua branca uniformidade. De suas grossas lentes cromáticas, meu pai via tudo rodeado de púrpura com bordas verde-violetas, e aquela explosão de cores, aquela anarquia enfurecida em orgias luminosas a pairar sobre o mundo, levava-o ao desespero. Suas mãos tremiam. Seu palato ficava amargo e seco, como antes de um acesso. Em meio às linhas das rugas, seus olhos espreitavam com atenção o desenrolar dos acontecimentos no fundo da loja.

II

Quando, ao meio-dia, já à beira da insanidade, esgotado pelo calor, tremendo de inútil agitação, meu pai retirava-se para os aposentos superiores e o teto estalava no silêncio, aqui e acolá, sob o seu passo acocorado, começava na loja um momento de intervalo e descanso — era chegada a hora da sesta.

Os vendedores davam cambalhotas sobre os rolos de tecido, armavam tendas de pano nas prateleiras, faziam balanços com os drapejamentos. Desenrolavam as surdas peças de tecido, punham em liberdade a escuridão centenária, lanuginosa, cem vezes dobrada. Por muitos anos deteriorada, a escuridão de feltro, uma vez liberta, enchia os espaços superiores com um perfume de outro tempo, um aroma de dias passados, arrumados pacientemente em inúmeras camadas ao longo de antigos, frios outonos. No ar escurecido derramavam-se traças cegas, bolas de penugem e de lã circulavam na sementeira da escuridão, por toda a loja, e o cheiro de goma, profundo e outonal, invadia o negro acampamento de pano e veludo. Quando acampavam naquele bivaque, os vendedores só pensavam em travessuras e gracejos. Deixavam-se enrolar até as orelhas pelos colegas, apertados no pano escuro e frio, e assim ficavam, deitados em fila, prazerosamente imóveis sob a pilha de rolos de tecido — figuras vivas, múmias de pano girando os olhos, fingindo pavor pela própria imobilidade. Ou então deixavam que os balançassem e atirassem até o teto em enormes toalhas de mesa estendidas. A surda ondulação desses panos e as rajadas do ar abanado enchiam-nos de um enlevo inconsciente. A loja inteira parecia levantar voo, os panos se erguiam inspirados, os vendedores decolavam com as abas dos seus casacos a flutuar, como profetas numa ascensão passageira. Minha mãe fechava os olhos a essas brincadeiras; o relaxamento das horas de sesta justificava, em sua opinião, os piores excessos.

No verão, um mato selvagem e desmazelado dominava a loja. Na parte dos fundos, ao lado do depósito, uma janela ficava toda verde de ervas daninhas e urtigas, submarina e fulgente de tantas folhas lustrosas e reflexos ondulantes. Como no fundo de uma velha garrafa verde, ali as moscas zuniam, em incurável melancolia, na penumbra das longas tardes de verão — doentes e monstruosos exemplares criados no vinho doce do meu pai, ermitões cabeludos, a chorar o dia inteiro, em longas epopeias monótonas, a sua sorte maldita. Essa raça degenerada das moscas de loja, propensa a mutações selvagens e inesperadas, abundava de indivíduos extravagantes, frutos de cruzamentos incestuosos, descambava numa super-raça de lânguidos gigantes, veteranos com um timbre profundo e fúnebre, selvagens e taciturnos druidas de seu próprio sofrimento. No fim do verão nasciam os solitários filhos póstumos, os derradeiros da estirpe, semelhantes a grandes besouros azuis, já surdos e sem voz, de asas gastas, e assim findavam suas tristes vidas, percorrendo sem parar as vidraças verdes em incansáveis e inúteis peregrinações.

A porta, raramente aberta, ficava coberta de teias de aranha. Minha mãe dormia atrás da escrivaninha, numa rede de pano armada entre as estantes. Os vendedores, afligidos pelas moscas, tremiam, faziam caretas, agitavam-se no inquieto sono de verão. Enquanto isso, as ervas daninhas cobriam o pátio. Sob o sol selvagem e causticante, o monte de lixo pululava de gerações de imensas urtigas e malvas.

O encontro dos raios solares com um bocadinho de água subterrânea produzia naquele pedaço de terra uma virulenta substância herbácea, uma decocção intratável, um peçonhento derivado da clorofila. Ali, sob o sol, formava-se um fermento febril, vicejando em leves formações de folhas, múltiplas, denteadas e rugosas, repetidas milhares de vezes segundo a mesma fórmula, segundo a única ideia nelas oculta. Agarrando-se à sua hora, aquela contagiosa concepção, aquela ardente e selvagem ideia propagava-se como fogo; uma vez acesa pelo sol, crescia sob a janela uma falácia de verdes pleonasmos, vazia, feita de papel crepom, uma bagatela vegetal reproduzida centenas de vezes até se tornar a mais pura e ordinária tolice — um remendo barato de papel, a cobrir a parede do depósito com fatias farfalhantes cada vez maiores, que inchavam, cabeludas, umas sobre as outras. Os vendedores acordavam da soneca fugidia com manchas vermelhas no rosto. Numa estranha excitação, levantavam-se da cama cheios de iniciativa febril, imaginando bufonarias heroicas. Corroídos pelo tédio, balançavam-se nas altas prateleiras, batendo os pés, espreitando em vão uma aventura qualquer na praça vazia, varrida pelo calor.

Às vezes acontecia de um campônio da aldeia, descalço e bronco, parar indeciso à porta, lançando um olhar tímido para dentro. Para os vendedores entediados, era uma bela de uma oportunidade. Desciam rapidamente as escadas, como aranhas avistando a mosca, e o campônio, logo cercado, puxado, empurrado, assediado por mil perguntas, tentava, com um sorriso acanhado, retorquir às indagações dos importunos. Ele coçava a cabeça, sorria, mirava com desconfiança os maviosos lovelaces. Trata-se então de tabaco? Mas de que tipo? O melhor, macedônio, dourado como âmbar? Não? Basta o comum, de cachimbo? *Makhórka*[28] talvez? Aproxime-se, mais perto, por favor. Não há de que ter medo. Dizendo amabilidades, os vendedores conduziam-no com leves cotoveladas para dentro da loja, até o balcão lateral junto à parede. O vendedor Leon, passando para trás do balcão, tentava abrir uma gaveta inexistente. Ó, como se esforçava, o coitado, como mordia os beiços de tanto esforço inútil. Não! Era preciso bater com os punhos na barriga do balcão, com ímpeto e com toda a força. O campônio, encorajado pelos vendedores, fazia-o com empenho, atencioso e cheio de concentração. Enfim, como aquilo não dava resultado, subia no balcão, curvado e grisalho, e batia nele com os pés descalços. Todos rebentávamos de rir.

Foi então que ocorreu aquele incidente lamentável, que nos encheu a todos de vergonha e tristeza. Nenhum de nós era inocente, embora não tivéssemos más intenções. Foi antes a nossa leviandade, a falta de seriedade e de compreensão das altas apreensões do meu pai, foi antes a nossa imprudência, aliada à natureza do meu pai, imprevisível, vulnerável e propensa a extremos, que levaram àquelas consequências verdadeiramente fatais.

Enquanto fazíamos festa, postados em semicírculo, meu pai entrou às escondidas na loja.

Não percebemos o momento de sua chegada. Só nos demos conta de sua presença quando uma súbita compreensão

---

[28] Palavra de origem russa que designa o tabaco de qualidade inferior. (N. do T.)

das coisas trespassou-o como um raio, contorcendo seu rosto num selvagem paroxismo de horror. Minha mãe acorreu, toda apavorada: "O que há com você, Jakub?", gritou, sem fôlego. Quis, desesperada, bater nas costas dele, como se faz com quem engasga. Mas era tarde demais. Meu pai eriçou-se todo, embraveceu, seu rosto decompunha-se rapidamente em segmentos simétricos de horror, metamorfoseava-se incontidamente e a olhos vistos, sob o peso de uma calamidade inexplicável. Antes que pudéssemos entender o que acontecia, ele começou a vibrar violentamente, zumbiu e levantou voo diante dos nossos olhos, transformado numa mosca monstruosa, barulhenta, peluda, de um azul metálico, que em seu voo alucinado se chocava contra todas as paredes da loja. Profundamente preocupados, ouvimos o lamento desesperado, a queixa surda, tão expressivamente modulada, que percorria de cima a baixo todos os registros daquela dor insondável, daquele sofrimento inconsolável sob o teto escuro da loja.

Ficamos consternados, profundamente envergonhados com aquele fato lamentável, evitando olhar uns para os outros. No fundo dos nossos corações, porém, sentimos certo alívio ao verificar que no momento crítico meu pai tinha encontrado uma saída daquele enorme constrangimento. Admiramos o heroísmo incondicional com que ele se lançou loucamente para o beco sem saída do desespero, do qual parecia não haver retorno. Aliás, o ato do meu pai deve ser encarado *cum grano salis*.[29] Era antes um gesto interior, uma manifestação abrupta e desesperada, mas que continha um mínimo senso de realidade. Não podemos esquecer: a maior parte do que aqui contamos resulta daquelas aberrações de verão, daquela semirrealidade canicular, daquelas irrespon-

---

[29] Em latim, literalmente, "com um grão de sal", isto é, não muito a sério. (N. do T.)

sáveis anotações marginais, que percorrem, sem dar garantia de nada, os confins da estação morta.

Escutamos em silêncio. Foi uma vingança sofisticada, a do meu pai, foi sua represália à nossa consciência. E a partir de então fomos condenados a ouvir para sempre aquele triste e baixo zumbido, que se queixava com insistência e dor cada vez maiores até, de repente, calar-se. Por instantes saboreávamos com alívio o silêncio, o intervalo benfazejo no qual uma tímida esperança acordava em nós. Mas logo em seguida o zumbido voltava, inconsolável, ainda mais choroso e irritado, e nós compreendíamos que para aquela dor imensa, para aquele anátema zunidor, sem lar, condenado a chocar-se contra todas as paredes, não havia nem limite nem libertação. Aquele monólogo choroso, surdo a qualquer argumento, aquelas pausas, em que meu pai parecia se esquecer de si por um momento, para depois acordar num choro ainda mais alto e irado, como se revogasse, em desespero, o momento anterior de alívio, irritavam-nos profundamente. Aquele sofrimento sem fim, sofrimento que se fechava com obstinação no círculo de sua mania, sofrimento que se autoflagelava de modo furioso e obcecado, tornou-se, enfim, insuportável para as impotentes testemunhas do infortúnio. Aquele incessante e irado apelo à nossa compaixão continha uma repreensão bem nítida, uma acusação contra o nosso regozijo, flagrante demais, de modo a não gerar objeções. Todos contestávamos com o espírito cheio de raiva, em vez de arrependimento. Será que ele não tinha outra saída senão atirar-se às cegas a essa condição lamentável e desesperada, e será que, uma vez caindo nela, por sua própria culpa, ou nossa, não podia encontrar mais força espiritual, mais dignidade, para suportá-la sem lamentos? Só a minha mãe controlou a própria raiva, e não sem dificuldade. Sentados na escada em grande estupor, os vendedores alimentavam desejos sangrentos, corriam em pensamento pelas prateleiras com um mata-moscas de couro e os olhos injetados. O toldo de pano sobre a fachada ondulava vivamente no calor, o mormaço da tarde galopava milhas e milhas pela planície clara, devastando o mundo distante sob os seus pés, e na penumbra da loja, sob o teto escuro, meu pai girava, emaranhado, sem saída, nos laços de seu próprio voo, enlouquecido, embrulhando a si mesmo nos zigue-zagues desesperados de sua perseguição.

III

Na verdade, apesar das aparências, episódios como esse não têm grande importância, pois naquele mesmo dia, ao fim da tarde, meu pai já estava sentado à escrivaninha sobre os seus papéis, como de costume, e o incidente parecia ter sido esquecido havia muito, o profundo trauma parecia superado e apagado. Nós, evidentemente, abstivemo-nos de fazer qualquer alusão. Observávamos contentes como, num aparente equilíbrio de espírito, em contemplação serena, ele preenchia página após página, diligentemente, com sua escrita caligráfica e regular. Muito mais difícil foi apagar os vestígios da comprometedora personalidade do pobre campônio, pois sabe-se bem como resíduos desse tipo se arraigam em certos solos. Nós o ignoramos de propósito no decorrer daquelas semanas vazias, e ele continuou a dançar em cima do balcão, num canto escuro, ficando a cada dia menor e mais cinzento. Já quase imperceptível, sapateava ainda em seu posto, sempre no mesmo lugar; com um sorriso bondoso, curvado sobre o balcão, pisava-o infatigavelmente, escutando com atenção e falando baixinho consigo. As pancadas no balcão se tornaram a sua verdadeira vocação, na qual ele se perdia de modo irrecuperável. Não o chamamos de volta. Já tinha ido longe demais para que pudesse ser alcançado.

Os dias de verão não têm crepúsculo. A noite chegara à loja sem que percebêssemos, a grande lâmpada a querosene fora acesa, e os negócios continuavam. Naquelas curtas noites de verão, não valia a pena voltar para casa. Enquanto transcorriam as horas noturnas, meu pai, aparentemente concentrado, assinalava à caneta, nas margens das cartas, negras estrelinhas voejantes, pequenos demônios de tinta, bolos de pelo girando vagamente no campo de visão, átomos de escuridão desprendidos da grande noite de verão porta afora. A noite além da porta se dispersava como bufas-de-lobo,[30] sob a sombra do abajur disseminava-se o negro microcosmo da escuridão, a erupção contagiosa das noites de verão. Atrás do meu pai, de óculos ofuscados, ficava pendurada uma lâmpada a querosene, como um incêndio cercado por um emaranhado de relâmpagos. Meu pai esperava, esperava, impaciente, e escutava, contemplando o branco vívido do papel, através do qual corriam galáxias de estrelas e poeiras negras. Atrás do meu pai, sem a participação dele, travava-se um importante duelo pela loja, e travava-se, coisa estranha, num quadro pendurado sobre a sua cabeça, entre o arquivo e o espelho, à luz clara da lâmpada a querosene. Era um quadro-talismã, incognoscível, um quadro-enigma, eternamente interpretado e passado de uma geração a outra. E o que representava? Uma disputa interminável, que já durava séculos, um processo nunca consumado entre dois princípios divergentes. Nele, frente a frente, estavam dois comerciantes, duas antíteses, dois universos. "Eu vendia a crédito", gritava o magro, esfarrapado e estupefato, e sua voz partia-se ao meio de desespero. "Eu vendia à vista", respondia o gordo em sua pol-

---

[30] Do francês *vesse-de-loup*: cogumelo do gênero das licoperdáceas (*Lycoperdon*), que, sem tronco, parece uma bola ou pera. Madura, desmancha-se em pó quando tocada. Cresce nos campos e nas clareiras das florestas. (N. do T.)

trona, cruzando as pernas e girando os polegares nas mãos enlaçadas sobre a barriga. Como meu pai detestava aquele gordo! Conhecia ambos desde a infância. Ainda na escola, repugnava-o aquele gordo egoísta, que nos intervalos devorava uma quantidade inumerável de pães com manteiga. Mas tampouco com o magro meu pai era solidário. Agora ele via, pasmo, toda a iniciativa escapando-lhe das mãos, para ser interceptada por aqueles dois em disputa. Prendendo a respiração, com um estrabismo imóvel por detrás dos óculos caídos, meu pai aguardava o desfecho, arrepiado e profundamente apreensivo.

A loja, a loja era insondável. Era a meta de todos os pensamentos, de todas as perscrutações noturnas e todas as meditações apavoradas do meu pai. Impenetrável e sem limites, ficava à parte de tudo o que acontecia, obscura e universal. Durante o dia, abrigava as várias gerações de pano, cheias de gravidade patriarcal, dispostas por ordem de idade, agrupadas por geração e ascendência. Mas à noite, a rebelde escuridão têxtil irrompia e assediava o céu com arengas pantomímicas, com luciferinas improvisações. No outono a loja zumbia, transbordava, cheia do escuro sortimento da mercadoria de inverno, como se hectares inteiros de florestas tivessem abandonado aquele lugar, levando junto sua vasta, ruidosa paisagem. No verão, durante a estação morta, a loja escurecia e retirava-se às suas reservas sombrias, inacessível e rosnenta em seu matagal de pano. À noite, os vendedores batiam com os metros de madeira, feito manguais, na surda parede de rolos de pano, e escutavam ao fundo o doloroso rugir da loja, emparedada no cerne ursino dos tecidos.

Pisando esses surdos degraus de feltro, meu pai descia profundamente na genealogia, às profundezas dos tempos. Era o último de sua estirpe, era um Atlas cujos ombros carregavam o peso de um imenso legado. Dia e noite meu pai meditava sobre a tese desse legado, tentava compreender, numa súbita iluminação, o seu mérito. Às vezes, olhava para os vendedores com ar interrogatório, cheio de expectativa. Não tendo ele próprio nenhum sinal em sua alma, sem iluminações e diretrizes, esperava que para aqueles homens jovens e ingênuos, mal emersos de seus casulos, de repente se revelasse o significado da loja, que a ele fora vedado. Com um insistente piscar de olhos, punha-os contra a parede, mas eles, estúpidos e balbuciantes, evitavam o seu olhar, esquivavam-se e, confusos, diziam absolutos disparates. Pela manhã, apoiando-se numa bengala alta, meu pai caminhava como um pastor entre aquele cego rebanho lanoso, entre aquelas grandes aglomerações, carcaças ondulantes que baliam sem cabeça junto ao bebedouro. Ainda esperava, ainda adiava o momento em que, alçando todo o seu povo, partiria numa noite fragorosa com toda aquela carregada, enxameante e tão numerosa Israel...

A noite lá fora parecia de chumbo — sem espaço, sem vento, sem caminhos. Depois de alguns passos, tornava-se intransponível. Naquela fronteira repentina marchava-se sem sair do lugar, como no sono, e enquanto as pernas se detinham ao esgotar o pequeno espaço, o pensamento continuava a marcha, sem fim, incessantemente indagado, interrogado, conduzido por todos os desvios daquela negra dialética. A análise diferencial da noite continuava por si só. Até que, finalmente, as pernas paravam por completo num beco perdido, sem escoamento. Ficava-se às escuras no mais íntimo recanto da noite, como diante de um urinol, ficava-se longas horas num silêncio surdo, com a sensação de um delicioso constrangimento. Apenas o pensamento, deixado à própria mercê, desenroscava-se com vagar, a complexa anatomia do cérebro desenrolava-se como um novelo, e o tratado abstrato da noite de verão prosseguia, sem parar, em meio a uma virulenta dialética, dando cambalhotas entre os quebra-cabeças da lógica, sustentado de ambos os lados por indagações incansáveis e cheias de paciência, por sofismáticas perguntas sem resposta. Assim filosofando, ele atravessava com dificuldade os espaços especulativos da noite, e entrava, já incorpóreo, na vastidão última.

Já era bem depois da meia-noite quando meu pai ergueu abruptamente a cabeça da pilha de papéis. Levantou-se cheio de importância, com as pupilas dilatadas e os ouvidos atentos. "Está chegando", disse com uma expressão radiante, "abram." Antes que Teodor, o chefe dos vendedores, pudesse abrir a porta de vidro, barrada para a noite, já se espremia por ela um homem carregado de trouxas, de barba negra, magnífico e sorridente: uma visita há muito esperada. O sr. Jakub, profundamente comovido, correu ao encontro dele e, curvando-se, estendeu as mãos. Abraçaram-se. Por um momento pareceu que uma negra, baixa e brilhante locomotiva tinha chegado silenciosamente à porta da loja. Um carregador com um boné de ferroviário trazia nas costas seu enorme baú.

Nunca soubemos quem era aquele magnífico hóspede. Teodor, o chefe dos vendedores, sustentava com firmeza tratar-se do próprio Chrystian Seipel & Filhos, Fiação e Tecelagem Mecanizadas. Mas eram poucos os argumentos a suportar essa convicção, e minha mãe não escondeu suas objeções a ela. De qualquer modo, não havia dúvida de que aquele devia ser um demônio poderoso, um dos pilares da União Nacional de Credores. Uma perfumada barba negra circundava o seu rosto gordo, brilhante e cheio de nobreza. Envolto pelo braço do meu pai, ele se dirigiu, entre reverências, à escrivaninha.

Sem compreender aquela língua estrangeira, assistimos com respeito à conversa cerimoniosa, cheia de sorrisos, piscadelas e ternas palmadinhas nas costas. Após a preliminar troca de gentilezas, os senhores passaram ao assunto propriamente dito. Na escrivaninha foram espalhados livros e papéis, foi aberta uma garrafa de vinho branco. Com charutos picantes no canto de suas bocas, os rostos encolhidos num esgar de contentamento arrogante, os dois senhores trocavam palavras breves, códigos monossilábicos, enquanto apontavam espasmodicamente os dedos para uma entrada apropriada do livro, com uma travessa faísca de augúrio em seus olhos. Aos poucos a discussão esquentou, percebia-se uma irritação, controlada com dificuldade. Mordiam os lábios; de seus rostos, subitamente decepcionados e cheios de relutância, pendiam os charutos, amargos e extintos. Tremiam de agitação interior. Meu pai tomava fôlego, tinha manchas vermelhas debaixo dos olhos e os cabelos eriçados sobre a testa suada. A situação se agravava. Houve um momento em que ambos se ergueram em seus lugares e ficaram quase fora de si, ofegantes, soltando lampejos opacos das lentes de seus óculos. Minha mãe, assustada, começou a dar leves palmadas de súplica nas costas do meu pai, tentando evitar a catástrofe. Ao ver a dama, os dois senhores voltaram a si, lembraram-se da etiqueta social, cumprimentaram-se com um sorriso e sentaram-se para continuar o trabalho.

Cerca de duas da manhã, meu pai fechou bruscamente a pesada capa do livro-razão. Observamos inquietos os rostos dos interlocutores, procurando discernir para qual lado a balança pendia. O bom humor do meu pai parecia-nos artificial e forçado, enquanto o homem da barba negra se refestelava na poltrona, cruzava as pernas e exalava benevolência e otimismo. Com generosidade ostentatória, distribuía gorjetas entre os empregados da loja.

Deixando papéis e contas de lado, os dois senhores se levantaram. Suas expressões prometiam muito. Piscando o olho aos vendedores, davam a entender que agora estavam cheios de iniciativa. Davam a entender que chegara a hora de fazer uma boa farra, pelas costas de mamãe. Mas era apenas uma falácia. Os vendedores sabiam bem o que pensar daquilo. Aquela noite não levaria a lugar algum. Terminaria à beira da sarjeta, num lugar conhecido, diante da cega parede do nada e de um constrangimento vergonhoso. Todas as veredas que levavam à noite regressariam à loja. Todas as escapadas rumo às profundezas dos seus espaços tinham desde o início as asas quebradas. Os vendedores retribuíam as piscadelas só por gentileza.

Meu pai e o homem da barba negra saíram da loja de braços dados, bastante animados, acompanhados pelos olhares condescendentes dos vendedores. Logo na saída a guilhotina da noite cortou-lhes de um só golpe as cabeças, e eles mergulharam na noite como numa água negra.

Quem explorou as profundezas insondáveis da noite de julho, quem mediu a quantidade de braçadas que é preciso dar no vazio, onde nada acontece? Tendo cruzado aquela negra infinitude, os dois homens estavam outra vez à porta da loja, como se tivessem acabado de sair, já com a cabeça recuperada, com a palavra de ontem ainda fresca em seus lábios. Parados assim numa conversa monótona, ninguém sabia havia quanto tempo, pareciam ter regressado de uma longa expedição, ligados por uma camaradagem estabelecida em supostas aventuras e escândalos noturnos. Puxavam os chapéus para trás com um gesto ébrio, cambaleando sobre pernas moles.

Evitando a iluminada fachada da loja, entraram escondidos pelo portão da casa e, em silêncio, começaram a travessia da escada rangente, até o andar de cima. Assim penetraram na varanda dos fundos, diante da janela do quarto de Adela, tentando espiar a moça que dormia. Não puderam vê-la, deitada na sombra, as coxas entreabertas, inconsciente, entre espasmos, nos braços do sono, a cabeça ardente jogada para trás, fanaticamente devota aos sonhos. Bateram no vidro escuro, entoaram cantigas obscenas. Mas ela, com um sorriso letárgico na boca entreaberta, perambulava hirta e cataléptica por caminhos longínquos, milhas distante, inalcançável.

Então, refestelados no parapeito da varanda, bocejaram em alto e bom som, já resignados, e bateram os pés nas tábuas junto à balaustrada. Numa hora tardia e imprecisa da noite, seus corpos já se encontravam, não se sabe como, em duas camas estreitas, flutuando sobre lençóis amontoados. Nadavam lado a lado, dormindo em desafio, ultrapassando-se alternadamente no galope laborioso do ronco.

Em algum dos quilômetros do sono — terá sido a correnteza do sono a unir os seus corpos, ou terão os seus sonos se unido despercebidamente num só? —, sentiram que, abraçados num dos pontos daquele desespaço negro, travavam um difícil duelo inconsciente. Arfavam, cara a cara, entre esforços estéreis. O homem da barba negra caíra sobre o meu pai, como o Anjo em cima de Jacó. Mas meu pai espremia-o com toda a força entre os joelhos e, zarpando tórpido para uma longa ausência, roubava ainda, às escondidas, uma curta sesta entre um e outro assalto. Assim lutavam, mas pelo quê? Pelo nome? Por Deus? Por um contrato? Lutavam, banhados em suor mortal, até as últimas forças, enquanto a correnteza do sono levava-os a cada vez mais distantes e estranhas regiões da noite.

IV

No dia seguinte, meu pai mancava levemente. Seu rosto resplandecia. Bem cedo, ao raiar do dia, encontrou, já pronto, o deslumbrante desfecho de sua carta, pelo qual lutara inutilmente tantos dias e noites. Nunca mais vimos o homem da barba negra. Ele partiu antes do amanhecer, com seu baú e suas trouxas, sem despedir-se de ninguém. Foi a última noite da estação morta. A partir daquela noite de verão, começaram sete longos anos de abundância para a loja.

SANATÓRIO SOB O SIGNO DA CLEPSIDRA

I

A viagem foi longa. No trem, que naquela esquecida linha lateral só circulava uma vez por semana, havia apenas alguns passageiros. Eu nunca vira aqueles vagões de tipo arcaico, há muito retirados das outras linhas, espaçosos como salas, escuros e cheios de recantos. Os corredores que se dobravam em diversos ângulos, os compartimentos vazios, labirínticos e frios tinham um ar de algo estranhamente abandonado, quase assustador. Eu mudava de um vagão para outro à procura de um canto aconchegante. Ventava por toda parte, frias correntes de ar abriam caminho nos interiores, perfurando o trem de lado a lado. Aqui e acolá, sentados no chão, havia homens com trouxas, não ousando ocupar os sofás vazios e altos demais. Além disso, os assentos convexos, cobertos de oleado, estavam frios como gelo e viscosos de velhice. Nas estações desertas, nenhum passageiro entrava. Sem apito, sem arquejo, o trem partia devagar, como se imerso em meditação.

Por algum tempo acompanhou-me um homem de uniforme ferroviário surrado, um homem silencioso e absorto. Pressionava um lenço contra o rosto inchado e dolorido. Depois até ele sumiu, descendo sem ser notado numa das paradas. Na palha estendida no chão deixou a marca do seu corpo e uma mala preta em mau estado, que esquecera ali.

Patinhando na palha e no lixo, eu passava vacilante de um vagão a outro. As portas dos compartimentos, abertas de par em par, balançavam na corrente de ar. Nenhum passageiro em todo o trem. Enfim encontrei o cobrador, que envergava o uniforme preto do serviço ferroviário daquela linha. Enrolava um lenço grosso no pescoço e empacotava suas coisas, uma lanterna e o livro oficial. "Estamos chegando, senhor", disse, fitando-me com olhos apagados. O trem parava aos poucos, sem arquejo, sem ruído, como se a própria vida fosse lhe escapar com o último sopro de vapor. Paramos. Silêncio e deserto, nenhum edifício da estação. Ao sair, o cobrador me indicou ainda a direção do Sanatório. Com a mala na mão, segui por um estreito caminho branco que logo se escondia na mata escura do parque. Eu olhava a paisagem com certa curiosidade. O caminho que eu percorria subia e levava ao cume de uma elevação suave, de onde se podia avistar um vasto horizonte. O dia estava todo cinza, contido, sem contrastes. E, talvez sob a influência desse tempo pesado e descorado, escurecia a grande tigela do horizonte, onde estava arranjada a ampla paisagem da mata, disposta teatralmente em faixas e camadas de florestamento cada vez mais distantes e cinzentas, fluindo em rastros, em quedas suaves, à direita e à esquerda. Toda essa paisagem escura e grave parecia, quase imperceptivelmente, flutuar em si mesma, mover-se dentro de seu próprio espaço, como um céu amontoado, cheio de nuvens e de um movimento latente. As faixas fluidas e as trilhas da floresta pareciam farfalhar e crescer nesse farfalho, como a maré que sobe imperceptível em direção à costa. Em meio à dinâmica obscura do terreno da floresta, a elevada estrada branca serpeava como uma melodia pelo dorso de largos acordes, pressionada por imensas massas musicais que enfim a absorviam. Arranquei um raminho de uma árvore da beira da estrada. O verde das folhas era muito escuro, quase negro. Era um negro estranhamente saturado, profundo e benfazejo como um sono forte e nutritivo. E todos os tons de cinza da paisagem derivavam dessa única cor. É essa a cor que a nossa paisagem toma às vezes num nublado anoitecer de verão, impregnado de longas chuvas. É aquela mesma abnegação profunda e tranquila, a mesma dormência resignada e definitiva, que já não precisa do consolo da cor.

A floresta estava escura como a noite. Eu caminhava às apalpadelas sobre as agulhas de pinheiro. Quando as árvores se tornaram rarefeitas, retumbaram sob os meus pés as vigas da ponte. Do outro lado, entre o negrume das árvores, vislumbravam-se as paredes cinzentas, de muitas janelas, do hotel que se anunciava como Sanatório. A dupla porta de vidro da entrada estava aberta. Entrava-se nela diretamente da ponte, que era protegida dos dois lados por uma balaustrada vacilante de ramos de bétula. No corredor reinavam a penumbra e um silêncio solene. Comecei a passar, na ponta dos pés, de porta em porta, lendo na escuridão os números indicados em cada uma delas. Enfim, numa curva, deparei-me com uma camareira. Saiu correndo de um quarto como se fugisse das mãos inoportunas de alguém, alvoroçada e ofegante. Mal compreendeu o que eu lhe disse. Tive de repetir. Mexia-se sem parar.

Haviam recebido o meu telegrama? Ela estendeu os braços e desviou o olhar. Só esperava o momento oportuno para saltar em direção à porta entreaberta, que observava com seus olhos estrábicos.

— Vim de longe. Reservei um quarto por telegrama — disse com certa impaciência. — A quem devo me dirigir?

Ela não sabia.

— Talvez o senhor possa aguardar no restaurante — disse, muito confusa. — Agora todos estão dormindo. Quando o doutor acordar, anunciarei o senhor.

— Estão dormindo? Mas é dia, ainda falta muito para anoitecer...

— Aqui dormem o tempo todo. O senhor não sabe? — disse, olhando-me com interesse. — Aliás, aqui nunca é noite — acrescentou com jeito coquete. Já não queria fugir. Mexendo-se, beliscava a renda do avental.

Deixei-a. Entrei num restaurante meio escuro. Havia mesas e um enorme bufê, que ocupava uma parede inteira. Agora, depois de muito tempo, voltava a sentir fome. Fiquei contente ao ver o bufê coberto de bolos e tortas.

Larguei a mala numa das mesas. Estavam todas desocupadas. Bati palmas. Nenhuma resposta. Fui ver a sala vizinha, maior e mais clara. Ela se abria por uma ampla janela ou *loggia* à paisagem que eu já conhecia e que, enquadrada naquela moldura, com sua tristeza e resignação profundas, lembrava um memento fúnebre. Nas toalhas de algumas mesas havia restos de uma refeição recente, garrafas desarrolhadas, copos meio vazios. Aqui e acolá havia até gorjetas, ainda não retiradas pelos serventes. Voltei ao bufê e olhei os bolos e patês. Tinham um aspecto muito apetitoso. Comecei a ponderar se convinha eu mesmo me servir. Senti um súbito acesso de gulodice. Foi sobretudo um certo tipo de bolo com doce de maçã que me deu água na boca. Já estava quase erguendo um pedaço dele com a espátula de prata quando percebi alguém às minhas costas. Era a camareira, que entrava com suas pantufas silenciosas e me tocava as costas com os dedos. "O doutor aguarda o senhor", disse, enquanto examinava as suas unhas.

Caminhou à minha frente e, ciente do magnetismo provocado pelo balanço dos seus quadris, nem sequer voltou o rosto. Brincava, intensificando o magnetismo, controlando a distância entre os nossos corpos enquanto passávamos por dezenas de portas numeradas. Já na completa escuridão, ela se encostou de leve em mim. "Aqui é o gabinete do doutor", sussurrou. "Entre, por favor."

O doutor Gotard recebeu-me de pé no meio da sala. Era um homem baixo, de ombros largos e barba negra.

— Seu telegrama chegou ainda ontem — disse. — Mandamos nosso coche para a estação, mas o senhor veio em outro trem. Infelizmente, a conexão ferroviária não é muito boa. Como vai o senhor?

— Meu pai está vivo? — perguntei, fixando um olhar inquieto em seu rosto sorridente.

— Sim, naturalmente — disse ele, suportando com calma o meu olhar fervoroso. — Dentro dos limites determinados pela situação, é claro — acrescentou, apertando os olhos. — O senhor sabe tão bem quanto eu que, do ponto de vista da sua família, da perspectiva da sua pátria, o seu pai já morreu. Isso não tem como ser completamente desfeito. Essa morte lança uma sombra na existência dele aqui.

— Mas meu pai não sabe, não desconfia? — perguntei cochichando. Ele sacudiu a cabeça, manifestando assim uma profunda convicção.

— Não se preocupe — disse em voz baixa —, nossos pacientes não desconfiam, nem podem adivinhar...

— Nosso truque — acrescentou, disposto a demonstrar o mecanismo com os dedos, já devidamente preparados — consiste em retroceder o tempo. Aqui estamos sempre atrasados no tempo, um intervalo cuja amplitude é impossível definir. A questão se reduz a um relativismo simples. A morte do seu pai, que já transcorreu na sua pátria, ainda não o alcançou aqui.

— Neste caso — disse eu —, meu pai deve estar morrendo, ou deve estar perto da morte...

— O senhor não compreende — ele respondeu, num tom de impaciência complacente. — Aqui reativamos o tempo passado com todas as suas possibilidades, inclusive a possibilidade de cura.

Olhava-me com um sorriso, cofiando a barba com a mão.

— Mas agora o senhor certamente quer ver seu pai. Conforme pediu, reservamos para o senhor a outra cama no quarto dele. Queira me acompanhar.

Quando saímos para o corredor escuro, o doutor Gotard começou a falar baixinho. Notei que usava pantufas de feltro, iguais às da camareira.

— Deixamos que nossos pacientes durmam muito, economizando assim sua energia vital. Aliás, aqui eles não têm nada melhor a fazer.

Por fim paramos em frente a uma porta. Ele levou o dedo aos lábios.

— Entre sem fazer barulho. Seu pai está dormindo. O senhor pode se deitar, é o melhor a fazer agora. Até logo.

— Até logo — respondi baixinho, sentindo o coração subir à garganta. Girei a maçaneta e a porta cedeu, assim como a boca, indefesa, se entreabre no sono. Entrei. O quarto, cinzento e nu, estava quase vazio. Numa simples cama de madeira, sob uma pequena janela, estava deitado o meu pai, coberto por uma abundante roupa de cama, e dormia. Sua respiração profunda descarregava todas as camadas de ronco das profundezas do sono. O quarto inteiro parecia revestido desse ronco, do chão ao teto, e novas unidades continuavam a chegar. Muito emocionado, observei o rosto magro e emaciado do meu pai, agora totalmente absorto com o trabalho do ronco, rosto que num transe longínquo — abandonada a sua máscara terrena — confessava a sua existência numa margem distante, fazia a solene contagem dos seus minutos.

Não havia outra cama. Da janela soprava um frio penetrante. A estufa não estava aquecida.

Não parecem se preocupar muito com os pacientes — pensei. Um doente tão grave, exposto ao perigo das correntes de ar! E pelo visto ninguém cuida da limpeza. Uma grossa camada de poeira se estendia no chão e cobria o criado-mudo, onde havia remédios e um copo de café frio. Há uma infinidade de doces no bufê, e os pacientes recebem café preto em vez de algo nutritivo! Mas, em face dos benefícios da retrocessão do tempo, aquilo era apenas um pormenor. Despi-me devagar e deitei-me na cama do meu pai. Ele não acordou, apenas o seu ronco, como se já estivesse alto demais, desceu uma oitava, abrindo mão da altissonância da sua declamação. Passou a ser um ronco privado, um ronco para uso próprio. Ajeitei o edredom em torno do meu pai, para protegê-lo, na medida do possível, do vento que soprava pela janela. Logo adormeci ao seu lado.

II

Quando acordei, o quarto estava na penumbra. Meu pai, já vestido, estava sentado à mesa e tomava chá, no qual embebia biscoitos doces. Vestia um terno preto de fazenda inglesa, ainda novo, que comprara no último verão. A gravata estava um tanto mal amarrada.

Ao ver-me acordado, disse, com um sorriso agradável no rosto empalidecido pela doença: — Estou muito feliz que tenha vindo, Józef. Que surpresa! Sinto-me tão só. É verdade que a gente não deve se queixar numa situação como esta, já passei por coisas piores, e se fosse somá-las todas... Mas deixa para lá. Imagine que no meu primeiro dia aqui eles serviram um excelente *filet de boeuf* com cogumelos. Um demônio de filé, Józef. Peço encarecidamente: se alguma vez eles servirem a você um *filet de boeuf*... Ainda agora sinto fogo no meu estômago. Diarreias, uma após a outra... Não era capaz de me conter de jeito nenhum. Mas preciso anunciar-lhe uma novidade — continuou —, não ria. Aluguei aqui um local para a loja. Sim, é verdade. E congratulo-me por ter tido es-

sa ideia. Antes, morria de tédio. Você nem imagina o tédio que reina aqui. E agora tenho ao menos uma ocupação agradável. Mas não terá aquela grandiosidade de antes. Nada disso. É um lugar bem mais modesto do que a nossa antiga loja. Não passa de uma barraca se comparada com a outra. Na nossa cidade eu teria vergonha, mas aqui, onde tivemos que abrir mão de tantas pretensões... Não é verdade, Józef?...
— Sorriu dolorosamente. — Ainda assim, vamos vivendo. — Tive pena e vergonha ao ver o embaraço do meu pai quando percebeu ter usado uma expressão inapropriada.

— Vejo que está com sono — disse ele logo depois. — Durma mais um pouco, e depois você pode me visitar na loja, se quiser. Agora estou indo para lá, para ver como estão os negócios. Você nem imagina como foi difícil obter crédito, com que desconfiança tratam aqui os velhos comerciantes, comerciantes com um histórico importante... Você se lembra da ótica da praça? Ora, a nossa loja fica ao lado. Ainda não tem letreiro, mas mesmo assim você irá encontrá-la. Não tem como errar.

— Vai sair sem casaco? — perguntei angustiado.

— Esqueceram de empacotá-lo. Imagine, não o encontrei no meu baú, mas não me faz falta. Esse clima suave, esse ar doce!...

— Pai, leve o meu — insisti —, por favor, leve. — Mas meu pai já tinha posto o chapéu. Ele acenou e saiu do quarto.

Não, eu não tinha mais sono. Sentia-me descansado... e com fome. Lembrei-me, com prazer, do bufê cheio de doces. Vesti-me pensando em quantas espécies de iguarias estavam à minha espera. Decidi que daria preferência ao bolo de maçã, sem me esquecer do magnífico pão de ló recheado com casca de laranja, que também me chamara a atenção. Fiquei na frente do espelho para dar o nó na gravata, mas sua superfície esférica escondia minha imagem dentro de si, fazendo-a girar em suas turvas profundezas. Tentava em vão ajustar a distância, aproximando-me e afastando-me, pois nenhum reflexo queria emergir da fluida neblina de prata. "Preciso pedir outro espelho", pensei, e deixei o quarto.

O corredor estava completamente escuro. Uma pequena lâmpada a gás, luzindo numa curva com sua chama azulada, intensificava a impressão de silêncio solene. Naquele labirinto de portas, portinholas e escaninhos, tive dificuldade de me lembrar qual era a porta do restaurante. "Vou para a rua", pensei, tomando uma decisão súbita. "Vou comer na cidade. Certamente encontrarei uma boa confeitaria."

Ao sair pelo portão, senti o ar pesado, úmido e doce daquele clima peculiar. A habitual cor cinza da atmosfera assumira matizes ainda mais profundos. Era como um dia visto através de um crepe de luto.

Meus olhos absorviam, insaciáveis, a aveludada e suculenta negrura das partes mais escuras, a gradação de grises apagados das cinzas de pelúcia que transcorriam em arpejos de tons sufocados, quebrados pelo abafador do teclado — o noturno da paisagem. O ar abundante e plissado drapejava em volta do meu rosto como um lençol sedoso, sabia à doçura insípida da água da chuva.

E de novo aquele ruído das florestas negras que retornava a si mesmo, os acordes abafados que desgrenhavam o espaço, já além dos limites da audibilidade! Eu estava no pátio dos fundos do Sanatório. Olhei para os altos muros do anexo do edifício principal, que era curvo como uma ferradura. Todas as janelas tinham as venezianas negras fechadas. O Sanatório dormia profundamente. Passei pelo portão de ferro. Ao lado ficava uma casa de cachorro abandonada, de dimensões espantosas. Outra vez fui absorvido pela floresta negra, em cuja escuridão eu caminhava às apalpadelas, como se tivesse os olhos semicerrados, sobre as silenciosas agulhas de pinheiro. Quando clareou um pouco, desenharam-se entre as árvores os contornos das casas. Alguns passos depois eu já me encontrava na ampla praça da cidade.

Que estranha e enganadora semelhança tinha ela com a praça da nossa cidade natal! Como são parecidas, de fato, todas as praças do mundo! São praticamente as mesmas casas e lojas!

As calçadas estavam quase vazias. Do céu, de um cinza indeterminado, chuviscava a fúnebre e tardia semialva daquela hora indefinida. Eu lia sem dificuldade os cartazes e as tabuletas, mas não me surpreenderia se me dissessem que já era noite profunda! Só algumas lojas estavam abertas. Outras haviam sido fechadas às pressas, e tinham as persianas abaixadas pela metade. O ar espesso e exuberante, o ar rico e embriagador, absorvia partes da paisagem, apagava, como uma esponja úmida, algumas casas, um candeeiro da rua, uma tabuleta. Por vezes era difícil manter os olhos abertos, pois uma estranha negligência ou sono fazia descer as minhas pálpebras. Fui procurar a ótica mencionada pelo meu pai. Ele falara dela como de algo que eu já conhecesse, como se a situação local fosse familiar para mim. Não sabia que eu estava aqui pela primeira vez? Certamente sua cabeça estava confusa. Mas o que se poderia esperar de um pai apenas meio real, que vivia uma vida tão condicional, relativa, limitada por tantas ressalvas? Não há como esconder que só com muita boa vontade era possível atribuir-lhe uma espécie de existência. A sua era uma lamentável substituta da vida, derivada de uma indulgência generalizada, daquele *consensus omnium* do qual ele tirava sua escassa seiva. Ninguém tinha dúvida de que era só graças a uma indulgência solidária, a uma vista grossa às evidentes e clamorosas insuficiências dessa condição, que aquele triste simulacro de vida podia segurar-se por um momento ao tecido da realidade. A mais leve oposição podia abalá-lo, o mais suave sopro de ceticismo, derrubá-lo. Conseguiria o Sanatório do dr. Gotard garantir-lhe essa atmosfera de estufa, de benevolente tolerância, protegê-lo dos ventos frios da sobriedade e da crítica? Era de admirar que, naquele ameaçado e questionável estado de coisas, meu pai ainda fosse capaz de portar-se tão bem.

    Fiquei contente ao ver a vitrine da confeitaria repleta de bolos e tortas. Meu apetite ressurgiu. Abri a porta de vidro com a placa "Sorvete" e entrei num local escuro. Cheirava a café e baunilha. Do fundo da loja surgiu uma moça de rosto borrado pelo crepúsculo e atendeu ao meu pedido. Finalmente, depois de tanto tempo, pude matar a fome fartando-me de esplêndidas roscas doces, que eu ia embebendo no café. Na escuridão, cercado pelos arabescos dançantes do anoitecer, eu devorava os doces, um após o outro, sentindo o rodopio das trevas a penetrar sob as minhas pálpebras, a dominar em silêncio o meu interior com sua pulsação quente, com um enxame de milhares de toques delicados. Por fim, só o retângulo da janela reluzia, uma mancha cinzenta na completa escuridão. Bati com uma colher na mesa mas foi em vão. Não apareceu ninguém a quem eu pudesse pagar pela refeição. Deixei uma moeda de prata sobre a mesa e saí. A luz ainda estava acesa na livraria ao lado. Os vendedores estavam ocupados com a organização dos livros. Perguntei onde ficava a loja do meu pai. "É o segundo estabelecimento depois deste", explicaram. Um rapaz prestativo até me acompanhou à porta para mostrar o caminho. A porta era de vidro, a vitrine, ainda inacabada, estava encoberta por um papel pardo. Já na entrada notei, surpreso, que a loja estava cheia de fregueses. Meu pai estava atrás do balcão e somava as quantias de um longo cálculo, umedecendo o lápis com saliva. O cavalheiro para quem era preparado o recibo estava inclinado sobre o balcão e, contando a meia-voz, seguia com o dedo indicador cada cifra somada. Os outros fregueses observavam em silêncio. Meu pai olhou-me por cima dos óculos e disse, mantendo o dedo no número em que tinha parado: "Chegou uma carta para você. Está na escrivaninha, entre os papéis", e voltou a mergulhar no cálculo. Enquanto isso, os vendedores separavam a mercadoria comprada pelos fregueses, embrulhavam-na com papel e amarravam-na com barbante. Os tecidos ocupavam apenas parte das estantes, ainda bastante vazias.

— Pai, por que não se senta? — perguntei baixinho, passando para trás do balcão. — Está tão doente e não se cuida. — Ele levantou a mão, como se quisesse afastar meus argumentos, e continuou a calcular. Estava muito franzino. Era óbvio que apenas a excitação artificial, apenas a atividade febril sustentava as suas forças, adiava um tanto o momento do colapso completo.

Fui procurar a carta na escrivaninha, mas o que encontrei era na verdade um pacote. Alguns dias antes tinha escrito a uma livraria, perguntando sobre certo livro pornográfico, e ei-lo aqui. Eles encontraram o meu endereço, ou antes, o endereço do meu pai, que mal chegara a abrir a loja, ainda sem nome e sem letreiro. Que espantosa a organização do setor de inteligência, que admirável a eficiência da expedição! E que rapidez incrível!

— Você pode ler isso no escritório, nos fundos — disse o meu pai, com um olhar descontente —, aqui, como você vê, não há espaço.

O escritório nos fundos ainda estava vazio. Através da porta de vidro entrava um pouco de luz da loja. Nas paredes estavam pendurados os casacos dos vendedores. Abri o pacote e, sob a luz fraca que vinha da porta, comecei a ler.

A carta informava que o livro pedido não constava, infelizmente, no depósito. As buscas haviam começado, mas, a despeito do resultado destas, a empresa tomava a liberdade de me enviar, sem compromisso, um produto que por certo despertaria o meu interesse. Seguia-se uma complicada descrição de um refrator astronômico desmontável, com uma enorme potência de luz e outras numerosas virtudes. Interessado, tirei do embrulho o tal instrumento, feito de oleado ou de uma tela preta, dobrada como um fole achatado. Sempre tive um fraco por telescópios. Comecei a desdobrar a capa do instrumento. Suportado por pinos fininhos, cresceu nas minhas mãos um enorme fole de presbita, estendendo por todo o escritório seu invólucro vazio, um labirinto de compartimentos pretos, um longo complexo de câmaras escuras, encaixadas umas nas outras. Parecia um longo automóvel de tecido laqueado, uma espécie de acessório cenográfico que, no material leve do papel e do brim endurecido, imitava a solidez do real. Olhei pelo tubo preto da lente e no fundo vi apenas os contornos indistintos da entrada frontal do Sanatório. Intrigado, enfiei-me ainda mais no compartimento traseiro do aparelho. Pude então observar pelo campo de visão do telescópio a camareira, que passava por um corredor pouco iluminado do Sanatório com uma bandeja na mão. Ela virou-se e sorriu. "Será que pode me ver?", pensei. Uma irresistível sonolência cobria meus olhos de neblina. Estava instalado no compartimento traseiro do telescópio como no banco de trás de uma limusine. Um leve toque na alavanca e o aparelho começou a farfalhar como uma borboleta de papel a bater asas, e eu senti que ele se movia junto comigo em direção à porta.

Como uma grande lagarta negra, o telescópio entrou na loja iluminada: um casco multiarticulado, uma enorme barata de papel com duas imitações de farol na frente. Os fregueses se apinharam, recuando diante do cego dragão de papel, os vendedores escancararam a porta da rua, e eu saí devagar no meu automóvel de papel, entre as filas de visitantes cujos olhares indignados acompanhavam aquela saída verdadeiramente escandalosa.

III

Assim se vive nesta cidade, e assim o tempo passa. Dorme-se na maior parte do dia, e não só na cama. Não, nesse domínio ninguém é muito exigente. Em qualquer lugar e hora do dia, a gente está pronto para tirar uma soneca gostosa: com a cabeça encostada na mesa do restaurante, num fiacre, e até de pé, no saguão de um edifício qualquer, onde se entra para sucumbir por um momento à irresistível necessidade de sono.

Ao acordar, ainda tontos e vacilantes, retomamos a conversa interrompida, continuamos a difícil caminhada, porfiamos sobre um assunto complicado, sem princípio e sem fim. O resultado é que intervalos inteiros de tempo somem por acidente no caminho, perdemos o controle sobre a continuidade do dia, até que, finalmente, deixamos de insistir, abdicando sem remorso do esqueleto da cronologia ininterrupta, que outrora vigiávamos tão atentamente em nome do hábito e da solícita disciplina de cada dia. Há muito que sacrificamos essa incessante disposição de prestar contas do tempo transcorrido, essa meticulosidade no acerto, até o último vintém, das despesas das horas gastas — orgulho e ambição da nossa economia. Essas virtudes cardeais, que no passado não conheciam falta nem hesitação, há muito foram abandonadas por nós.

Eis alguns exemplos que ilustram esse estado de coisas. Numa certa hora do dia ou da noite — apenas uma nuance quase imperceptível da cor do céu permite distinguir uma da outra —, eu acordo encostado na balaustrada da ponte que leva ao Sanatório. Anoitece. Devo ter andado pela cidade caindo de sono, inconsciente, até chegar mortalmente cansado a esta ponte. Não posso dizer se o dr. Gotard me acompanhou durante todo o tempo da caminhada, mas agora ele está à minha frente e, chegando a conclusões definitivas, termina uma longa argumentação. Empolgado com sua própria eloquência, ele pega no meu braço e me leva consigo. Seguimos juntos e, antes de passarmos pelas ruidosas tábuas da ponte, torno a adormecer. Através das minhas pálpebras fechadas, vejo vagamente a gesticulação expressiva do doutor, o sorriso no fundo de sua barba negra, e em vão procuro compreender o genial truque de lógica, o trunfo final que, no auge do seu discurso, ele revela, triunfante, imóvel e de braços abertos. Não sei quanto tempo ainda caminhamos assim, lado a lado, imersos numa conversa cheia de mal-entendidos. De repente, desperto por completo. O dr. Gotard desapareceu; está completamente escuro, mas só porque tenho os olhos fechados. Abro-os e vejo que estou na cama, no meu quarto, sem saber como cheguei.

Um exemplo ainda mais dramático:

À hora do almoço, entro num restaurante da cidade, barulhento e cheio de confusão. E quem encontro lá dentro, atrás de uma mesa abarrotada de pratos? Meu pai. Todos olham para ele, enquanto ele, excepcionalmente animado, quase em êxtase de tanto prazer, com seu alfinete de diamante brilhando, reclina-se com afetação em todas as direções, numa conversa efusiva com todos os presentes ao mesmo tempo. Numa bravata artificial, que não consigo observar sem grande preocupação, ele pede novos e novos pratos, que se acumulam na mesa. Junta-os todos ao seu redor com enorme prazer, apesar de não ter terminado sequer o primeiro. Estalando a língua, mastigando e falando ao mesmo tempo, seus gestos e sua fisionomia demonstram o maior contentamento com esse banquete, seu olhar segue com adoração o sr. Adam, o garçom, a quem ele, com um sorriso encantador, dirige sempre novos pedidos. E quando o garçom, agitando um guardanapo, corre para servi-lo, meu pai dirige-se a todos com um gesto suplicante, para que testemunhem o charme irresistível daquele Ganimedes.

"Um rapaz inestimável", exclama com um sorriso afável, fechando os olhos, "um rapaz angelical! Os senhores têm de reconhecer que ele é charmoso!"

Retiro-me da sala cheio de desgosto, sem ser notado pelo meu pai. Se ele tivesse sido posto ali de propósito pela direção do hotel para fazer publicidade e divertir os hóspedes, não poderia comportar-se com maior ostentação e de modo mais provocativo. Com a cabeça zonza de sono, cambaleando pelas ruas, volto para casa. Apoiando a cabeça na caixa de correio, tiro um pequeno cochilo. Enfim, apalpando no escuro, encontro o portão e entro no Sanatório. O quarto está escuro. Acendo a luz, mas não há eletricidade. Da janela vem um vento frio. A cama range na escuridão. Meu pai ergue a cabeça do travesseiro e diz: "Ah, Józef, Józef! Há dois dias estou nesta cama sem nenhuma assistência. A campainha não funciona, ninguém vem me ver, meu próprio filho me abandona, a mim, um homem tão doente, para correr atrás de moças na cidade. Veja como bate o meu coração".

Como conciliar tudo isso? Estará meu pai no restaurante, dominado pela doentia ambição da gula, ou estará muito enfermo em seu quarto? Ou será que existem dois pais? Nada disso. A culpada é a desintegração acelerada do tempo, desprovido de vigilância constante.

Todos sabemos que esse elemento desordenado só se mantém mais ou menos disciplinado graças ao cultivo incessante, ao cuidado meticuloso, ao controle apurado e à correção dos seus excessos. Privado dessa assistência, ele se torna imediatamente propenso a transgressões, a selvagens aberrações, a travessuras imprevisíveis, a uma palhaçada amorfa. A incongruência dos nossos tempos particulares torna-se cada vez mais nítida. O tempo do meu pai e o meu próprio tempo já não coincidem.

Aliás, essa acusação de práticas devassas, feita pelo meu pai, não passa de uma insinuação gratuita. Ainda não me aproximei de nenhuma moça aqui. Cambaleando como um bêbado de um sono a outro, mal reparo, mesmo nos momentos de lucidez, no belo sexo local.

Em todo caso, a escuridão crônica das ruas nem sequer permite distinguir os rostos com nitidez. A única coisa que pude notar, como um homem jovem que ainda tem algum interesse nessa matéria, foi o passo peculiar dessas moças.

É um passo que segue inexorável, em linha reta, sem se importar com obstáculos, que obedece apenas a um certo ritmo interior, a uma lei, que elas desenrolam, como que de um novelo de lã, no fio do trote retilíneo, muito preciso e de elegância medida.

Cada uma delas, retesada como uma corda, carrega dentro de si uma norma individual e distinta.

Quando assim caminham, imersas nessa norma, concentradas e sérias, parecem ter apenas uma preocupação: não perder nada dela, não se desviar desse princípio difícil, não se afastar dele nem um milímetro. E então fica claro que o que elas carregam com tanta atenção e cuidado sobre suas cabeças não é senão uma *idée fixe* de sua própria perfeição, que por força da convicção se transforma quase em realidade. É uma antecipação cujo risco elas mesmas devem assumir, sem nenhuma garantia, um dogma intocável, elevado acima de qualquer dúvida.

Que imperfeições e falhas, que arredondados ou achatados narizes, que sardas e espinhas contrabandeiam elas com bravata sob a bandeira dessa ficção! Não há feiura nem vulgaridade que não possam ser elevadas ao céu fictício da perfeição pelo voo dessa fé.

Sancionado por essa fé, o corpo fica notavelmente mais belo, e as pernas, realmente bem modeladas, pernas elásticas em calçados impecáveis, falam através do seu caminhar, explicam com diligência no fluente e brilhante monólogo da marcha a riqueza da ideia que o rosto fechado não quer, por orgulho, expressar. As mãos, levam-nas nos bolsos de suas jaquetas curtas e justas. Nos cafés e nos teatros, cruzam as pernas descobertas até os joelhos, num silêncio bem expressivo. Há algo que eu gostaria de mencionar, de passagem, sobre uma das singularidades desta cidade. Cheguei a falar da vegetação negra daqui. Em particular, merece atenção certa espécie de samambaia negra cujos enormes ramalhetes enfeitam os vasos de toda casa e de todo local público. É quase um símbolo de luto, um brasão fúnebre desta cidade.

IV

O ambiente do Sanatório se torna a cada dia mais insuportável. Não há como negar que simplesmente caímos numa cilada. Desde a minha chegada, quando se mostrou ao visitante uma aparência de hospitalidade, a direção do Sanatório não teve o menor cuidado para nos dar ao menos a ilusão de uma assistência qualquer. Estamos simplesmente abandonados. Ninguém cuida das nossas necessidades. Constatei, já há algum tempo, que os fios das campainhas elétricas terminam logo em cima das portas e não levam a lugar algum. Não há empregados. Dia e noite, os corredores ficam envoltos em penumbra e silêncio. Tenho a forte impressão de que somos os únicos hóspedes neste Sanatório, e de que os olhares discretos e misteriosos com que a camareira fecha as portas dos quartos, ao entrar ou sair, não passam de embuste.

Às vezes tenho vontade de abrir as portas desses quartos, uma a uma, e deixá-las assim escancaradas, para desmascarar a intriga infame em que fomos envolvidos.

Porém, não tenho certeza absoluta de que as minhas suspeitas sejam justas. Às vezes, tarde da noite, vejo o dr. Gotard no corredor, passando afobado de jaleco branco com o clister na mão, precedido pela camareira. Seria difícil retê-lo nessa pressa e colocá-lo contra a parede com uma pergunta determinada.

Se não fossem o restaurante e a confeitaria na cidade, poder-se-ia morrer de fome. Até agora, não consegui outra cama para o nosso quarto. Roupa de cama limpa nem se fala. É preciso reconhecer que o relaxamento generalizado dos hábitos civilizados afetou também a nós mesmos.

Deitar-se com roupa e sapatos sempre foi para mim — homem civilizado — algo impensável. E agora, quando volto tarde para casa, tonto de sono, o quarto está na penumbra, e as cortinas na janela enfunadas pelo hálito do ar gelado. Sem sentidos, caio na cama e me enterro sob o edredom. Assim durmo longos transcursos irregulares de tempo, dias e semanas, viajando pelas paisagens vazias do sono, sempre a caminho, sempre nas estradas íngremes da respiração, ora descendo de leve e com toda a flexibilidade os declives suaves, ora escalando com dificuldade a parede perpendicular do ronco. Alcançado o cume, abarco os vastos horizontes do rochoso e surdo deserto do sono. Numa determinada hora, num ponto desconhecido, acordo semiconsciente numa súbita curva do ronco e sinto o corpo do meu pai, na cama, junto às minhas pernas. Fica ali encolhido como um gatinho. Volto a adormecer com a boca aberta, e todo o vasto panorama da paisagem montanhosa passa por mim, ondulando majestosamente.

Na loja, meu pai desenvolve uma intensa atividade, faz transações, mobiliza toda a sua verbiagem para convencer os fregueses. Suas bochechas estão coradas de tanta animação, os olhos brilham. No Sanatório, ele está muito doente, como estava em casa, nas últimas semanas. Não há como esconder que o processo se encaminha com rapidez para o fim. Com sua voz fraca, ele diz: "Você devia ir à loja mais vezes, Józef. Os empregados nos roubam. Está vendo que não dou mais conta da tarefa. Há semanas que estou aqui doente, e a loja se perde à mercê do destino. Não chegou nenhuma correspondência de casa?".

Começo a me arrepender de toda essa empresa. Certamente não foi uma ideia feliz quando, seduzidos pelo estardalhaço da publicidade, decidimos mandar nosso pai para cá. Retroceder o tempo... soa bem, mas o que de fato isso quer dizer? Será um tempo integral, sólido, um tempo recém-chegado e desembrulhado, cheirando a tinta e novidade, o que se recebe aqui? Não, pelo contrário: é um tempo completamente gasto, usado pelos homens, um tempo rasgado e esburacado em vários lugares, transparente como uma peneira.

Não há nada de estranho nisto, pois trata-se de um tempo que parece regurgitado — não me entendam mal, por favor —, um tempo de segunda mão. Que tristeza, meu Deus!...

E ainda por cima essa manipulação do tempo, extremamente inapropriada. Essa insinuação insidiosa em seu mecanismo, esse intrometimento arriscado em seus delicados segredos, essas tramoias indecentes! Às vezes dá vontade de bater na mesa e gritar a plenos pulmões: "Chega! Deixem o tempo em paz, o tempo é intocável, não se pode provocar o tempo! Já não lhes basta o espaço? O espaço é para o homem, no espaço vocês podem se balançar à vontade, dar cambalhotas, cair, saltar de uma estrela a outra. Mas, pelo amor de Deus, não mexam no tempo!".

Por outro lado, como se pode esperar que eu rompa o contrato com o dr. Gotard? Por mais miserável que seja a existência do meu pai, ainda posso vê-lo, estar com ele e falar-lhe... Na verdade, eu deveria ser infinitamente grato ao dr. Gotard.

Várias vezes quis ter uma conversa sincera com ele. Mas o dr. Gotard é esquivo. "Acabou de sair para o restaurante", anuncia-me a camareira. Dirijo-me para lá, mas ela corre atrás de mim para dizer que se enganou, e que o dr. Gotard está na sala de operações. Subo ao primeiro andar, pensando que tipo de operação pode ser feita aqui; entro na antessala e de fato pedem que eu aguarde. "O dr. Gotard já vai sair, terminou agora mesmo a operação e está lavando as mãos." Quase posso vê-lo: pequeno, andando a passos largos, de sobretudo aberto, atravessando com pressa as salas do hospital. Mas o que se verifica logo em seguida? O dr. Gotard não está aqui de modo algum, e há anos que aqui não se faz operação nenhuma. O dr. Gotard está dormindo em seu quarto, e sua barba negra se projeta, ereta, no ar. O quarto se enche de ronco, como de nuvens, que crescem, amontoam-se, erguendo num remoinho o dr. Gotard e a sua cama, cada vez mais alto — uma grande e dramática ascensão nas ondas do ronco e dos lençóis enfunados.

Aqui acontecem coisas ainda mais estranhas, coisas que escondo de mim mesmo, coisas fantásticas de tão absurdas. Cada vez que saio do quarto, tenho a impressão de que alguém que estava do outro lado da porta se afasta apressadamente, virando num corredor lateral. Ou então alguém anda à minha frente sem olhar para trás. Não é a enfermeira. Sei quem é! "Mãe!", grito, com uma voz que treme de agitação, e a minha mãe vira o rosto, fitando-me por um momento com um sorriso suplicante. Onde estou? O que está acontecendo? Em que emboscada eu fui me meter?

V

Não sei se é por influência da época do ano, mas os dias estão cada vez mais sérios nas suas cores, mais escuros e sombrios. É como se estivéssemos vendo o mundo através de óculos completamente escuros.

Toda a paisagem é como o fundo de um enorme aquário cheio de tinta pálida. As árvores, os homens e as casas fundem-se em silhuetas negras que ondulam como plantas submarinas nessas profundezas de tinta.

Nas proximidades do Sanatório, aglomeram-se muitos cães pretos. De todos os tamanhos e feitios, no crepúsculo eles percorrem rasteiros todas as estradas e veredas, envolvidos em seus negócios caninos, silenciosos, tensos e atentos.

Passam correndo em grupos de dois ou três, com o pescoço alongado, vigilantes, de orelhas eretas, com o triste som de um gemido fraco, que escapa das suas gargantas sinalizando grande agitação. Absortos em seus assuntos, apressados, sempre a caminho, sempre atrás de um objetivo incompreensível, mal reparam nos transeuntes. Só de vez em quando cravam neles um olhar de passagem e, então, desse negro e sábio olhar oblíquo sobressai a raiva, contida apenas pela falta de tempo. Às vezes até, sucumbindo à sua fúria, aproximam-se das nossas pernas com a cabeça baixa e um rosnar sinistro, mas só para no meio do caminho desistir de sua intenção e prosseguir em imponente bailado canino.

Essa praga dos cães não tem remédio, mas por que raios a direção do Sanatório mantém acorrentado um enorme pastor-alemão, uma besta terrível, um verdadeiro lobisomem de ferocidade demoníaca?

Sinto arrepios sempre que passo perto da sua casinha, onde ele sempre está, imobilizado pela corrente curta, com uma eriçada gola de pelos em torno da cabeça, de bigode, barba e costeletas, com a maquinaria de sua boca potente, cheia de dentes grandes. Nunca ladra, só o seu rosto selvagem fica ainda mais terrível quando vê um homem; suas feições enrijecem numa expressão de fúria insondável e, erguendo devagar as presas monstruosas, em convulsão silenciosa ele solta um uivo baixo, ardente, tirado do fundo do ódio, uivo em que soam o lamento e o desespero da impotência.

Meu pai passa indiferente ao lado da fera sempre que deixamos o Sanatório juntos. Quanto a mim, fico profundamente chocado com essa manifestação elementar de ódio impotente. Estou agora duas cabeças mais alto que o meu pai, que, baixo e magro, acompanha-me com o passo miúdo de um homem muito velho.

Ao nos aproximarmos da praça da cidade, observamos uma movimentação incomum. Multidões correm pelas ruas. Chegam-nos notícias incríveis de que tropas inimigas invadiram a cidade.

Em meio à consternação geral, as pessoas trocam informações alarmantes e contraditórias. É difícil acreditar. Uma guerra não precedida por ações diplomáticas? Uma guerra em tempos de paz, não perturbados por nenhum conflito? Uma guerra contra quem, e por quê? Somos informados de que a invasão do exército inimigo encorajou um partido de descontentes da cidade, que saíram às ruas de armas em punho, aterrorizando os habitantes pacíficos. Vimos, de fato, um grupo desses terroristas, trajando roupas civis pretas, com tiras brancas cruzadas no peito, avançando em silêncio com as carabinas em riste. Enquanto eles marchavam, a multidão recuava, apinhava-se nas calçadas, enviava por debaixo das suas cartolas olhares irônicos e sombrios, nos quais havia convicção de sua superioridade, uma faísca de diversão maliciosa e uma piscadela expressiva, como se tentassem conter o riso que desmascararia toda aquela mistificação. Alguns deles são reconhecidos pela multidão, mas as exclamações de alegria são abafadas pelo pavor dos canos prontos para disparar. Passam por nós sem provocar ninguém. E todas as ruas voltam a transbordar com uma multidão apavorada, silenciosa, lúgubre. Um ruído surdo voa sobre a cidade. Parece o ronco da artilharia, o estrépito dos carros de munição que vêm de longe. "Preciso chegar à loja", diz o meu pai, pálido mas determinado, "não precisa me acompanhar, você só me atrapalharia", acrescenta. "Volte para o Sanatório." A voz da covardia me aconselha a obedecer. Vejo meu pai tentando penetrar a parede compacta da multidão e perco-o de vista.

Apressado, subo às escondidas as ruelas laterais para a cidade alta. Sei que por essas estradas íngremes posso contornar, num semicírculo, o centro tomado pela turba.

A multidão foi se tornando menos densa, até que lá em cima desapareceu por completo. Eu caminhava tranquilo pelas ruas vazias em direção ao parque da cidade. Os lampiões ardiam com uma chama escura, azulada, como asfódelos fúnebres. Cada um estava cercado por um enxame de besouros pesados como projéteis, levados pelo voo inclinado e lateral de suas asas vibrantes. Alguns, caídos, tentavam desajeitadamente levantar-se da areia com seus dorsos convexos, curvados sob duras capotas, debaixo das quais tentavam esconder as desdobradas membranas das asas. Nos gramados e nas veredas passeavam transeuntes imersos em conversas despreocupadas. As últimas árvores reclinavam-se sobre os pátios das casas situadas mais abaixo, encostadas no muro do parque. Eu caminhava ao longo desse muro, que deste lado só chegava ao meu peito, mas do outro descia ao nível dos pátios em escarpas da altura de um andar. Num certo ponto, uma rampa de terra batida atravessava os pátios, alcançando a altura dos muros. Atravessei a barreira com facilidade, e por esse dique estreito me espremi entre as casas apinhadas em direção à rua. Os meus cálculos, apoiados numa excelente intuição espacial, estavam corretos. Encontrei-me quase em frente ao edifício do Sanatório, cujo prédio anexo branquejava vagamente na moldura negra das árvores. Ao entrar, como sempre, pelos fundos, pelo portão na grade de ferro, vejo de longe o cão em seu posto. Como sempre, sinto calafrios de aversão ao vê-lo. Quero passar por ele o mais rápido possível, para não ouvir o gemido de ódio que vem do fundo do seu coração, mas de repente vejo, horrorizado, sem acreditar nos meus olhos, que ele se afasta aos pulos da sua casinha, solto, e corre ao redor do pátio, bloqueando a minha passagem, e seu latido abafado parece sair de dentro de um barril.

Entorpecido de horror, recuo para o canto oposto, o mais distante do pátio e, procurando instintivamente um abrigo, escondo-me num pequeno caramanchão, convicto da futilidade dos meus esforços. A fera peluda se aproxima aos pulos e — ai! — suas presas já estão na entrada, fechando--me nesta armadilha. Quase morto de medo, percebo que ele já desenrolou toda a corrente que arrastava atrás de si pelo pátio, e que o caramanchão está fora do alcance dos seus dentes. Abatido, esmagado de pavor, quase não sinto alívio. Bamboleando, prestes a desmaiar, levanto o olhar. Nunca o vi tão de perto, e só agora cai o véu dos meus olhos. Como é grande a força do preconceito! Como é poderosa a sugestão do medo! Que cegueira! Era um homem! Um homem acorrentado, a quem, numa simplificadora redução metafórica e generalizante, tomei, não sei como, por um cão. Não me compreendam mal, por favor. Era um cão — com certeza, mas um cão sob a forma humana. A natureza de cão é uma natureza intrínseca e pode se manifestar tanto em forma humana quanto animal. Aquele que estava à minha frente, na entrada do caramanchão, com a boca como que virada do avesso, com todos os dentes arreganhados num rosnar terrível, era um homem de estatura mediana e barba negra. Seu rosto era amarelo, ossudo, os olhos eram negros, maus e infelizes. Pelo seu terno preto, pelo formato civilizado da sua barba, poderia ser tomado por um intelectual, ou por um acadêmico. Poderia ser um irmão mais velho e malsucedido do dr. Gotard. Mas essa primeira aparência era falsa. Suas mãos enormes, sujas de cola, os dois sulcos brutais e cáusticos em torno do nariz, que se perdiam dentro da barba, as vulgares rugas horizontais na testa baixa, logo desfaziam essa primeira ilusão. Era antes um panfleteiro, um gritalhão, um orador de comícios, um militante partidário — homem violento, de paixões obscuras e explosivas. E era justamente nesses abismos da paixão, nesse eriçar-se convulsivo de todas as fibras, nessa fúria ensandecida enquanto aguardava que lhe dirigissem a ponta de um pau, que ele era cem por cento cão.

Se eu saltar pela barreira de trás do caramanchão, pensei, poderei perfeitamente escapar do alcance de sua raiva e, seguindo uma vereda lateral, chegar ao portão do Sanatório. Já estava quase do outro lado da barreira quando, de repente, me detive. Senti que seria cruel demais simplesmente sair e deixá-lo com a sua fúria impotente e incontrolável. Posso imaginar sua grande decepção, sua dor insustentável, ao ver-me escapar da armadilha e desaparecer para sempre. Fico. Aproximo-me dele e digo, com uma voz natural e tranquila: "Senhor, acalme-se, vou soltá-lo".

Em sua face, atravessada por espasmos, agitada pela vibração do rosnar, unifica-se, alisa-se e emerge das profundezas um rosto quase de todo humano. Aproximo-me sem medo e desprendo-lhe a fivela do pescoço. Agora caminhamos lado a lado. O panfleteiro está de terno preto e bem talhado, mas descalço. Procuro iniciar uma conversa, mas só um balbucio incompreensível sai de sua boca. Somente nos seus olhos, naqueles olhos negros tão expressivos, posso ler um selvagem entusiasmo de afeição, de simpatia, o que me enche de pavor. Por vezes, ele tropeça numa pedra ou num monte de terra, e o choque parte e desmancha imediatamente o seu rosto, o pavor emerge, pronto para saltar, e logo atrás vem a fúria, aguardando apenas o momento propício para transformar esse rosto num ninho de serpentes sibilantes. Eu então o chamo à ordem com uma advertência brusca e amigável. Dou-lhe até umas palmadas de leve nas costas. Algumas vezes um sorriso surpreso, desconfiado dos outros e de si mesmo, tenta formar-se em seu rosto. Ah, como me pesa essa terrível amizade! Como me assusta essa assombrosa simpatia! Como livrar-me desse homem que me acompanha passo a passo, fitando o meu rosto com todo o fervor de sua alma canina? Mas não posso mostrar minha impaciência. Tiro a carteira e digo em tom decisivo: "O senhor deve precisar de dinheiro; posso lhe emprestar com prazer". Mas ao ver a minha carteira, seu aspecto fica tão terrivelmente selvagem que volto a enfiá-la no bolso o mais rápido possível. Passa algum tempo sem que ele consiga se acalmar, dominar suas feições, que continuam distorcidas pela convulsão do uivo. Não, não aguento mais. Tudo menos isso. As coisas já estão bastante complicadas e confusas. Vejo um clarão de incêndio sobre a cidade. Meu pai deve estar em algum lugar no fogo da revolução, na loja em chamas. O dr. Gotard está fora de alcance. E ainda, para completar, aparece a minha mãe, incógnita, em missão secreta! São os elos de uma grande e incompreensível intriga que se fecha em torno de mim. Fugir, fugir daqui. Para onde quer que seja. Desprender-me dessa terrível amizade, desse panfleteiro com cheiro de cão que não tira os olhos de mim. Estamos agora diante do portão do Sanatório. "Por favor, o senhor tenha a bondade de entrar no meu quarto", convido-o com um gesto cortês. Os movimentos civilizados o fascinam, embalam sua ferocidade. Deixo-o entrar primeiro e faço-o sentar-se numa cadeira.

— Vou ao restaurante buscar um conhaque — digo.

Ele se levanta assustado, querendo me acompanhar. Procuro acalmá-lo com uma firmeza gentil.

— O senhor fique sentado e espere tranquilamente — digo com uma voz vibrante e profunda que esconde o medo. Ele senta-se com um sorriso hesitante.

Saio e caminho devagar pelo corredor, depois, escada abaixo, pelo corredor de saída, pelo portão; atravesso o pátio, fechando bruscamente a portinhola de ferro, e só então começo a correr sem fôlego, o coração batendo com força, as têmporas pulsando, pela avenida escura que leva à estação ferroviária.

Na minha cabeça acumulam-se imagens, cada uma mais terrível que a outra. A impaciência do monstro, seu terror e desespero ao perceber que foi enganado. Um novo acesso de ódio, a fúria explodindo com força incontrolável. Meu pai, ao voltar ao Sanatório, ao bater na porta sem nenhum pressentimento e, de repente, ficar face a face com a besta terrível.

"A sorte é que, no fundo, meu pai já não está vivo, que isso já não tem como atingi-lo", penso, aliviado, e vejo à minha frente a fila de vagões prontos para partir.

Entro num deles, e o trem, como se só esperasse por isso, põe-se em marcha, devagar, sem nenhum apito.

Pela janela, girando lentamente, outra vez passa aquela imensa tigela do horizonte, cheia de florestas escuras, sussurrantes, entre as quais branquejam os muros do Sanatório. Adeus, pai, adeus, cidade que nunca mais verei.

Desde então, viajo sem parar, o trem tornou-se a minha casa, onde todos me toleram enquanto perambulo pelos vagões. Os carros, enormes como salas, estão cheios de lixo e de palha, e nos dias cinzentos, descorados, as correntes de ar perfuram-nos de ponta a ponta.

Minha roupa está rasgada, em frangalhos. Deram-me um uniforme usado de ferroviário. Tenho o rosto atado com um lenço sujo, porque uma das minhas bochechas está inchada. Sento-me na palha e cochilo, e quando sinto fome vou ao corredor e canto em frente aos compartimentos da segunda classe. As pessoas atiram pequenas moedas dentro do meu boné de cobrador, um boné preto de ferroviário com a viseira arrancada.

DODO

Ele costumava nos visitar sábado à tarde, vestindo sobrecasaca escura, um colete branco pespontado e chapéu-coco, que tinha de ser feito sob encomenda devido ao tamanho da sua cabeça; visitava-nos por um quarto de hora ou dois, tomava um copo de refresco de framboesa e, para meditar, apoiava o queixo no castão da bengala, que segurava entre os joelhos, enquanto contemplava a fumaça azul do cigarro.

Habitualmente, os outros parentes também vinham visitar naquele dia, e durante a conversa descontraída Dodo retirava-se para a sombra, assumindo o papel passivo de figurante na tão animada reunião. Não tomava a palavra, mas seus olhos expressivos acompanhavam por baixo das magníficas sobrancelhas todos os interlocutores, e seu rosto aos poucos se alongava, saltava das articulações e tornava-se completamente estúpido naquela escuta tão espontânea.

Dodo só falava quando indagavam-no diretamente, e então respondia à pergunta em monossílabos, como se relutasse, olhando para o outro lado, mas isso apenas se a pergunta não ultrapassasse o âmbito dos problemas simples e fáceis de resolver. Por vezes conseguia sustentar a conversa com mais algumas perguntas para além desse âmbito, recorrendo às expressões faciais e aos gestos bastante eloquentes de que dispunha, os quais, por sua ambiguidade, prestavam-lhe serviços universais, preenchendo as lacunas da fala articulada e sustentando com viva expressão mímica a sugestão de uma ressonância racional. Porém, era apenas uma ilusão que logo se desfazia, e a conversa acabava se interrompendo de modo lastimável, enquanto o olhar pensativo do interlocutor se afastava devagar de Dodo, que, deixado à própria mercê, tornava a cair no seu papel de figurante e observador passivo em meio à conversação geral.

Pois como seria possível continuar a conversa quando, à pergunta se acompanhara a mãe na viagem ao campo, ele respondia em tom melancólico: "Não sei", o que era uma triste e embaraçosa verdade, pois a memória de Dodo não alcançava nada além do instante e da realidade atuais.

Muito tempo atrás, ainda na infância, Dodo havia sofrido uma grave doença do cérebro, durante a qual ficara muitos meses de cama, inconsciente, mais perto da morte do que da vida, e, quando enfim se curou, revelou-se que já estava fora de circulação e não mais fazia parte da comunidade dos homens racionais. Recebeu uma educação privada, de certa maneira *pro forma*[31] e muito cautelosa. As exigências, duras e intransigentes em relação aos outros, perdiam a rigidez, moderavam a severidade e eram cheias de condescendência quando se tratava de Dodo.

Em torno de Dodo foi criada uma esfera de estranho privilégio, que isolava-o num cinturão protetor, numa zona neutra, livre da pressão da vida e de suas exigências. Fora dessa esfera, todos eram atacados pelas ondas dos eventos, em que patinhavam ruidosamente, deixavam-se levar, capturar, raptar, num estranho estado de total dedicação — enquanto dentro dela havia calma e intervalo, uma pausa no tumulto geral.

Assim ele cresceu, e seu destino excepcional cresceu junto com ele, como que compreensível por si só e sem protesto de parte alguma.

---

[31] Em latim no original: "por formalidade". (N. do T.)

Dodo jamais ganhava roupa nova, apenas a já usada pelo irmão mais velho. Enquanto a vida dos colegas era dividida em fases, períodos, marcada por eventos limítrofes, por momentos sublimes e simbólicos — aniversários, exames, noivados, promoções —, a dele transcorria numa monotonia sempre igual, sem ser perturbada por nada agradável ou penoso, e também o seu futuro se apresentava como uma estrada totalmente plana e uniforme, sem acontecimentos ou surpresas.

Estaria enganado quem pensasse que Dodo resistia em seu íntimo contra esse estado de coisas. Aceitava-o, com simplicidade, como sua própria forma de vida, sem estranheza, com um consentimento objetivo, um otimismo sério, e acomodava-se, arranjava os pormenores dentro dos limites dessa monotonia livre de acontecimentos.

Todas as manhãs ele saía para passear na cidade, sempre pelas mesmas três ruas, que percorria até o fim, voltando depois pelo mesmo caminho. Envergando um terno do irmão, elegante apesar de usado, movia-se com dignidade e sem pressa, levando uma bengala nas mãos cruzadas atrás das costas. Parecia um homem que viaja por prazer e que agora visitava a cidade. Essa falta de pressa, de direção ou propósito, que se manifestava nos seus movimentos, assumia às vezes formas comprometedoras, pois Dodo era propenso a parar embasbacado na frente de lojas, de oficinas de onde viesse o barulho de gente ocupada, e até diante de um grupo de pessoas a conversar.

Sua fisionomia começou a amadurecer cedo e, coisa estranha, enquanto as experiências e os abalos cotidianos detinham-se na soleira de sua vida, poupando sua oca inviolabilidade, sua excepcionalidade extramarginal, as feições de Dodo foram formadas por acontecimentos que passaram ao largo dele, antecipavam uma espécie de biografia não realizada, a qual, esboçada apenas na esfera das possibilidades, modelara e esculpira seu rosto, transformando-o na máscara ilusória de um grande trágico, cheia do conhecimento e da tristeza de todas as coisas.

Suas sobrancelhas se abobadaram em magníficos arcos, deixando na sombra os olhos grandes e tristes e as olheiras profundas. Em torno do nariz surgiram dois sulcos, cheios de sofrimento abstrato e sabedoria ilusória, que desciam até os cantos dos lábios e iam além. Os lábios pequenos e inchados apertavam-se numa careta de dor, e a gravata-borboleta, colocada com capricho sob uma comprida barba *à la* Bourbon, conferia-lhe o semblante de um velho e experiente *bon vivant*.

Ele não tinha como evitar que sua privilegiada excepcionalidade fosse notada, farejada com rapacidade pela malícia dos homens, astuciosamente à espreita e sempre em busca de uma presa.

Contudo, era cada vez mais frequente que em seus passeios matinais ele tivesse companheiros e, em decorrência dessa privilegiada excepcionalidade, eram companheiros de uma estirpe peculiar, não no sentido da camaradagem e da comunhão de interesses, mas num sentido muito problemático e que não era de modo algum honroso. Os que se aproximavam dele costumavam ser indivíduos bem mais jovens, necessitados de seriedade e dignidade, e o tom das conversas que levavam era bem especial, alegre e jovial, o que era por certo agradável e estimulante para Dodo.

Quando assim caminhava, olhando de cima aquele bando alegre e leviano, Dodo parecia um filósofo peripatético cercado de discípulos, e em seu rosto, sob a máscara da tristeza e da seriedade, irrompia um sorriso frívolo, que lutava com a dominante trágica de sua fisionomia.

Dodo então chegava tarde de seus passeios matinais, voltava com os cabelos desgrenhados, com o traje um tanto desarrumado, mas animado e disposto a confrontos alegres com Karola, sua prima pobre, acolhida pela tia Retycja. De toda forma, como se sentisse que era escassa a dignidade daquelas reuniões, em casa Dodo mantinha total discrição sobre o assunto.

Uma ou duas vezes ocorreram nessa vida monótona acontecimentos que, por sua natureza, sobressaíram na estagnação das coisas cotidianas.

Um dia ele saiu de manhã e não voltou para o almoço. Não voltou também para o jantar, nem para o almoço do dia seguinte. Tia Retycja ficou desesperada. Mas na noite do dia seguinte ele voltou, um tanto amassado, o chapéu-coco amarrotado e torto, porém com boa saúde e cheio de paz de espírito.

Foi difícil reconstituir a história dessa escapada, sobre a qual Dodo manteve total silêncio. Provavelmente, distraindo-se no passeio, chegou a uma parte desconhecida da cidade, talvez ainda tenham-no ajudado os jovens peripatéticos, felizes por envolvê-lo em novas e desconhecidas condições de vida.

Terá sido, talvez, num daqueles dias em que, exonerando sua pobre e sobrecarregada memória, Dodo esquecia-se de seu endereço e até de seu nome, assim como das datas, das quais, em outros momentos, ele sempre tinha clara consciência.

Nunca soubemos os pormenores dessa aventura.

Quando o irmão mais velho de Dodo foi para o exterior, a família ficou reduzida a três, quatro pessoas. Além do tio Hieronim e da tia Retycja, havia ainda Karola, que cumpria a função de governanta na grande casa dos tios.

Fazia anos que o tio Hieronim não saía do quarto. Desde que a Providência tirou suavemente de suas mãos o leme da danificada e encalhada nave da vida, sua existência de aposentado restringia-se ao estreito espaço entre o saguão e a escura alcova que lhe fora designada.

Ficava no fundo da alcova, vestindo um roupão comprido que ia até o chão, coberto por uma barba que a cada dia se tornava mais fantástica. A longa barba cor de pimenta (quase branca nas pontas) circundava seu rosto e chegava até o meio das bochechas, deixando livre apenas o nariz aquilino e os olhos, que se reviravam na sombra das bastas sobrancelhas.

Na alcova escura, naquela prisão estreita em que, como um grande gato rapace, ele estava condenado a circular diante da porta de vidro que dava para o salão, havia duas enormes camas de carvalho, a jazida noturna dos meus tios, e toda a parede de trás era coberta por uma grande obra de tapeçaria, cujas formas vagas transpareciam no fundo escuro. Quando os olhos se acostumavam à escuridão, entre os bambus e as palmeiras surgia um enorme leão, poderoso e lúgubre como um profeta e majestoso como um patriarca.

Sentados de costas um para o outro, o leão e tio Hieronim sabiam-se próximos e cheios de ódio. Sem se olhar, ameaçavam-se com os dentes arreganhados, as presas à mostra e uma palavra rosnada em tom de ameaça. Às vezes o leão irritado erguia as patas dianteiras, eriçava a juba no alongado pescoço, e seu terrível rugido se estendia no horizonte nublado.

Outras vezes era o tio Hieronim quem sobrepujava o leão com uma arenga profética, inflando-se de palavras possantes, que moldavam seu rosto de forma ameaçadora enquanto a barba flutuava inspirada. Nesses momentos o leão contraía dolorosamente os olhos e virava devagar a cabeça, encolhendo-se sob a força da palavra de Deus.

Aquele leão e aquele Hieronim preenchiam a alcova escura dos meus tios com seu confronto sem fim.

Tio Hieronim e Dodo viviam afastados um do outro no pequeno apartamento, viviam em diferentes dimensões que se cruzavam sem se tocar. Quando seus olhares se encontravam, não se detinham, mas miravam além do outro, como acontece com animais de duas espécies diferentes e distantes, que de fato não se enxergam, incapazes que são de reter a estranha imagem que lhes percorre a consciência sem nunca fixar-se.

Eles nunca se falavam.

Quando sentavam-se à mesa, tia Retycja, que ficava entre o marido e o filho, constituía uma fronteira entre os dois mundos, um istmo entre dois mares de loucura.

Tio Hieronim comia intranquilo, a longa barba caída no prato. Ao ouvir o rangido da porta da cozinha, soerguia-se na cadeira e, segurando o prato de sopa, preparava-se para se refugiar na alcova com sua porção caso um estranho entrasse na casa. Tia Retycja tentava acalmá-lo: "Não tenha medo, não tem ninguém aí, é só a empregada". Então Dodo lançava ao assustado tio Hieronim um olhar indignado e cheio de ira, resmungando para si com insatisfação: "Doido de pedra"...

Antes de o tio Hieronim conseguir superar as contingências muito complicadas de sua vida e receber licença para se retirar para o refúgio solitário de sua alcova, ele tinha sido um homem bem diferente. Os que o conheceram quando jovem afirmavam que seu temperamento desenfreado não conhecia limites, considerações ou escrúpulos. Aos doentes incuráveis, falava com satisfação da morte que os esperava. Aproveitava as visitas de condolências para criticar violentamente a vida do defunto, na frente dos familiares atônitos, cujas lágrimas ainda não tinham secado. Àqueles que tentavam esconder certos assuntos íntimos, de cunho sensível e desagradável, censurava-os com sarcasmo, em alto e bom som. Uma noite, porém, voltou de uma viagem todo alterado e, tremendo de medo, tentou esconder-se debaixo da cama.

Uns dias depois, espalhou-se na família a notícia de que o tio Hieronim tinha abdicado de todos os seus complicados, duvidosos e arriscados negócios, de que já não dava conta, que se resignava por completo e definitivamente, começando uma vida nova, uma vida norteada por princípios severos e rígidos, embora incompreensíveis para nós.

Nas tardes de domingo costumávamos lanchar todos na casa de tia Retycja. Tio Hieronim não nos reconhecia. Recolhido em sua alcova, lançava, de trás das portas de vidro, olhares selvagens e apavorados à reunião. Por vezes, no entanto, saía inesperadamente de seu eremitério, com seu roupão que chegava até o chão e a barba flutuando em volta do rosto, e, movendo as mãos como se nos dispersasse, dizia: "E agora suplico, a todos que aqui estão, vão embora, debandem, às escondidas, em silêncio, sem que ninguém veja...". Depois, ameaçando-nos de forma misteriosa com o dedo em riste, acrescentava em voz baixa: "Todos já estão falando: Di-da".

Minha tia empurrava-o suavemente para a alcova, mas à entrada ele ainda se virava e, com o dedo em riste, repetia com severidade: "Di-da".

Dodo compreendia tudo, mas não imediatamente; precisava de tempo, e só depois de alguns momentos de silêncio e consternação a situação se tornava clara para ele. Então, seguindo os presentes com os olhos, como se quisesse confirmar que algo divertido de fato ocorrera, explodia em gargalhadas e, rindo alto e com grande satisfação, balançava a cabeça com ar de comiseração e repetia entre risadas: "Doido de pedra"...

Caía a noite sobre a casa de tia Retycja, as vacas, ordenhadas, roçavam-se nas tábuas sob a escuridão, as serventes já dormiam na cozinha, do jardim afluíam as bolhas do ozônio da noite, que estouravam na janela aberta. Tia Retycja dormia no fundo de seu largo leito. Na outra cama, entre as almofadas, tio Hieronim ficava sentado como uma coruja. Seus olhos brilhavam no escuro, sua barba escorria pelos joelhos encolhidos.

Devagar, ele descia da cama e, na ponta dos pés, aproximava-se furtivamente da cama da minha tia. Inclinava-se sobre ela, que dormia, como um gato pronto para saltar, de sobrancelhas e bigode eriçados. O leão da parede dava um curto bocejo e virava o rosto. Minha tia acordava e tomava um susto com aquela cabeça resfolegante de olhos faiscantes.

"Vai, vai para a cama", dizia, repelindo-o com um gesto de mão, como se ele fosse um galo.

Ele recuava, resfolegando e olhando para trás com movimentos nervosos da cabeça.

Dodo estava deitado no outro quarto. Dodo não conseguia dormir. O núcleo do sono não funcionava direito em seu cérebro doente. Ele se mexia, rolava na cama, virava de um lado para o outro.

O colchão rangia. Dodo suspirava profundamente, sufocava e, desamparado, levantava-se em meio aos travesseiros.

A vida não vivida sofria, afligia-se em desespero, agitava-se como um gato enjaulado. No corpo de Dodo, o corpo de um desmiolado, havia alguém que envelhecia sem nenhuma vivência, alguém que amadurecia para a morte sem conseguir sequer uma migalha de conteúdo.

De repente, começava a chorar no escuro.
Tia Retycja levantava correndo da cama:
— O que foi, Dodo, está sentindo dor?
Dodo virava a cabeça, surpreso:
— Quem? — perguntava.
— Por que está gemendo? — perguntava a tia.
— Não sou eu, é ele...
— Ele quem?
— O emparedado...
— Quem é esse?

Mas Dodo, resignado, dispensava-a com um gesto de mão:

— Eh... — e virava-se para o outro lado.

Tia Retycja voltava para a cama na ponta dos pés. À sua passagem, tio Hieronim ameaçava-a com o dedo em riste:

— Todos já estão falando: Di-da...

EDZIO

I

No mesmo andar que nós, na longa e estreita ala dos fundos, mora Edzio com sua família.

Há muito deixou de ser um menino. Edzio já é homem, com uma voz sonora e viril, com que às vezes canta árias de ópera.

Edzio é propenso à corpulência, não àquela forma esponjosa e mole, mas antes à sua variante atlética e muscular. Seus braços são fortes como os de um urso, mas de que serve tudo isso se as pernas, completamente degeneradas e disformes, são inúteis?

Olhando para as suas pernas, é difícil determinar a razão dessa estranha invalidez. É como se tivessem articulações demais entre o joelho e o tornozelo, pelo menos duas vezes mais do que uma perna normal. Portanto, não é de estranhar que nessas articulações extranumerárias as pernas se dobrem tristemente não só para os lados, mas também para a frente e em todas as direções.

Edzio se locomove, então, com a ajuda de duas muletas, muletas bem trabalhadas e com um verniz tão bonito que as faz parecer de mogno. Todos os dias ele desce com essas muletas para comprar jornal, e esse é o seu único passeio e a sua única diversificação. Dá pena vê-lo descer a escada. As pernas se curvam irregularmente, ora de lado, ora para trás, dobram-se nos lugares em que menos se espera, e os pés, curtos e altos como cascos de cavalo, batem como tocos no chão de madeira. Mas, ao atingir o nível do térreo, Edzio inesperadamente se transforma: empertiga-se, infla o torso com imponência, impulsiona o corpo. Apoiando-se nas muletas como em corrimãos, ele lança suas pernas bem adiante, e enquanto elas batem irregularmente no chão ele troca as muletas de lugar e, com novo impulso, lança o tronco para a frente. Com esses arremessos do corpo, Edzio conquista o espaço. Muitas vezes, ao manobrar as muletas no pátio, ele é capaz de, com o excedente de forças, acumulado nas longas horas que passa sentado, demonstrar com paixão verdadeiramente magnífica esse método heroico de locomoção, admirado pelos empregados do térreo e do primeiro andar. Nesses momentos seu pescoço incha, sob o queixo aparecem duas pregas, e no rosto inclinado, com os lábios cerrados de tanto esforço, surge uma furtiva careta de dor. Edzio não tem profissão ou trabalho, como se o destino, ao carregá-lo com o fardo da invalidez, tivesse em troca o libertado discretamente da maldição dos filhos de Adão. À sombra de sua invalidez, Edzio goza a plenitude do direito extraordinário ao ócio e, no fundo do seu coração, está satisfeito com essa transação particular, negociada pessoalmente com o destino.

Às vezes perguntamo-nos como preenche o tempo esse jovem de vinte e poucos anos. Ocupação que o absorve muito é a leitura de jornais, já que Edzio é um leitor minucioso. Nenhuma nota, nenhum anúncio lhe escapa. E quando enfim chega à última página do jornal, ele de modo algum fica condenado ao tédio pelo resto do dia: só aí começa o verdadeiro trabalho, que alegra-o antecipadamente. À tarde, enquanto os outros fazem a sesta depois do almoço, Edzio pega seus livros grandes e volumosos, coloca-os na mesa ao lado da janela, prepara cola, pincel e tesoura, e começa seu agradável e fascinante trabalho de recortar os mais interessantes artigos para incluí-los, de acordo com certo sistema, nos livros. As muletas, prontas para qualquer eventualidade, ficam encostadas no parapeito da janela, mas Edzio não precisa delas, porque tem tudo ao alcance das mãos, e assim, num trabalho diligente, passam-se as horas até do lanche da tarde.

A cada três dias, Edzio faz a barba. Ele gosta dessa atividade e de todos os seus acessórios: água quente, sabão cremoso e uma navalha lisa e suave. Enquanto prepara o sabão e afia a navalha num cinto de couro, Edzio canta. Não é um canto treinado nem artístico, mas despretensioso e a plenos pulmões, e Adela afirma que sua voz é agradável.

No entanto, nem tudo parece estar em ordem na casa de Edzio. Infelizmente, há uma gravíssima desarmonia entre ele e os pais, desarmonia cuja origem e base ninguém conhece. Não vamos repetir aqui suposições e boatos, limitaremo-nos aos fatos empiricamente comprovados.

É em geral no fim da tarde, na época quente do ano, quando a janela do quarto de Edzio está aberta, que nos chegam os ecos desses desentendimentos. Ouvimos na verdade apenas metade do diálogo, justamente a parte de Edzio, porque as réplicas dos seus antagonistas, escondidos nos cômodos mais afastados do apartamento, não nos alcançam.

Não é fácil deduzir o que eles reprovam a Edzio, mas pelo tom de suas reações percebe-se que ele está bastante magoado, quase no limite. Suas palavras são violentas, irrefletidas, ditadas por uma extrema agitação, mas seu tom, apesar de indignado, é covarde e deplorável.

"Sim, é isso", clama com voz chorosa. "E o que tem?..." "Ontem a que horas?" "Não é verdade!" "E se for isso?" "Então meu pai está mentindo!" E assim por muitos quartos de hora, diversificados apenas pelas explosões de rancor e indignação de Edzio, que, numa fúria impotente, bate a cabeça e arranca os cabelos.

Mas às vezes — e este é o verdadeiro clímax dessas cenas, que as tempera com um atrativo especial — acontece aquilo que nós, com a respiração suspensa, há muito estávamos esperando. No fundo do apartamento soam pancadas, uma porta se abre com estrondo, alguns móveis caem, fazendo grande barulho, e depois ecoa o grito estridente de Edzio.

Ouvimos tudo isso horrorizados e embaraçados, mas ao mesmo tempo extraímos uma satisfação assombrosa só de pensar nessa selvagem e fantástica violência cometida contra um jovem atlético, embora de pernas paralisadas.

II

Ao entardecer, quando a louça do jantar, servido mais cedo, já foi lavada, Adela senta-se na varanda do pátio, perto da janela de Edzio. Duas longas varandas rodeiam o pátio, uma no térreo, outra no primeiro andar. A relva cresce nas brechas dessas varandas de madeira, e de uma delas, entre as traves, chega a despontar uma pequena acácia, que oscila alto sobre o pátio.

Além de Adela, aqui e acolá há vizinhos sentados em frente às suas portas, pendendo de cadeiras e banquinhos, murchando indistintamente ao crepúsculo, e ali ficam, repletos do cansaço do dia, como sacos amarrados e mudos, à espera de que a noite venha desatá-los delicadamente.

Lá embaixo, o pátio se encharca rapidamente de escuridão, vaga após vaga, mas em cima o ar não quer renunciar à luz, e brilha com mais intensidade à medida que tudo o mais lá embaixo se carboniza e enegrece funebremente — brilha alvo, tremendo e cintilando com indistintos voos de morcego.

Mas embaixo já começa o silencioso e apressado trabalho do crepúsculo; um enxame de formigas, rápidas e vorazes, despe e decompõe em detritos a substância das coisas, roendo-as até os brancos ossos, até o esqueleto e as costelas fosforescentes que assomam nesse triste campo de batalha. Esses papéis brancos, farrapos no monturo, essas não digeridas tíbias de luz sobrevivem por mais tempo na escuridão carcomida e não podem acabar. Às vezes parecem já engolidas pelo anoitecer, mas logo depois vemos que continuam ali, e brilham, escapando a cada momento dos olhos cheios de vibrações e de formigas, mas já deixamos de discernir entre esses restos das coisas e os devaneios do olho, que justamente nesse momento começa a delirar, como num sonho, até que cada um se recolha ao interior de sua aura como numa nuvem de mosquitos, cercado pelo dançante enxame estelar que palpita em nosso cérebro, pela delirante anatomia das alucinações.

Então, do fundo do pátio começam a levantar-se as veias da brisa, ainda incertas de sua existência mas renunciando a ela, antes de atingirem o nosso rosto aqueles jatos de frescura dos quais é formada, como um forro de seda, a plissada noite de verão. E enquanto no céu acendem-se as primeiras estrelas, tremeluzindo e apagando-se continuamente, separa-se, muito devagar, o abafado véu do entardecer, tecido de giros e delírios, e abre-se com um suspiro a noite de verão, profunda, suas entranhas cheias de pó estelar e do longínquo coaxar das rãs.

Sem acender as luzes, Adela se deita na cama, nos lençóis amarrotados da noite anterior, e, mal ela fecha os olhos, começa o corre-corre por todos os andares e apartamentos da casa.

Só para os não iniciados a noite de verão é descanso e esquecimento. Assim que findam as atividades do dia, e o cérebro, cansado, deseja dormir e esquecer, começa o vaivém desordenado, a balbúrdia, a enorme bagunça da noite de julho. Todos os apartamentos, todos os quartos e alcovas enchem-se nessa hora de tumulto, de movimentação, de entradas e saídas. Em todas as janelas há abajures, e mesmo os corredores estão bem iluminados, as portas abrem e fecham sem parar. Uma grande conversa desordenada, meio irônica, enreda-se e ramifica-se entre contínuos mal-entendidos em todas as câmaras dessa colmeia. No primeiro andar não se sabe exatamente o que pretendem os do térreo, e são enviados emissários com instruções urgentes. Os mensageiros percorrem todos os apartamentos, escada acima, escada abaixo, esquecem as instruções no caminho e são repentinamente chamados de volta para receber novas ordens. E sempre há algo para completar, sempre algo ainda tem de ser esclarecido, e todo esse vaivém, entre risadas e brincadeiras, não leva a solução nenhuma.

Apenas os quartos laterais, afastados da grande confusão da noite, têm o seu tempo apartado, medido pelo tique-taque dos relógios, pelos monólogos do silêncio, pela respiração profunda dos que dormem. Ali dormem amas rechonchudas e inchadas de leite, fervorosamente agarradas ao seio da noite, com as bochechas ardendo em êxtase, enquanto os bebês vagueiam em seu sono, de olhos fechados eles vagueiam, ternos como pequenos animais que farejam o mapa azul das veias nas brancas planícies dos seios, pisam com delicadeza, procurando com o rosto cego uma brecha quente, uma entrada para o sono profundo, até que encontram, com seus lábios sensíveis, uma teta de confiança, cheia de doce esquecimento.

E aqueles que capturaram o sono em suas camas já não o querem largar, e lutam com ele como com um anjo que tenta escapar, até que o vencem, apertam-no ao travesseiro e roncam alternadamente com ele, como se discutissem e jogassem na cara um do outro a história de sua desavença. E quando cessam esses rancores e essas recriminações, quando todo o corre-corre se dissipa e se perde nos cantos, quando quarto após quarto mergulha no silêncio e no nada — o vendedor Leon entra às apalpadelas pela escada, entra devagar, com os sapatos na mão, e no escuro procura com a chave o buraco da fechadura. Todas as noites ele volta assim do lupanar, de olhos vermelhos, agitado pelos soluços e com um fio de saliva escorrendo da boca entreaberta.

No quarto do sr. Jakub o abajur está aceso na mesa, sobre a qual ele próprio se inclina, escrevendo uma carta para Chrystian Seipel & Filhos, Fiação e Tecelagem Mecanizadas, uma carta de muitas páginas. O chão está coberto de folhas escritas, mas ainda falta muito para terminar. De tempos em tempos ele se levanta rapidamente da mesa e corre pelo quarto com as mãos nos cabelos despenteados e, assim girando, esbarra vez ou outra na parede, percorre o papel que a reveste como um mosquito enorme e indistinto, batendo às cegas nos arabescos dos seus desenhos, e desce de novo ao chão para continuar sua inspirada corrida circular.

Adela dorme profundamente, a boca entreaberta, o rosto alongado e ausente, mas as pálpebras fechadas são translúcidas, e nesse pergaminho fino a noite escreve um pacto com o diabo, meio texto, meio imagens, cheio de rasuras, emendas e garranchos.

Edzio está em seu quarto, de torso nu, e faz ginástica com halteres. Ele precisa de muita força nos braços, duas vezes mais do que um homem normal, pois eles substituem as pernas paralisadas, e por isso ele treina zelosamente, treina às escondidas, a noite inteira.

Adela flutua para trás de si, em direção à ausência, e não pode gritar, chamar, nem impedir que Edzio saia pela janela.

Edzio chega à varanda sem a ajuda das muletas, e Adela olha-o com medo de que as pernas não suportem o seu peso. Mas Edzio não tenta andar.

Como um grande cachorro branco, ele se aproxima de quatro, acocorado, dando grandes e arrastados saltos pelas pranchas retumbantes da varanda, e logo está junto à janela do quarto de Adela. Como em todas as noites, ele aperta contra o vidro, brilhante ao luar, o seu rosto pálido, gordo, com uma careta de dor, e diz algo, choramingando, com insistência, conta com lágrimas nos olhos que à noite eles fecham suas muletas no armário e ele é obrigado a correr de quatro como um cachorro.

Adela, no entanto, permanece inerte, totalmente entregue ao ritmo profundo do sono que a atravessa. Não tem sequer forças para puxar o edredom e cobrir as coxas desnudas, e não pode impedir que as colunas de percevejos passem pelo seu corpo. Essas leves e finas casquinhas em forma de folha percorrem-na com tanta delicadeza que ela não sente o mais leve toque. São saquinhos de sangue achatados, bolsas de sangue avermelhadas, sem olhos nem fisionomia, que agora marcham em clãs inteiros: uma grande migração de povos, dividida em gerações e estirpes. Correm em bandos a partir dos pés de Adela, correm num cortejo incontável, cada vez maiores, grandes como mariposas, como carteiras achatadas, como grandes vampiros vermelhos e sem cabeça, leves, como se feitos de papel, com pernas mais delicadas que teias de aranha.

Mas depois de passarem os últimos, os mais tardios percevejos, e depois mais um, enorme, e por fim o derradeiro — tudo fica em silêncio e, enquanto os quartos se encharcam lentamente da palidez da madrugada, pelos corredores e apartamentos vazios flui um sono profundo.

Em todas as camas há gente deitada com as pernas encolhidas, com a face violentamente voltada para o lado, profundamente concentrada, imersa no sono e entregue sem reservas a ele.

Aqueles que alcançam o sono agarram-no firme, com o rosto ardente e desacordado, enquanto a respiração, muito à frente deles, vaga solitária por estradas longínquas.

E esta, na verdade, é uma grande história dividida em partes, capítulos e rapsódias, distribuídos entre os que dormem. Quando um se interrompe e cala, outro retoma a trama, e assim a história prossegue, aqui e acolá, num amplo zigue-zague épico, enquanto todos, deitados nos quartos da casa, inertes como sementes nas divisões de uma grande e cerrada cápsula de papoula, crescem num só fôlego rumo à madrugada.

O APOSENTADO

Sou aposentado no sentido literal e pleno da palavra, um homem muito avançado nessa qualidade, bem adiantado, um aposentado de alto quilate.
Pode ser que nesse aspecto tenha até transgredido certos limites aceitáveis e definitivos. Não quero que isso seja encoberto, pois não é nada de extraordinário. Por que logo arregalar os olhos e me encarar com esse respeito hipócrita, com essa seriedade solene, que abriga tamanho prazer dissimulado com o infortúnio do próximo? Como falta aos homens a mais elementar noção de tato! Fatos como esse devem ser recebidos com a expressão mais normal, com certa distração e trivialidade, inerentes a tais assuntos. É preciso passar com leveza por cima deles para a ordem do dia, cantarolando algo bem baixinho, assim como eu passo, com leveza, sem preocupação. Talvez por isso eu esteja um pouco inseguro das pernas e precise pôr um pé na frente do outro, devagar e com cuidado, prestando muita atenção para não errar o caminho. É tão fácil desviar-se nessas circunstâncias. O leitor compreenderá que não posso ser explícito demais. Minha forma de existência depende em alto grau da perspicácia dos outros e, nesse aspecto, exige uma porção de boa vontade. A esta apelarei muitas vezes, especialmente aos seus matizes mais sutis, que só podem ser reclamados com uma piscadela discreta, o que para mim é difícil devido à rigidez da máscara, já desabituada às expressões faciais. De resto, não imponho

minha vontade a quem quer que seja, não me desmancho de gratidão pelo asilo que alguém, em sua presunção, vier a conceder-me graciosamente. Reajo a essa concessão sem me comover, com frieza e total indiferença. Não gosto quando, junto do benefício da compreensão, apresentam-me a conta da gratidão. O melhor é tratar-me com certa leveza, com uma saudável aspereza, com camaradagem e senso de humor. Nesse aspecto, o pessoal do escritório, bonachões de alma simples, meus colegas mais jovens na hierarquia do ofício, souberam encontrar o tom apropriado.

Às vezes, no primeiro dia de cada mês, passo por hábito no escritório, e junto à balaustrada aguardo em silêncio até que me notem. Ocorre então a seguinte cena. Num dado momento o chefe da repartição, o sr. Kawałkiewicz, põe a pena de lado, pisca o olho para os funcionários e, de repente, olhando através de mim para o espaço vazio, diz, com a mão na orelha: "Se meu ouvido não me engana, o senhor, senhor conselheiro, está entre nós nesta sala!". Enquanto ele fala, seus olhos, que fitam o vácuo acima de mim, tornam-se estrábicos, e um sorriso travesso surge em seu rosto. "Ouvi uma voz no espaço, e logo pensei que devia ser o nosso caro senhor conselheiro!", exclama em voz alta, como se falasse a alguém muito distante. "Faça, por favor, um sinal qualquer, ao menos faça o ar girar no lugar onde o senhor se encontra suspenso." "Deixe de brincadeiras, sr. Kawałkiewicz", digo em voz baixa, colado a seu rosto, "vim buscar meu salário." "Salário?", exclama o sr. Kawałkiewicz fitando o ar com seu olhar estrábico. "O senhor disse: salário? Só pode estar brincando, caro senhor conselheiro. Há muito que o seu nome está riscado da lista de assalariados. Por quanto tempo ainda espera receber salário, meu senhor?"

Assim eles brincam comigo, de forma calorosa, simpática e humana. Essa jovialidade rude, esse jeito de agarrar pelo braço, sem cerimônia, traz-me um estranho alívio. Saio de lá reconfortado e mais bem-disposto, apresso-me para casa, para levar ao meu apartamento um pouco desse agradável calor interior, que já se dissipa.

Já quanto às outras pessoas... leio sempre nos seus olhos uma pergunta inoportuna, nunca expressa. Não há como me livrar dela. Vamos supor que seja este o caso — por que então as caras preocupadas e solenes, o silêncio que parece recuar, como se fosse por respeito, a circunspecção assustada? Tudo isso para não tocar no assunto, para silenciar com delicadeza sobre o meu estado... Conheço bem esse jogo! Para eles, não passa de um modo sibarita de deliciarem-se consigo mesmos, de deleitarem-se por serem, graças a Deus, diferentes, de uma violenta rejeição ao meu estado, disfarçada com hipocrisia. Trocam olhares eloquentes sem nada dizer, deixando que essa coisa cresça no silêncio. A minha condição! Talvez não seja totalmente como deveria ser. Talvez até possua alguma deficiência insignificante, de natureza elementar! Meu Deus! E daí? Isso não justifica tão súbita e assustada condescendência. Às vezes tenho vontade de rir quando vejo a compreensão que fica imediatamente séria, a diligente aprovação com que parecem acomodar minha condição. Como se fosse um argumento irrefutável, definitivo, inapelável. Por que insistem tanto nesse ponto, por que isso é tão importante para eles, e por que é que a afirmação desse fato lhes dá essa satisfação profunda, que escondem sob uma máscara de espantada devoção?

Suponhamos que eu seja, por assim dizer, um passageiro de peso leve, na verdade leve demais; suponhamos que certas perguntas me incomodem, como por exemplo quantos anos tenho, qual o dia do meu aniversário e outras semelhantes — seria isso um motivo para que girem incessantemente em torno dessas questões, como se fossem elas a essência da coisa? Não, não me envergonho da minha condição. De modo algum. Mas não suporto o exagero com que eles engrandecem a importância de certo fato, de certa diferença que é na verdade tão fina como um fio de cabelo. Faz-me rir toda essa falsa teatralidade, o *páthos* solene acumulado sobre a questão, o entrajar do momento em vestes trágicas, lugubremente pomposas. Quando, na realidade... não há nada mais desprovido de *páthos*, nada mais natural, nada mais banal no mundo. Leveza, independência, irresponsabilidade... E a musicalidade, a extraordinária musicalidade dos membros, por assim dizer. É impossível passar por um realejo sem dançar. Não de alegria, mas porque para nós tanto faz, e a melodia tem sua própria vontade, seu próprio ritmo contumaz. Então cedemos. "Margarete, Margarete, tesouro de minh'alma..." Somos leves, suscetíveis demais para resistir; aliás, resistir em nome de quê, diante de proposta tão convidativa e despretensiosa? Então danço, ou antes marcho ao ritmo da melodia, no trote miúdo dos aposentados, saltitando de vez em quando. São poucos os que reparam nisso, tão ocupados que estão consigo mesmos na correria do dia a dia. Uma coisa eu gostaria de evitar: ideias exageradas que o leitor possa ter a respeito da minha condição. Aconselho fortemente que não a sobrestimem, seja no sentido positivo ou no negativo. Nada de romantismo, por favor. É uma condição como qualquer outra e, como tal, leva a marca da mais natural banalidade e inteligibilidade. Todo o paradoxo desaparece quando se passa para o lado de cá. Um retorno à sobriedade — assim eu poderia definir minha condição: libertação de todos os pesos, uma leveza dançante, um vazio, uma irresponsabilidade, um nivelamento das diferenças, um afrouxamento de todas as amarras, um relaxamento das fronteiras. Nada me segura e nada me prende; nenhuma resistência, uma liberdade sem limites. E a estranha indiferença com que desloco-me ligeiro por todas as dimensões do ser — deveria de fato agradar-me, sei lá! Essa insondabilidade, essa onipresença, como que despreocupada, indiferente e leve — mas não quero me queixar.

Existe a expressão "não esquentar lugar". É exatamente isto — há muito deixei de esquentar lugar.

Quando, da janela do meu quarto, num andar alto, contemplo a cidade pela perspectiva de um pássaro, os telhados, as paredes de fogo e as chaminés sob a luz cinzenta da madrugada de outono, toda a paisagem cheia de prédios, emergindo da noite, amanhecendo palidamente rumo a horizontes amarelos, cortados em tiras claras pela preta e ondulante tesoura do grasnar das gralhas — sinto: eis a vida. Todos os outros estão cravados em si, no dia para o qual acordam, na hora que lhes pertence, nalgum momento. Nalgum lugar, numa cozinha pouco iluminada, o café ferve, a cozinheira saiu, dança no chão o reflexo sujo do fogo. O tempo, enganado pelo silêncio, recua, afasta-se por um instante, e nesses instantes extranumerários a noite recomeça a crescer na pele ondulante de um gato. Zosia, do primeiro andar, boceja e espreguiça-se demoradamente antes de abrir a janela para arrumar o quarto; o ar da noite, saturado de sono e de ronco, desloca-se indolente em direção à janela, passa por ela, entrando devagar no plúmbeo e esfumaçado gris do dia. Com relutância a moça mergulha as mãos na massa da roupa de cama, ainda quente e fermentada de sono. Enfim, com um frêmito interior, com os olhos cheios de noite, sacode pela janela um imenso, exuberante edredom, e na cidade caem tufos de plumagem, estrelinhas de penugem, uma preguiçosa floração de miragens noturnas.

Nessas horas, meu sonho é ser o distribuidor de pão, o técnico da rede elétrica ou o cobrador da companhia de seguros. Ou pelo menos o limpa-chaminés. De manhã bem cedo, cruza-se um portão entreaberto, iluminado ainda pela lanterna do guarda-noturno, põem-se dois dedos na viseira, desleixadamente, com um sorriso brincalhão no rosto, entra-se nesse labirinto para dele sair só ao cair da noite, no outro lado da cidade. Passar o dia nessa travessia de casa em casa, levando uma confusa conversa inacabada de uma ponta da cidade a outra, conversa repartida entre os inquilinos, fazer a pergunta num edifício e receber a resposta noutro, lançar uma piada num lugar e depois, em muitos outros, colher os frutos do riso. Em meio ao bater das portas, atravessar corredores estreitos, quartos de dormir cheios de móveis, derrubar penicos, tropeçar nos carrinhos chiantes em que choram as crianças, pegar do chão os chocalhos jogados pelos bebês. Deter-se mais do que o necessário nas cozinhas e antessalas onde as empregadas fazem faxina. As moças, trabalhando com pressa, retesam as pernas jovens, esticam os bojudos peitos do pé, fazem soar como um instrumento os seus reluzentes calçados baratos, batendo ruidosamente os chinelos folgados no chão...

São esses os meus sonhos nas horas irresponsáveis, extramarginais. Não os renego, embora veja a sua falta de sentido. Cada um deve conhecer os limites de sua condição e saber o que lhe convém.

Para nós, aposentados, o outono costuma ser uma estação perigosa. Aquele que sabe com que dificuldade se alcança, no nosso estado, uma estabilidade qualquer, como é difícil evitar, justamente para nós, aposentados, a dispersão, a destruição pelas nossas próprias mãos, entenderá que o outono, seus vendavais, distúrbios e confusões atmosféricas, não favorecem a nossa já em si ameaçada existência.

Mas no outono há também outros dias, cheios de calma e contemplação, dias que nos são favoráveis. Às vezes, sucedem-se dias sem sol, quentes, nebulosos e cor de âmbar nas suas margens distantes. Num dos vãos entre as casas, abre-se ao fundo, de repente, a vista de um pedaço de céu, que desce, cada vez mais baixo, até o último amarelo, dissipado dos mais remotos horizontes. Por esses panoramas que se abrem para as entranhas do dia, o olhar viaja como nos arquivos do calendário, avistando, como num corte seccional, a estratificação dos dias, os registros intermináveis do tempo a retirar-se em fileiras para uma eternidade amarela e serena. Tudo isso se amontoa e se alinha nas amareladas e perdidas formações do céu, enquanto no primeiro plano há o dia e o momento presentes, e raramente alguém levanta os olhos para as longínquas estantes desse calendário ilusório. Curvados até o chão, todos se dirigem a algum lugar, ultrapassando-se com impaciência, e a rua é toda riscada pelas linhas desses passos, encontros e ultrapassagens. Mas naquele vão entre as casas, de onde o olhar se levanta para sobrevoar toda a cidade baixa — esse panorama arquitetônico clareado por trás pelo rastro de luz que se extingue em horizontes insípidos —, há intervalo e pausa dessa algazarra. Ali, numa praça vasta e clara, estão rachando lenha para a escola municipal. As pilhas de madeira dura e sadia, dispostas em cubos e prismas, derretem aos poucos, cepo após cepo, sob as serras e os machados dos lenhadores. Ah, madeira de confiança, bondosa, integral matéria da realidade, inteiramente clara e justa, encarnação da honestidade e da prosa da vida! Por mais fundo que se procure no seu cerne — nada se encontrará que não se revele na superfície, com simplicidade e sem objeções, com um sorriso sempre igualmente animado e resplandecendo com a quente e firme clareza de sua polpa fibrosa, tecida à semelhança do corpo humano. Em cada fratura fresca do cepo rachado surge um novo rosto, que é não obstante sempre o mesmo, dourado e risonho. Ó, maravilhosa carnação da madeira, calorosa sem exaltação, de saúde perfeita, olorosa e agradável.

Uma ocupação verdadeiramente sacramental, repleta de solenidade e simbolismo. Cortar lenha! Poderia ficar horas assim, neste vão claro aberto a fundo no fim de tarde, assistindo as serras que tocam melodiosamente, o trabalho rítmico dos machados. Há nisto uma tradição antiga como a raça humana. Nesta clara fresta do dia, neste vão do tempo que se abre para uma eternidade amarela e murcha, são serrados troncos de faia desde os tempos de Noé. Os mesmos movimentos patriarcais, eternos, os mesmos meneios e golpes. Estão metidos até o pescoço nessa carpintaria dourada, escavam lentamente os cubos e pilhas de madeira; salpicados de serragem, com uma pequenina centelha de reflexo em seus olhos, penetram cada vez mais fundo a polpa sadia e quente, a massa sólida, e a cada movimento surge em seus olhos um brilho dourado, como se procurassem algo no cerne da madeira, como se quisessem talhar a salamandra de ouro, a estridente criatura de fogo que foge sem parar para o fundo da medula. Não, estão simplesmente dividindo o tempo em pequenas achas de lenha, administrando-o, abastecendo as caves com um futuro bom, cortado em partes iguais para os meses de inverno.

Basta suportar esse tempo crítico, essas poucas semanas, e logo virão o inverno e as geadas matinais. Como gosto desse prelúdio ao inverno, ainda sem neve mas já com cheiro de geada e fumaça no ar. Lembro-me daquelas tardes de domingo no fim do outono. Suponhamos que durante toda a semana tenha chovido — um mau tempo típico do outono —, até que enfim a terra fica saturada de água, e então começa a secar, a tornar-se opaca na superfície, exalando um frescor vigoroso e saudável. O céu de toda essa semana, coberto de nuvens esfarrapadas, foi ancinhado como lama para um dos lados do firmamento, e lá escurece em pilhas, ondulante e amarrotado, enquanto do lado oeste começam aos poucos a penetrar as saudáveis cores robustas da tarde outonal, tingindo a paisagem nublada. E enquanto o céu se abre devagar do lado oeste, exalando uma limpidez transparente, as empregadas endomingadas andam em grupos de três, quatro, de mãos dadas pela rua vazia, limpa e seca, por entre as casas do subúrbio, coloridas pela acerba variedade de tons do ar avermelhado que precede o crepúsculo; trigueiras, os rostos arredondados pelo frio saudável, caminham com pés flexíveis enfiados em sapatos novos, um tanto apertados. Uma recordação agradável e comovente, tirada de um esconderijo da memória!

Nos últimos tempos, passei quase todos os dias no escritório. Às vezes alguém adoece, e deixam-me trabalhar em seu lugar. Outras, alguém simplesmente precisa sair para tratar de negócios na cidade e deixa-se substituir. Infelizmente, não é um trabalho regular. É agradável, mesmo que por poucas horas, ter a própria cadeira com uma almofada de couro, os próprios lápis, réguas e canetas. É agradável ser acotovelado e até desancado amigavelmente pelos colegas de trabalho. Alguém se dirige a você, diz-lhe uma palavra, caçoa, brinca — e por um momento a gente se renova. A gente se prende a alguém, engancha a nossa solidão e o nosso nada em algo vivo e quente. Esse outro se afasta sem sequer sentir o meu peso, sem notar que me carrega, que por um momento sou um parasita em sua vida...

Mas desde que o novo chefe da repartição assumiu, até isso acabou.

Agora, se o tempo está bom, costumo me sentar num banco do jardinzinho em frente à escola municipal. Da rua ao lado chega o barulho dos machados cortando lenha. Meninas e jovens mulheres voltam da feira. Algumas têm sobrancelhas severas e regulares e, ao passar, lançam por baixo destas olhares graves — anjos esbeltos e sombrios com cestos cheios de legumes e carne. Às vezes param na frente das lojas e trocam olhares pelo espelho da vitrine. Depois afastam-se, lançando para trás, para o calcanhar de seus sapatinhos, um olhar altivo e bem treinado. Às dez horas o bedel aparece na porta da escola, e o som gritante da sua sineta enche a rua de fragor. Então, de repente, o interior da escola parece agitar-se com um violento tumulto que quase arrebenta o edifício. Como fugitivos dessa rebelião geral, como se disparados de um estilingue, os pequenos maltrapilhos saem correndo pelo portão, descem aos gritos a escada de pedra, para empreender, assim que conquistam a liberdade, alguns saltos malucos e lançar-se num piscar de olhos em jogos insanos, improvisados às cegas. Às vezes chegam até o meu banco nessas corridas frenéticas, atirando de passagem alguns insultos incompreensíveis na minha direção. Seus rostos parecem escapar das dobradiças com as violentas caretas que fazem para mim. Como um bando de macacos agitados a comentar parodicamente suas palhaçadas, a garotada passa por mim, gesticulando, com um barulho infernal. Vejo então seus narizes arrebitados, pouco salientes, que não conseguem reter a coriza, suas bocas rasgadas pelo grito e cobertas de espinhas, seus pequenos punhos cerrados. Às vezes param do meu lado e, coisa estranha, tratam-me como se eu tivesse a mesma idade que eles. Há muito meu porte está em declínio. Meu rosto, relaxado e flácido, ganhou um aspecto infantil. Fico um pouco embaraçado quando me tocam sem cerimônia. Na primeira vez que um deles me bateu inesperadamente no peito, rolei para baixo do banco. Mas não me senti ofendido. Tiraram-me de lá, agradavelmente confuso e encantado por tão estimulante e animadora conduta. O mérito de não me sentir ofendido por nenhuma violência de seu impetuoso *savoir-vivre* aos poucos fez com que eu ganhasse respeito e popularidade entre eles. Não é difícil adivinhar que desde então procuro ter sempre os bolsos cheios de botões, pedrinhas, carretéis de linha e pedaços de borracha, o que facilita muito a troca de ideias e é uma ponte natural para a amizade. Assim, absortos por interesses bastante concretos, prestam menos atenção à minha pessoa. Sob a proteção do arsenal que levo no bolso, não preciso temer que me importunem com sua curiosidade e intromissão.

Enfim decidi pôr em prática uma ideia que havia algum tempo me intrigava cada vez mais.

Era um dia calmo, ameno e pensativo, um desses dias de

outono tardio em que o ano, após esgotar todas as cores e tonalidades da estação, parece retornar aos registros primaveris do calendário. O céu sem sol se arranjara em rastros coloridos, em suaves camadas de cobalto, azinhavre e verde-acinzentado, suas bordas encerravam-no com um jato de brancura límpida como água — a cor de abril, indizível e há muito esquecida. Vesti minha melhor roupa e saí rumo à cidade, não sem certo receio. Andava rápido, sem encontrar obstáculos no clima sereno daquele dia, sem desviar-me uma só vez da linha reta. Perdendo o fôlego, subi correndo a escada de pedra. *Alea jacta est*[32] — disse a mim mesmo, enquanto batia à porta do gabinete. Postado com modéstia, como convinha ao meu novo papel, encontrei-me diante da escrivaninha do senhor diretor. Estava um pouco acanhado.

De uma caixinha de vidro o senhor diretor tirou um besouro fincado num alfinete e, observando-o contra a luz, aproximou-o de viés ao seu olho. Seus dedos estavam sujos de tinta, as unhas eram curtas e retas. Olhou-me de trás dos óculos.

— O senhor conselheiro deseja se matricular na primeira série? — disse. — É muito admirável e digno de louvor. Compreendo-o, senhor conselheiro, o senhor deseja restaurar a sua formação a partir das bases, dos alicerces. Eu sempre digo que a gramática e a tabuada são o fundamento da instrução. É óbvio que não podemos tratá-lo, senhor conselheiro, como um aluno sujeito ao ensino compulsório, mas antes como um aluno livre, como um veterano do abecedário, por assim dizer, que após longa peregrinação veio aportar pela segunda vez nas carteiras escolares. Trouxe sua nave abatida

---

[32] Em latim, no original: "A sorte está lançada". Palavras atribuídas a César, quando em 49 a.C. atravessou o rio Rubicão com seus legionários, contrariando as ordens do Senado romano e dando início à guerra civil. (N. do T.)

a este porto, digamos assim. Sim, sim, senhor conselheiro, são poucos os que nos manifestam essa gratidão, esse reconhecimento dos nossos méritos, a ponto de retornar depois de um século de trabalho, um século de fadiga, e assentar-se na condição de voluntário repetente vitalício. O senhor conselheiro será tratado com privilégios especiais. Eu sempre digo que...

— Perdão — interrompi —, mas quero declarar que renuncio por completo aos direitos especiais... Não quero privilégio nenhum. Pelo contrário... Não pretendo diferenciar-me em nada dos outros, mas faço questão de fundir-me, de desaparecer na massa cinzenta da turma. Todo o meu plano fracassará se eu tiver algum privilégio. Mesmo no que diz respeito aos castigos corporais — neste momento ergui um dedo —, reconheço completamente o seu efeito salutar e moralizador: imponho a condição de que não me seja feita qualquer exceção em tais casos.

— Muito louvável, muito pedagógico — disse em tom apreciativo o senhor diretor. — Além disso — acrescentou —, creio que a sua formação, devido aos longos anos em desuso, já apresente algumas lacunas. Nesse aspecto, todos nós costumamos nutrir ilusões otimistas, que tão facilmente desvanecem. Será que o senhor ainda se lembra, por exemplo, de quanto é cinco vezes sete?

— Cinco vezes sete — repeti, embaraçado, sentindo a confusão afluir numa onda quente e agradável ao meu coração e obscurecer com uma neblina a clareza dos meus pensamentos. Estonteado com a minha própria ignorância, como se fosse uma revelação, um tanto deslumbrado por retornar ao estado de insipiência infantil, comecei a gaguejar, repetindo: cinco vezes sete, cinco vezes sete...

— Está vendo? — disse o senhor diretor. — Já é hora de o senhor se matricular na escola. — Depois pegou-me pela mão e conduziu-me à sala de aula.

Outra vez, como meio século atrás, encontrei-me em meio ao tumulto, numa pululante sala de aula, escurecida por um enxame de cabeças agitadas. Ali estava eu, muito pequeno entre os dois, agarrado à aba do sobretudo do senhor diretor, enquanto cinquenta pares de jovens olhos miravam-me com o indiferente e cruel rigor dos animais da mesma espécie. De todos os lados torciam-me os rostos, faziam caretas de uma hostilidade instantânea e passageira, mostravam a língua. Não reagi a essas provocações, lembrando-me da boa educação recebida outrora. Ao ver à minha volta aqueles rostos agitados, deformados por caretas débeis, lembrei-me daquela mesma situação que ocorrera há cinquenta anos. Naquele tempo eu fiquei ao lado da minha mãe enquanto ela conversava com a professora. Agora, no lugar da minha mãe, o senhor diretor sussurrava algo no ouvido do senhor professor, que assentia com a cabeça, observando-me com ar de gravidade.

— Ele é órfão — disse por fim à turma. — Não tem pai nem mãe. Não o maltratem muito.

Ao ouvir esse discurso, lágrimas vieram-me aos olhos, verdadeiras lágrimas de comoção, e o senhor diretor, também emocionado, instalou-me na primeira fileira.

A partir daí começou para mim uma nova vida. Desde o princípio a escola me absorveu por completo. Nunca em minha vida pregressa eu estivera tão envolvido em mil assuntos, intrigas e transações. Vivia num estado constante de excitação. Milhares de interesses diversos intersecccionavam-se, pairando sobre a minha cabeça. Mandavam-me sinais, telegramas, gestos, faziam psiu, piscavam os olhos e lembravam-me de todas as maneiras dos mil compromissos que eu tinha assumido. Não era fácil aguentar até o fim da aula, durante a qual, graças à decência inata, eu suportava com estoicismo todos os ataques, de modo a não perder nem uma palavra do professor. Mal tocava o sino, toda a malta vociferante caía em cima de mim, cercando-me com um ímpeto primitivo, quase fazendo-me em pedaços. Chegavam por trás, correndo em cima dos bancos e esbarrando com os pés nas carteiras, saltavam sobre a minha cabeça e davam cambalhotas por cima de mim. Cada um gritava suas queixas no meu ouvido. Tornei-me o centro de todos os assuntos, e as mais importantes transações, as mais complicadas e delicadas negociatas não podiam acontecer sem a minha participação. Na rua, andava sempre rodeado pelo bando barulhento, que gesticulava violentamente. Os cães passavam longe, com o rabo metido entre as pernas, os gatos saltavam para os telhados ao nos ver chegar, e os meninos solitários que encontrávamos pelo caminho escondiam a cabeça entre os braços com um fatalismo passivo, preparando-se para o pior.

A educação escolar não tinha perdido para mim nada daquele encanto da novidade. Como, por exemplo, a arte de soletrar. O professor simplesmente apelava à nossa ignorância, sabia extraí-la com grande habilidade e astúcia, finalmente atingindo em nós aquela *tabula rasa* que é fundamento de todo o estudo escolar. Desarraigando, desse modo, todos os preconceitos e hábitos que tínhamos, passava a nos ensinar a partir do zero. Com dificuldade e esforço gaguejávamos as melódicas sílabas sonoras, fungando nos intervalos e apertando com o dedo cada letra nos nossos livros. Minha cartilha tinha os mesmos traços do indicador — mais densos nas letras difíceis — das cartilhas dos meus colegas.

Um dia, já não lembro por que razão, o senhor diretor entrou na sala, e no silêncio que se fez de repente apontou para três de nós, um dos quais era eu. Tivemos de acompanhá-lo imediatamente ao seu gabinete. Sabíamos o que nos esperava, e meus dois cúmplices abriram um berreiro de antemão. Eu observava indiferente sua contrição prematura, seus rostos deformados pelo choro súbito, como se com as primeiras lágrimas caísse deles a máscara humana, desnudando a massa amorfa de carne plangente. Já eu, estava tranquilo, e, com a determinação das naturezas morais e justas, entregava-me ao curso dos acontecimentos, disposto a enfrentar com estoicismo as consequências dos meus atos. Essa força de caráter, assemelhada à obstinação, desagradou ao senhor diretor quando nós, os três culpados, apresentamo-nos perante ele no seu gabinete. O senhor professor assistia à cena com uma vara na mão. Desatei o cinto com indiferença, mas o senhor diretor fitou-me e exclamou: "Isso é uma vergonha! Será possível, na sua idade?", e olhou com indignação para o senhor professor. "Um estranho capricho da natureza", acrescentou, com um esgar de repulsa. Depois de dispensar os outros meninos, passou-me um sermão longo e sério, cheio de desaprovação e lamento. Mas eu não o compreendia. Roía as unhas com ar imponderado, olhando obtusamente para a frente, até que disse: "Pufavô, senhor plofessor, foi o Wacek que cuspiu no pão do senhor plofessor". Eu já era de fato uma criança.

Para as aulas de ginástica e artes, íamos a outra escola, que tinha salas e equipamentos especiais para essas disciplinas. Marchávamos aos pares, tagarelando furiosamente, levando para cada rua em que entrávamos a súbita algazarra das nossas misturadas vozes de soprano.

Essa escola ficava num grande edifício de madeira, um antigo teatro cheio de anexos. A sala de artes lembrava um enorme banho público; o teto era sustentado por pilares de madeira, sob ele havia uma galeria, também de madeira, que circundava toda a sala, e nós subíamos imediatamente para lá, tomando de assalto a escada, que ribombava sob os nossos pés. Os numerosos banheiros eram perfeitos para brincar de esconde-esconde. O professor de desenho nunca vinha, e assim podíamos brincar à vontade. De vez em quando, o diretor dessa escola entrava na sala, punha nos cantos alguns dos mais barulhentos, torcia as orelhas dos mais selvagens, porém, mal virava as costas em direção à porta, o tumulto recomeçava.

Não ouvíamos o sino que anunciava o fim da aula. Chegava a tarde, a curta e colorida tarde de outono. As mães vinham buscar alguns dos meninos e, repreendendo e batendo nos que resistiam, os levavam embora. Mas para os outros, privados de tão solícito atendimento domiciliar, só então começava a verdadeira festa. Já anoitecia quando, ao fechar a escola, o velho bedel nos afugentava para casa.

De manhã, nessa época do ano, reinava uma densa escuridão, e quando saíamos para a escola a cidade estava ainda imersa no sono. Avançávamos às apalpadelas, com os braços esticados, os pés fazendo farfalhar as folhas secas que cobriam espessamente as ruas. Para não nos perder, avançávamos agarrados às paredes das casas. Inesperadamente, num dos batentes, tateávamos o rosto de um colega que vinha na direção oposta. Quanto riso isso provocava, quantos palpites e quantas surpresas. Alguns meninos tinham velas de sebo e acendiam-nas, e a cidade ficava semeada por esses lumes itinerantes que avançavam rasteiros, perto do chão, num zigue-zague trepidante, encontrando-se e parando para iluminar uma árvore, um círculo no solo ou um monte de folhas murchas, nas quais as crianças menores procuravam castanhas. Em algumas das casas já se acendiam as primeiras lâmpadas, e sua luz turva, tornada imensa pelos quadriláteros das janelas, invadia a cidade noturna e deitava-se em figuras enormes na praça em frente à casa, no paço municipal, nas fachadas cegas dos edifícios. E quando alguém passava de um cômodo a outro com a lâmpada na mão, lá fora os enormes retângulos de luz viravam-se como as páginas de um livro colossal, e a praça parecia passear pelos edifícios, rearranjando as sombras e as casas, como se jogasse paciência com um grande baralho.

Finalmente chegávamos à escola. Os tocos das velas se apagavam, o escuro nos envolvia e nós tateávamos em busca das carteiras. Depois entrava o professor, punha uma vela de sebo dentro de uma garrafa e começava um maçante interrogatório, perguntas sobre vocábulos e declinações. Por falta de luz, a lição se limitava aos métodos verbais e à memorização. Enquanto alguém recitava monotonamente, nós observávamos, fechando um pouco os olhos, as flechas douradas, os zigue-zagues intrincados que disparavam da vela e, com um ruído de palha, iam perder-se entre as pestanas semicerradas. O senhor professor punha tinta nos tinteiros, bocejava, olhava a noite negra pela janela baixa. Debaixo das carteiras estava completamente escuro. Nós mergulhávamos nessa escuridão às gargalhadas, andávamos de quatro, farejando como animais, fazíamos às escuras, aos cochichos, as transações habituais. Nunca esquecerei essas benditas horas antes de o sol nascer na escola, quando atrás dos vidros das janelas o dia despontava lentamente.

Naquele dia, já de manhã o céu ficara amarelo e tardio, moldado contra um fundo de paisagens imaginárias de linhas cinzentas e apagadas, fundo de grandes e brumosos desertos que se afastavam em perspectiva, e agora passava por minguantes cenários de morros e vincos, que iam tornando-se ora espessos, ora mirrados, até chegar a um ponto bem distante no leste, onde de súbito interrompia-se como a borda ondulada de uma cortina em ascensão, revelando assim um plano mais distante, um outro céu, mais fundo, um vão de palidez assustada, a pálida e apavorada luz da mais remota distância — luz incolor, de uma claridade diluída, com a qual, como num estupor derradeiro, o céu interrompia-se, encerrando assim o horizonte. Em dias como aquele, sob o rastro luminoso podia-se avistar, como nas gravuras de Rembrandt, países longínquos, microscopicamente nítidos, que — nunca antes vistos — levantavam-se agora de trás do horizonte sob uma clara fissura do céu, banhados numa luz intensamente pálida e ansiosa, como se emersos de outra época e de outro tempo, como se por um único instante a terra prometida se revelasse aos povos saudosos. Naquela clara paisagem em miniatura podia-se ver com estranha nitidez um trem, quase invisível à distância, que avançava por uma ondulante estrada de ferro, lufando um fino rastro de fumaça branco-prateada, diluindo-se num sereno nada.

Mas logo em seguida irrompeu o vento. Como se surgido daquele vão claro no céu, deu algumas voltas e dispersou-se pela cidade. Era todo feito de moleza e suavidade, mas em sua estranha megalomania fingia ser bruto e violento. Amassava, revirava e torturava o ar, que agonizava de deleite. De repente, enrijecia no espaço e projetava-se, estendia-se qual uma vela, enorme, retesada, como um lençol a estalar feito um chicote, atava-se em nós duros, trêmulos de tensão; fazia uma cara severa, como se quisesse prender todo o ar num vácuo, mas depois puxava uma ponta traiçoeira e desfazia o falso nó, e uma milha adiante atirava com um silvo outra laçada, seu laço de prender que nada capturava.

E o que não fazia com a fumaça das chaminés! Pobre fumaça, já não sabia como evitar as reprimendas, como fugir dos golpes à direita e à esquerda. Assim o vento reinava na cidade, como se quisesse, de uma vez por todas, fazer daquele dia um memorável exemplo de sua desmedida arbitrariedade.

Desde a manhã eu pressentia o desastre. Atravessava com muita dificuldade a ventania. Nas esquinas das ruas, nos cruzamentos das correntes de ar, meus colegas seguravam-me pelas mangas. Desse modo eu atravessei a cidade e tudo corria bem. Depois fomos para a outra escola, para a aula de ginástica. No caminho compramos rosquinhas. Uma longa serpente de pares envolvidos em conversa densa entrava pelo portão da escola. Mais um instante e eu estaria a salvo num lugar confiável, seguro até o fim da tarde. E se fosse preciso, poderia até pernoitar na sala de ginástica. Meus fiéis companheiros passariam a noite comigo. Mas, por azar, naquele dia Wicek havia ganhado um pião e, cheio de entusiasmo, fazia-o girar na frente da escola. O pião zunia, um engarrafamento formou-se à entrada, empurraram-me para longe do portão, e nesse momento fui levado pelo vento. "Amigos, socorro!", gritei, já suspenso no ar. Ainda pude ver seus braços estendidos e suas bocas abertas num grito, mas logo em seguida dei uma cambalhota e decolei numa admirável linha ascendente. Já sobrevoava os telhados. E assim voando, sem fôlego, vi com os olhos da imaginação os meus colegas de sala erguendo as mãos, estalando os dedos e chamando o professor: "Senhor professor, senhor professor, o Szymcio foi levado!". O senhor professor olhou através dos óculos. Dirigiu-se tranquilamente à janela e, protegendo os olhos com a mão, espreitou o horizonte. Mas já não podia me ver. Sob o vago reflexo do céu pálido, seu rosto se tornou completamente pergamináceo. "Será preciso riscar seu nome na lista", disse, com uma expressão amargurada, e voltou à mesa. E eu era levado cada vez mais alto para as amarelas, inexploradas vastidões outonais.

SOLIDÃO

Agora que posso voltar a sair para a cidade, sinto um grande alívio. Mas há quanto tempo não deixava o meu quarto! Foram meses e anos amargos.

Não consigo explicar o fato de ser esse justamente o meu velho quarto de infância, o último cômodo do lado da varanda, já naqueles tempos raramente visitado, ainda esquecido, como se não pertencesse ao apartamento. Não me lembro como cheguei lá. Acho que era noite, uma noite clara, branca como água e sem lua. Pude ver cada detalhe sob o luar cinzento. A cama estava desfeita, como se alguém tivesse acabado de se levantar, eu escutava em silêncio a fim de ouvir a respiração dos que dormiam. Mas quem poderia respirar aqui? Desde então essa é a minha morada. Há anos estou aqui, entediado. Se ao menos tivesse pensado em fazer estoques com antecedência! Ah, vocês, que ainda podem, a quem ainda resta tempo para isso: façam estoques, economizem grão, bom e nutritivo, doce grão, pois virá um grande inverno, virão anos magros e faminto, e a terra não dará frutos no país dos egípcios. Infelizmente, eu não era como o hamster precavido, mas antes como o frívolo rato-do-campo, vivia um dia de cada vez, sem me preocupar com o amanhã, confiante no meu talento de esfomeado. Como um rato, eu pensava: o que a fome pode fazer comigo? Em último caso, posso roer uma árvore, ou picar, com meu focinho, um papel em pedacinhos. Eu, o mais miserável dos animais, um cinzento rato de igreja — o último no livro da criação —, consigo viver de nada. E assim vivo de nada, neste quarto morto. Aqui, há tempos as moscas morreram. Encosto o ouvido na madeira à procura do ruído de cupim. Silêncio sepulcral. Só eu, um rato imortal, solitário filho póstumo, farfalho neste quarto morto, corro sem parar sobre a mesa, a estante, as cadeiras. Desloco-me como a tia Tekla, de vestido cinza, longo até o chão — ágil, rápido e pequeno, arrasto atrás de mim um rabinho farfalhante. Estou sentado agora, em pleno dia, sobre a mesa, imóvel como se empalhado, e meus olhos, como duas contas de vidro, saltam para fora e brilham. Apenas a ponta do focinho pulsa, quase imperceptível, mastigando meticulosamente por força do hábito.

É claro que isso deve ser entendido metaforicamente. Sou um aposentado, e não um rato. Ser um parasita das metáforas é uma das propriedades da minha existência, deixo-me levar facilmente pela primeira que aparecer. E assim levado, só a muito custo sou trazido de volta, recobro aos poucos a consciência.

Como sou? Às vezes olho-me no espelho. Que coisa estranha, ridícula e dolorosa! Tenho vergonha de confessar. Nunca nos olhamos *en face*, cara a cara. Um pouco mais ao fundo, mais distante, fico ali dentro do espelho, um tanto à parte, um tanto de perfil, pensativo, olhando de lado. Fico ali imóvel, olhando de lado, um tanto atrás de mim mesmo. Nossos olhares não se encontram mais. Quando me movo, ele se move também, mas meio voltado para trás, como se não soubesse de mim, como se tivesse atravessado muitos espelhos e não pudesse voltar. Dá pena vê-lo tão alheio e indiferente. "E você", tenho vontade de gritar, "você, que foi o meu fiel reflexo, que me acompanhou por tantos anos, e agora nem me reconhece! Meu Deus! Você fica aí, alheio e olhando de lado, e parece escutar algo nas profundezas, esperar uma certa palavra, mas uma palavra de lá, das profundezas vítreas, subordinado a outrem e aguardando ordens de outro lugar."

Fico assim sentado à mesa, folheando velhas e amareladas apostilas universitárias — minha única leitura.

Olho a cortina desbotada e gasta, vejo-a se enfunar levemente com o sopro frio que vem da janela. Poderia fazer ginástica em seu varão. Uma barra perfeita. Com que facilidade se pode dar cambalhotas nele, no ar estéril, tantas vezes consumido. Quase sem querer dá-se um elástico *salto mortale* — friamente, sem nenhum envolvimento interior, de modo puramente especulativo, por assim dizer. Desse modo, em posição de equilibrista, pendurado pelas pontas dos dedos na barra e tocando o teto com a cabeça, tem-se a impressão de estar mais quente nessa altitude, tem-se a vaga ilusão de um clima mais brando. Desde a infância gosto de olhar o quarto assim, da perspectiva de um pássaro.

Sento-me e ouço o silêncio. O quarto está apenas caiado. Às vezes, no teto branco aparece o pé de galinha de uma rachadura, às vezes uma pétala de reboco cai com um ruído. Devo revelar que meu quarto está emparedado? Como é isso, emparedado? Como poderia sair? Pois é assim: a boa vontade não conhece obstáculos, o desejo intenso supera tudo. Preciso apenas imaginar uma porta, uma velha e boa porta, como a da cozinha da minha infância, com um trinco e uma maçaneta de ferro. Não há quarto tão emparedado a ponto de não se abrir a uma porta de confiança como essa, basta haver força suficiente para insinuar-lhe a existência dela.

A ÚLTIMA FUGA DO MEU PAI

Isso aconteceu numa época tardia e perdida, de completa dissolução, a época da liquidação final dos nossos negócios. O letreiro fora removido de cima da porta da nossa loja havia muito tempo. Com as persianas abaixadas até a metade, minha mãe vendia retalhos clandestinamente. Adela fora para a América. Dizia-se que o navio em que ela viajava naufragou, e que todos os passageiros haviam morrido. Nunca confirmamos esse boato, os vestígios da moça se perderam e nunca mais ouvimos falar dela. Era chegada uma nova era, vazia, sóbria e sem alegria — branca como papel. A nova empregada, Genia, anêmica, pálida e desossada, arrastava-se molemente pelos cômodos. Quando acariciada nas costas, ela se contorcia e se estirava como uma serpente e ronronava como uma gata. Sua pele era de uma brancura baça, e nem sob as pálpebras dos olhos esmaltados ela era rosada. De tão distraída, às vezes fazia angu com velhas faturas e folhas do livro-razão — insípido e intragável.

Naquele tempo meu pai já tinha morrido definitivamente. Morria várias vezes, mas nunca por completo, sempre com algumas objeções que implicavam a revisão desse fato. O que tinha suas vantagens. Ao dividir sua morte em prestações, meu pai nos ia familiarizando com o fato de sua partida. Tornamo-nos indiferentes aos seus retornos, cada vez mais reduzidos, sempre lamentáveis. A fisionomia do já ausente espalhou-se pelo quarto em que ele vivera, ramificou-se, atando, em certos pontos, estranhos nós de semelhança, de incrível nitidez. O papel de parede imitava, em determinados lugares, as contrações dos seus tiques, os arabescos se dispunham na anatomia dolorosa do seu riso, desarticulados em membros simétricos, como a impressão fossilizada de um trilobito. Por algum tempo, contornamos de longe seu casaco de pele de fuinha plissado. O casaco respirava. O pânico dos pequenos animais costurados, mordendo uns aos outros, passava por ele em espasmos impotentes e perdia-se nas pregas da pele. Aproximando o ouvido, podia-se ouvir o rosnar melodioso do sono que partilhavam em harmonia. Naquela forma bem curtida, com aquele leve cheiro de fuinha, assassinato e cio noturno, meu pai ainda poderia durar anos. Mas mesmo ali não aguentou muito tempo.

Um dia, minha mãe voltou da cidade com uma expressão consternada. "Veja, Józef", disse, "que coincidência. Apanhei-o na escada quando saltava de um degrau para outro." E levantou o lenço com que cobria algo sobre um prato. Reconheci-o de imediato. A semelhança era evidente, apesar de agora ele ser um lagostim, ou um grande escorpião. Trocamos olhares confirmando a semelhança, espantados por ser tão nítida, por ter se imposto com força irresistível mesmo depois de tantas transformações. "Está vivo?", perguntei. "É claro que sim, mal consigo segurá-lo", disse minha mãe. "Devo soltá-lo?" Ela pôs o prato no chão e, inclinados sobre ele, nós o observamos mais de perto. Mexia levemente suas numerosas patas arqueadas, ele próprio sumido no meio delas. Suas pinças e antenas, um tanto erguidas, pareciam escutar. Reclinei o prato, e meu pai desceu hesitante e cautelosamente para o chão, mas, ao sentir o solo plano abaixo de si, correu de repente com aquela dúzia de pernas, fazendo tropel com os membros ossudos de artrópode. Barrei-lhe o caminho. Ele hesitou, tocando o obstáculo com as antenas ondulantes, depois levantou as pinças e desviou. Deixamos que corresse na direção que escolhera. Naquele lado, nenhum móvel podia dar-lhe abrigo. Correndo assim, nos espasmos ondulados de suas numerosas pernas, ele alcançou a parede, e antes que conseguíssemos nos dar conta, subiu lepidamente por ela, sem parar, com toda a armadura dos seus membros. Fiquei horrorizado enquanto observava com uma repugnância instintiva aquela caminhada de muitos membros que, farfalhando, avançava pelo papel de parede. Enquanto isso, meu pai chegou ao pequeno armário embutido da cozinha, curvou-se na quina e, depois de examinar o terreno com as pinças, entrou.

Supostamente, ele tornava a descobrir o apartamento a partir dessa nova perspectiva artrópode, percebia os objetos, talvez, pelo olfato, pois tendo-o examinado atentamente, não pude avistar nenhum órgão de visão. Parecia refletir um pouco sobre os objetos que encontrava no caminho, detinha-se e tocava-os com as antenas levemente ondulantes, chegava a abraçá-los com as pinças, como se quisesse experimentá-los, travava conhecimento com eles e só depois os largava e prosseguia, arrastando seu abdome soerguido. Fazia o mesmo com os pedaços de pão e carne que jogávamos no chão, na esperança de que lhe servissem de alimento. Tocava-os apenas, brevemente, e continuava a correr, sem sequer imaginar que aqueles itens eram comestíveis.

Ao observar seu paciente reconhecimento do terreno daquele cômodo, podia-se pensar que ele procurava por algo, incansável e obstinadamente. Corria de quando em quando para um canto da cozinha, em direção ao tanque d'água, que vazava, e, chegando a uma poça, parecia beber. Às vezes desaparecia por dias inteiros. Parecia passar perfeitamente bem sem comida, e não notamos se seus sinais vitais sofriam algum abalo por isso. Com sentimentos mistos de vergonha e repugnância, durante o dia nós receávamos em segredo que ele pudesse nos visitar à noite na cama. Mas isso não aconteceu uma única vez, embora de dia ele percorresse todos os móveis e gostasse particularmente de passar o tempo na fresta entre os armários e a parede.

Porém, certas manifestações de lucidez, e até de travessa diabrura, não tinham como passar despercebidas. Nunca, por exemplo, meu pai deixou de aparecer na sala de jantar na hora das refeições, embora sua participação fosse puramente platônica. Durante o almoço, se por um acaso a porta da sala de jantar estivesse fechada e meu pai se encontrasse no cômodo ao lado, ele se punha a arranhá-la, correndo ao longo do vão, até que a abríssemos. Depois aprendeu a enfiar as pinças e as pernas no vão e, com manobras um pouco arriscadas, conseguia espremer-se por baixo da porta. Isso parecia deixá-lo feliz. Ficava então imóvel sob a mesa, sem ruído algum, apenas seu abdome pulsando de leve. Não conseguimos decifrar o que significava essa rítmica pulsação de seu abdome brilhante. Era algo irônico, indecente e malicioso, que ao mesmo tempo parecia exprimir uma baixa e lasciva satisfação. Nemrod, nosso cachorro, aproximava-se dele devagar e sem muita convicção, cheirava-o com cautela, espirrava e afastava-se com indiferença, sem ter formado uma opinião firme.

A dissolução em nossa casa se expandia em círculos cada vez maiores. Genia dormia dias inteiros, seu corpo esguio ondulava, sem ossos, numa respiração profunda. Com frequência encontrávamos na sopa carretéis de linha, que ela, por descuido e por uma estranha distração, punha junto com os legumes. A loja ficava aberta *in continuo*, dia e noite. A venda, com as persianas meio descidas, retomava dia a dia o seu curso intricado, entre regateios e persuasões. Para completar, chegou o tio Karol.

Ele estava estranhamente abatido e calado. Declarou, com um suspiro, que depois de suas últimas e tristes experiências decidira mudar o seu modo de vida e começaria a estudar línguas. Não saía de casa, trancava-se no último quarto, do qual Genia tirara todos os tapetes e tapeçarias, manifestando assim sua desaprovação ao novo hóspede, e mergulhava no estudo de antigas tabelas de preços. Várias vezes tentou, maliciosamente, pisar no abdome do meu pai. Com um grito de horror, nós o proibíamos de fazê-lo. Ele apenas sorria para si, não de todo convencido, enquanto meu pai, sem se dar conta do perigo, detinha-se, alerta, sobre umas manchas no chão.

Meu pai, lépido e ativo quando estava sobre as patas, partilhava com todos os crustáceos a propriedade de ficar completamente indefeso caso caísse de costas. Era um espetáculo penoso e lamentável quando, mexendo desesperadamente todos os membros, ele girava, impotente, em torno do próprio eixo. Era impossível não sentir desgosto ao ver aquela explícita, demasiado articulada, quase impudente mecânica da sua anatomia, que ficava como que exposta e sem nenhuma proteção sobre a barriga nua de muitos membros. Nesses momentos o tio Karol quase não resistia à vontade de pisá-lo. Corríamos para socorrer o nosso pai, estendíamos-lhe algum objeto, ao qual ele se agarrava em desespero com as pinças; recuperando habilmente a posição normal, ele partia de pronto numa corrida ao redor do quarto, em ligeiros zigue-zagues de velocidade redobrada, como se quisesse apagar a lembrança da queda comprometedora.

É com pesar que me recomponho para contar fielmente um fato inconcebível, cuja realidade faz estremecer todo o meu ser. Até hoje não consigo compreender como pudemos nos tornar, nós mesmos, os perpetradores conscientes desse fato, em toda a sua extensão. É por isso mesmo que ele adquire as marcas de uma estranha fatalidade. Porque a fatalidade não passa ao largo da nossa consciência e da nossa vontade, mas, pelo contrário, incorpora ambas no seu mecanismo, de modo que aceitamos e admitimos, como num sono letárgico, coisas que em circunstâncias normais nos encheriam de horror.

Quando, abalado pelo que aconteceu, eu perguntava à minha mãe em desespero: "Como pôde fazer isso? Se ao menos fosse a Genia, mas você...", ela chorava, torcia as mãos, não conseguia responder. Pensava ela que assim seria melhor para o meu pai? Parecia-lhe a melhor saída para sua situação tão desesperada? Ou simplesmente agira com insensatez e leviandade inconcebíveis?... O destino encontra mil subterfúgios quando se trata de impor a sua vontade incompreensível. Basta um pequeno e momentâneo atordoamento mental, um instante de cegueira ou desatenção, e ele é capaz de contrabandear uma ação entre a Cila e a Caríbdis do nosso julgamento. Depois é possível interpretar infinitamente as causas, explicá-las *ex post*, perscrutar os motivos, mas o fato consumado permanece irrevogável e estabelecido para sempre.

Só recobramos a razão e nos livramos de nossa cegueira quando meu pai foi trazido numa travessa. Estava grande e inchado em resultado do cozimento, gelatinoso e cinza pálido. Sentamo-nos à mesa, abatidos. Apenas o tio Karol levou o garfo à travessa, mas a meio caminho abaixou-o, inseguro, e olhou-nos com perplexidade. Minha mãe mandou levar a travessa para a sala de estar. Ali, na mesa coberta por uma toalha de veludo, junto do álbum de fotografias e de um pequeno realejo mecânico com cigarros, ele jazia, imóvel e evitado por nós.

Mas este não seria ainda o fim da peregrinação terrena do meu pai, e essa continuação, essa extensão da história para além de seus limites definitivos e admissíveis, é o seu ponto mais doloroso. Por que não se entregou, por que não se deu por vencido, quando de fato já possuía motivos suficientes para isso, quando o destino já não tinha como dar continuidade à sua derrocada final? Após algumas semanas de permanência imóvel naquela travessa, ele se consolidou e parecia voltar vagarosamente a si. Certa manhã, encontramos a travessa vazia. Havia apenas uma perna na borda do prato, perdida no frio molho de tomate e na geleia pisoteada durante a fuga. Cozido, deixando pernas pelo caminho, ele se arrastou com o que restava de suas forças numa peregrinação desamparada, e nunca mais voltamos a vê-lo.

APÊNDICE

FINS E COMEÇOS:
SOBRE UM CONTO INÉDITO DE BRUNO SCHULZ

Danilo Hora

No plano original desta nova edição da ficção completa de Bruno Schulz, em dois volumes,[1] este seu segundo e último livro de contos encerraria com o breve ensaio "A mitificação do real", opúsculo que a um só tempo serve de síntese de sua visão de mundo e manifesto de sua prática artística. Publicado em 1936, após *Lojas de canela* (1934) e pouco antes de *Sanatório sob o signo da clepsidra* (1937), "A mitificação do real" amarra tudo o que nos deixou o artista de Drohobycz, autor de contos e gravuras que transmutam em mito o material cotidiano de sua infância, de toda a realidade que o circundava em sua cidadezinha de província, perdida nos confins do Império Austro-Húngaro. É com frequência, então, que este pequeno ensaio é lido como o balanço de uma proposta criativa já consumada, como um selo definitivo, por assim dizer, da vida e obra de Bruno Schulz. No entanto, graças ao acaso, este livro traz também uma volta ao início: com alegria anunciamos que aqui o leitor encontrará, um tanto fora de lugar, "Úndula", o recém-descoberto primeiro conto de Bruno Schulz.

Nesta justaposição de últimos e primeiros papéis há, creio, um brilho irônico, por se tratar de um artista cuja bio-

---

[1] Ver o primeiro volume de contos do autor, *Lojas de canela e outras narrativas* (São Paulo, Editora 34, 2019), com tradução de Henryk Siewierski e posfácio de Angelo Maria Ripellino.

Ao lado, capa da primeira edição de *Sanatório sob o signo da clepsidra*, de 1937, desenhada por Bruno Schulz. Abaixo, ilustração do autor para o conto que dá título ao livro.

MARCELI WERON. (Przedruk i przekład bez zezwolenie Redakcji wzbroniony).

UNDULA.

Musiały już upłynąć tygodnie, miesiące, od kiedy zamknięty jestem w tej samotni. Zapadam wciąż na nowo w sen i znów się budzę i majaki jawy plączą się z wytworami omroczy sennej. Tak upływa — czas. Zdaje mi się, że w tym długim krzywym pokoju już kiedyś dawno mieszkałem. Czasem odpoznaję te nad miarę wielkie meble sięgające do sufitu, te szafy z prostego dębu, najeżone zakurzonymi gratami. Wielka, wieloramienna lampa z szarej cyny zwiesza się ze stropu, kołysząc się z lekka.

Leżę w rogu długiego żółtego łóżka, wypełniając zaledwie trzecią jego część mem ciałem. Są chwile, w których pokój oświetlony żółtem światłem lampy ginie mi gdzieś z oczu i czuję tylko w ciężkim bezwładzie myśli potężny spokojny rytm oddechu, którym moja pierś się miarowo podnosi. I w zgodzie z tym rytmem idzie oddech wszystkich rzeczy.

Sączy się czas mdłem syczeniem lampy naftowej. Stare sprzęty trzaskają i trzeszczą w ciszy. Poza mną w głębi pokoju czają się i spiskują cienie, spiczaste, krzywe, połamane. Wyciągają długie szyje i zaglądają mi poprzez ramiona. Nie odwracam się. I pocóżby?

Acima, ilustração de Bruno Schulz para o *Livro da Idolatria* com a personagem-título de "Úndula". Ao lado, a primeira publicação do conto, sob o pseudônimo de Marceli Weron, em 1922.

grafia é sempre lembrada de trás para a frente, de um estilista cuja originalidade é tão frequentemente lida como presciência, de um provocador cuja extravagância é muitas vezes confundida com a de um profeta, e cujo principal biógrafo já foi descrito como "não um crítico, mas um hagiógrafo reverente".[2] Tudo, praticamente, o que sabemos sobre o artista nós devemos ao zelo quase religioso do poeta polonês Jerzy Ficowski, autointitulado "discípulo, biógrafo e pesquisador apaixonado da obra de Bruno Schulz", e a seu *Regiões da grande heresia*,[3] livro-gênese do mito schulziano. Desde o momento em que soube da morte de Schulz, Ficowski dedicou sua vida a reunir os cacos da biografia do autor, para isso tendo que transpor a chamada "cortina de ferro",[4] a fim de entrevistar seus concidadãos, ex-alunos e uns poucos familiares. E o que Ficowski ouviu dos sobreviventes do gueto de Drohobycz, onde Schulz passou os últimos anos de vida, foi que ali ele tomava notas para uma obra grandiosa, na qual pretendia tratar do "mais terrível martírio da história", um grande romance que deveria se chamar *O Messias*. Embora tenha catalogado e descrito outras obras perdidas de Bruno Schulz,[5] a busca pelo *Messias* teve um lugar central na obra de Ficowski, como se esse livro pudesse levar à resolução de um imenso mistério biográfico e a um estágio superior de decodificação do projeto artístico schulziano. Há, nessa busca, uma ingenuidade tocante, como na busca do pequeno Józef pelo "Livro Autêntico, o original sagrado": "... o Livro

---

[2] Andrzej Chciuk, "Pierwsza książka o Schulzu" ("O primeiro livro sobre Schulz"), *Kultura*, Paris, n° 4, 1968, pp. 137-40.

[3] *Regiony wielkiej herezji*, livro publicado em 1967 e revisado e expandido ao longo de mais de três décadas.

[4] A cidade de Drohobycz, desde 1939, faz parte da Ucrânia.

[5] Todas estão listadas na seção "Sobre o autor" deste volume.

era um postulado, uma tarefa. Sentia nos meus ombros o peso da grande missão".[6]

Em sua última edição de *Regiões da grande heresia*, Ficowski dedicou um capítulo inteiro aos seus desencontros com o livro perdido, que se estenderam por meio século de vida. Ele conta de telefonemas misteriosos, do aparecimento, na Califórnia, de um sobrinho ilegítimo do escritor, de uma viagem nunca sucedida a algum porão soviético, no qual um diplomata sueco jurou-lhe ter visto uma mala abarrotada de manuscritos de Schulz. Essa obsessão com os últimos anos da vida de Bruno Schulz e sua obra magna — que ninguém nunca soube ao certo se chegou a existir — é parte fundamental do mito criado por Ficowski, o único mito schulziano que temos, e não por acaso se projeta na ficção inspirada na vida do escritor, em livros como O *Messias de Estocolmo*, de Cynthia Ozick, e *Ver: amor*, de David Grossman.

E é justamente esse fixar de olhos no período final da vida do artista e em sua obra definitiva o que torna mais fabulosa a recente descoberta de um conto que ele escreveu no início, ainda antes do início de tudo, dez anos antes de *Lojas de canela*. Em 2019, enquanto folheava um mal conhecido jornal do setor petroleiro da região de Borislaw-Drohobycz, a pesquisadora ucraniana Lesia Khomych encontrou, no número de janeiro de 1922 — um exemplar nunca consultado, cujas folhas não haviam sequer sido cortadas —, um conto chamado "Úndula", assinado por "Marceli Weron". Há elementos estilísticos e temáticos inconfundíveis que ligam Marceli Weron (seria um híbrido de Marcel Proust e Paolo Veronese?) a Bruno Schulz.[7] Há também futuros habitantes

---

[6] "O Livro", conto de *Sanatório sob o signo da clepsidra* (ver p. 12 deste volume).

[7] Para uma análise extremamente detalhada, ver Łesia Chomycz [Le-

Ao lado, estudo para o frontispício do *Livro da Idolatria*, de Bruno Schulz, 1921. Abaixo, autorretrato do autor em ilustração para o mesmo livro.

Bruno Schulz em Drohobycz, 1935.

de *Lojas de canela*: Adela, o Demiurgo, e até suas baratinhas velozes como caranguejos. E mesmo o débil narrador de "Úndula", decadente, tão diferente do maravilhado Józef de *Lojas de canela*, nos lembra, de fato, o já transtornado Józef deste *Sanatório*, sobretudo em narrativas de atmosferas densas como é o caso de "Solidão".

De todos os contos de Bruno Schulz, "Úndula" é certamente o que mais se aproxima da obra gráfica produzida nos anos 1920, sobretudo das gravuras masoquistas de seu *Livro da Idolatria*,[8] muitas das quais têm como personagem principal uma *femme fatale* chamada Úndula. Isto reforça uma hipótese antiga entre os pesquisadores, de que o *Livro da Idolatria* foi inicialmente planejado como um híbrido de textos e imagens. No mais, a existência deste conto, nunca antes suspeitada, desafia a ideia corrente de que Schulz era primariamente um artista gráfico, ingressante tardio no campo das letras, e reaviva uma outra hipótese, de que ele teria começado a explorar técnicas de gravura já com o intuito de ilustrar suas obras literárias. Em resumo, a descoberta de "Úndula" não só conecta dois períodos de seu trabalho artístico — a obra gráfica dos anos 1920 e a obra literária dos anos 1930 —, mas vira de ponta-cabeça uma série de suposições sobre sua vida.

"Úndula" termina com o narrador tentando resgatar, em sua memória, a casa onde passou sua infância, como se, uma década antes de *Lojas de canela*, no quarto escuro e claustrofóbico onde o conto é encenado, Bruno Schulz já tateasse o caminho para o esplendor magnífico de sua obra ma-

---

sia Khomych], "Wokół wystawy w Borysławiu. O dwóch debiutach Brunona Schulza", *Schulz/Forum*, nº 14, 2019, pp. 13-32.

[8] *Xięga Bałwochwalcza*, um ciclo de gravuras de conteúdo grotesco-masoquista. Schulz fez todas as cópias em casa e montou pouquíssimos exemplares deste livro.

dura, como se nele já vivesse o ideal artístico que ele mais tarde chamaria de "infância reintegrada":

> "Se fosse possível fazer voltar para trás o desenvolvimento, atingir, por uma via circular qualquer, a infância reintegrada, possuir outra vez sua plenitude e imensidão — isto seria a consumação da 'era genial', dos 'tempos messiânicos', que foram prometidos e afiançados por todas as mitologias. Meu ideal é maturar até a infância. Só esta seria uma maturidade autêntica."[9]

---

[9] Schulz em sua resenha de *Ferdydurke*, de Witold Gombrowicz, citado no posfácio de Angelo Maria Ripellino a *Lojas de canela* (São Paulo, Editora 34, 2019, pp. 183-4).

ÚNDULA

Bruno Schulz

Já devem ter se passado semanas, meses, desde que me encerrei nesta solidão. Volto sempre a cair no sono e a despertar, e os fantasmas da vigília se entrelaçam com os produtos do negrume sonolento. Assim ele passa — o tempo. Parece-me que já morei neste comprido e sinuoso quarto, muito tempo atrás. Às vezes reconheço estes móveis volumosos que alcançam o teto, estes armários de carvalho cru, eriçados de trastes empoeirados. Um grande lustre de estanho, pardo, de muitos braços, pende do teto e balança levemente.

Estou deitado no canto de uma comprida cama amarela, preenchendo com meu corpo somente um terço do seu tamanho. Há momentos em que o quarto, iluminado pela luz amarela do lustre, perde-se de vista, e sinto apenas, numa pesada inércia do pensamento, o ritmo poderoso e tranquilo com que o meu peito se levanta e abaixa a cada movimento da respiração. E em consonância com este ritmo segue a respiração de todas as coisas.

Destila-se o tempo com o sibilo insípido da lâmpada de querosene. A velha mobília crepita e estala em meio ao silêncio. Atrás de mim, no fundo do quarto, espreitam e conspiram sombras pontiagudas, tortas, quebradas. Estendem seus longos pescoços e fitam-me por cima dos ombros. Eu não me viro. Para quê? Mal as olho, todas tornam a silenciar em seus lugares, há somente o rangido do assoalho, o estalo do velho armário. Tudo continuará sem mudar, como antes. E outra vez o silêncio, e a velha lamparina adoça o seu próprio tédio com um sibilo.

As grandes baratas pretas ficam imóveis, fitando irrefletidamente a luz. Parecem mortas. De repente, essas carcaças achatadas e sem cabeça disparam numa espantosa corrida de caranguejo, cortando de viés o assoalho.

Durmo, acordo e volto a dormir, continuo a abrir caminho pacientemente pelo matagal doentio dos delírios do sono. Embaralham-se, confundem-se, peregrinam comigo essas alvacentas e macias moitas viçosas, como pálidos, noturnos rebentos de batatas nas caves, como abomináveis excrescências de cogumelos doentios.

* * *

Talvez o mundo já esteja em primavera. Não sei quantos dias e noites se passaram desde então... Lembro-me daquela cinzenta e pesada madrugada de um dia de fevereiro, daquela purpúrea procissão de bacantes. Que noites pálidas e dançantes, que suburbanos parques lunares percorri atrás delas, feito mariposa enfeitiçada pelo sorriso de Úndula. E em todo lugar eu a via nos braços dos dançarinos, Úndula, desfalecendo, inclinada voluptuosamente, vestindo gaze e calcinha preta, Úndula, de olhos ardentes atrás da renda preta do leque. Assim eu a segui, com um ardente e doce delírio no coração, até que as minhas pernas desfalecentes recusaram-se a me levar, e o carnaval me cuspiu, meio morto, nalguma rua vazia, na tênebra que antecede a madrugada.

Depois houve aquelas andanças às apalpadelas, com sono nas pálpebras, por umas velhas escadas, subindo por muitos andares escuros, as travessias dos negros espaços dos sótãos, as escaladas aéreas por galerias que balançavam com as escuras correntes de vento, até que fui por fim engolido por esse silencioso, bem conhecido corredor e achei-me na entrada do apartamento da minha infância. Virei a maçaneta, e a porta, com um suspiro soturno, abriu-se para dentro. Senti soprar o perfume daqueles interiores esquecidos; do fundo da casa emergiu silenciosamente a antiga criada Adela, caminhando suavemente sobre sandálias de veludo com salto de cortiça. Como ficara bela durante a minha ausência, como eram brancos de pérola os seus ombros, sob o vestido preto desabotoado. Não parecia nada surpresa com a minha chegada, depois de tantos anos; estava sonolenta e arrogante. Pude ver ainda as suas pernas esguias, de contornos de cisne, afastarem-se para o negro interior da casa.

Na penumbra, tateando, encontrei a cama por fazer, e com olhos escurecidos de sono afundei a cara nos travesseiros.

Um sono surdo passou por cima de mim feito um carro pesado, carregado de moinha da escuridão, cobrindo-me de breu.

Então a noite de inverno começou a emparedar-se com os negros tijolos do nada. Os espaços infinitos solidificaram-se numa rocha surda e cega, numa massa pesada e impenetrável que invadia o espaço entre as coisas, e o mundo solidificou-se em nada.

* * *

Como pesa a respiração no quarto preso pelas tenazes da noite de inverno! Sentimos, através das paredes e do teto, a pressão das milhares de atmosferas de escuridão. O ar é estéril, insalubre para os pulmões. A chama da lamparina infesta-se de cogumelos negros. O pulso torna-se leve e superficial. Tédio, tédio, tédio. — Algures, no fundo da massa compacta da noite, pelos negros corredores do inverno andam homens solitários com lanternas nas mãos. Parece que chegam-me aos ouvidos as suas conversas desesperadas, suas apáticas e monótonas historietas. Úndula, Úndula repousa em sua cama perfumada, nos braços de um sono pesado que suga dela a memória de todas as orgias e loucuras. Seu corpo, inerte e tenro, extraído do aperto da gaze, da calcinha e das meias, é pego pela escuridão, que, feito um gigantesco urso peludo, encerra-a agora em suas quatro patas enormes, recolhendo numa doce e macia mancheia os membros brancos e veludosos, arfando sobre eles com sua língua purpúrea. E ela, insensível, com os olhos em sonhos longínquos, deixa-se, inerte, devorar pela escuridão, enquanto em suas veias róseas correm as vias lácteas das estrelas, sorvidas pelos olhos nestas noites vertiginosas do carnaval.

Úndula, Úndula, tu és um suspiro da alma pelo país dos felizes e perfeitos! Como aquela luz alargava a minha alma quando eu, um humilde Lázaro, postei-me às tuas portas resplandecentes! Através de ti, num ardente frêmito de gozo, conheci a minha miséria e a minha feiura, à luz da tua perfeição. Como era doce ler num só olhar dos teus olhos a sentença que me condenava para sempre, ouvir com a mais profunda humildade o gesto da tua mão que me empurrava para fora das vossas mesas de banquete. Duvidaria de tua perfeição, tivesses agido de outro modo. É chegada então a hora em que devo voltar à retorta de que saí, falho e malsucedido. Sofrerei até as últimas consequências pelo erro do Demiurgo que me criou.

Úndula, Úndula! Em breve te esquecerei, meu sonho luminoso com as terras de lá. A escuridão derradeira e o horror da retorta se aproximam.

* * *

A lâmpada destila o tédio e sibila sua canção monótona. Sinto como se tivesse ouvido esta canção há muito, algures, nos primórdios da vida, quando, doente e afadigado recém-

-nascido, birrava e resmungava durante longas noites de choro. Quem foi que então me chamou e trouxe-me de volta, quando eu procurava tateando o caminho de retorno para o materno pré-nada?

Como fumega, a lâmpada. Os braços cinzentos do lustre proliferaram-se feito um pólipo no teto. As sombras conspiram e sussurram. As baratas percorrem silenciosamente o assoalho amarelo. Minha cama é tão comprida que não vejo a extremidade oposta. Decerto estou doente, muito doente. Como é amargo e cheio de horror o caminho à retorta.

Foi então que começou. Esses monótonos e estéreis diálogos com a dor cansaram-me demais. Discuto com ela sem cessar, dizendo que a mim, enquanto puro intelecto, ela não diz respeito. — E à medida que todo o resto enreda-se e confunde-se cada vez mais, sinto com a maior nitidez como ela, a que sofre, separa-se de mim, que observo. Mas ao mesmo tempo sinto um leve pavor que faz cócegas.

A chama da lamparina arde cada vez mais baixa e escura. As sombras estendem seus pescoços de girafa até o teto, querendo vê-la; mas eu a escondo cuidadosamente sob o edredom. Ela é como um pequeno e disforme embrião, sem rosto, olhos ou boca, e nasceu para sofrer. Da vida ela só conhece todas as formas e anomalias do sofrimento, que encontra nas entranhas da noite, em que está imersa. Os seus sentidos estão voltados para dentro e agarram avidamente a dor em todas as suas formas. Foi ela quem tomou para si o meu sofrimento. Às vezes é apenas como uma grande vesícula gasosa, inchada de dor, com pequenas veias quentes a penar em sua membrana.

Por que choras e birras sem parar a noite inteira? Como posso aliviar os teus sofrimentos, filhinha? O que fazer contigo, como agir? Estás contorcendo-te, amuando-te, fazes caretas, incapaz de ouvir e compreender a fala humana, e continuas a birrar, cantarolando a noite toda a tua dor monótona. Agora és como um rolo de cordão umbilical, retorcido e pulsante...

* * *

A lâmpada deve ter se apagado enquanto eu cochilava. Tudo está escuro e silencioso. Ninguém chora. Nada dói. Nalgum lugar longe, longe, no fundo da escuridão, nalgum lugar atrás da parede as calhas tagarelam. Meu Deus! Chegou o degelo!... Os espaços do sótão retumbam surdos, como caixas de imensos instrumentos musicais. Na rocha compacta deste inverno negro deve ter surgido uma primeira fenda. Grandes blocos de escuridão soltam-se das paredes da noite e esmigalham-se. A escuridão escorre feito tinta pelas fendas do inverno, balbucia nas calhas e nos esgotos. Ó Deus, a primavera está chegando...

No mundo lá fora a cidade aos poucos se livra dos grilhões das trevas. O degelo arranca casas e mais casas do muro de pedra da escuridão. Ó, voltar a sorver com os pulmões o escuro hálito do degelo, ó, voltar a sentir no rosto esse negro e úmido tecido do vento que voa pelas ruas. Os pequenos lumes dos lampiões de esquina infiltram-se nos pavios e tornam-se azuis, enquanto purpúreos tecidos de vento passam voando por eles. Ó, escapulir-se agora e fugir, e deixá-la aqui sozinha, para sempre, com sua dor perpétua... Que baixas tentações são estas que sopras no meu ouvido, ó vento do degelo? Mas em que parte da cidade estará esta casa? Para onde dará esta janela, trancada com uma veneziana? Não consigo lembrar-me da rua onde ficava a casa da minha infância. Ó, se eu pudesse apenas olhar pela janela, sorver um sopro de degelo...

(1922)

A MITIFICAÇÃO DO REAL

Bruno Schulz

A essência do real é o *sentido*. O que não tem *sentido* não é real para nós. Cada fragmento do real vive graças à sua participação em algum *sentido* universal. É o que as antigas cosmogonias exprimiam com a máxima de que no princípio havia o verbo. Para nós, o inominado não existe. Dar nome a uma coisa é incluí-la em algum sentido universal. A palavra isolada, mosaica, é um produto tardio, já resultado da técnica. A palavra primordial era um delírio girando em torno do sentido da luz, um grande todo universal. No sentido corrente e vernáculo, a palavra é só um fragmento, o rudimento de alguma antiga mitologia que tudo abarca, de uma mitologia integral. Por isso há nela a tendência a voltar a crescer, a regenerar-se, a complementar-se em seu sentido pleno. A vida de uma palavra consiste em que ela se retese, estique-se em direção a mil conexões, como o corpo esquartejado da serpente lendária, cujos pedaços buscam-se uns aos outros na escuridão. Este organismo da palavra, integral e multifário, foi dilacerado em singulares vocábulos e sons, em linguagem cotidiana, e, nesta nova forma, empregado para fins práticos, chegou até nós já como um órgão de comunicação. A vida da palavra, seu desenvolvimento, foi posta em novos trilhos, nos trilhos da prática, da vida, e sujeitada a novas normas. Mas quando os preceitos da prática afrouxam de algum modo os seus rigores, quando a palavra, liberta dessa coerção, é deixada à própria sorte e tem seus direitos restituídos, então ocorre nela uma regressão, uma corrente reversa, e a palavra procura restabelecer as suas relações antigas, complementar-se no *sentido* — e esse anseio da palavra por sua própria toca, essa saudade de regressar, saudade de sua protopátria verbal, a isso nós chamamos poesia.

A poesia são os curtos-circuitos de sentido entre as palavras, a regeneração repentina dos mitos primitivos.

No manejo das palavras cotidianas, nós nos esquecemos de que elas são fragmentos de histórias antigas e sempiternas, de que, como os bárbaros, nós construímos as nossas casas com fragmentos de esculturas e estátuas de deuses. Os nossos mais lúcidos conceitos e definições são derivados distantes dos mitos e das histórias antigas. Em nossas ideias não há uma migalha que não venha da mitologia, que não seja uma mitologia metamorfoseada, mutilada, transubstanciada. A função primordial do espírito é a fabulação, a criação de "histórias". A força motriz do conhecimento humano é a convicção de que, no fim de sua busca, ele encontrará o sentido último do mundo. Ele busca-o no topo de suas barragens e andaimes artificiais. Mas os componentes que ele usa para essa construção já foram usados, já vêm de esquecidas e desagregadas "histórias". A poesia torna a reconhecer esses sentidos perdidos, devolve às palavras o seu lugar e as conecta conforme os seus antigos significados. Com o poeta é como se à palavra se desse conta de seu sentido essencial, ela floresce e desenvolve-se espontaneamente de acordo com as suas próprias leis, recupera a sua integridade. Por isso toda poesia é mitologização e procura recriar os mitos sobre o mundo. A mitificação do mundo ainda não chegou ao fim. Esse processo foi apenas refreado pelo desenvolvimento da ciência, empurrado para outro braço do rio, e lá vive, sem compreender o seu verdadeiro sentido. Mas também a ciência não é outra coisa que a construção de um mito sobre o mundo, pois o mito reside nos próprios componentes, e para além do mito nós não temos como ir. A poesia alcança o sentido do mundo *anticipando*, por dedução, com base em grandes e ousadas abreviações e aproximações. A ciência procura alcançar o mesmo por indução, metodicamente, considerando todo o material da experiência. No fundo, as duas perseguem o mesmo.

O espírito humano é incansável em proclamar a vida com auxílio dos mitos, em "dar sentido" ao real. A palavra por si só, deixada à própria sorte, gravita, propende para o sentido.

O sentido é o elemento que eleva a humanidade ao processo do real. É um dado absoluto. Ele não pode ser derivado de outros dados. É impossível definir por que algo nos parece fazer sentido. O processo em que o mundo ganha sentido está estreitamente ligado à palavra. A fala é o órgão metafísico do homem. Mas com o tempo a palavra enrijece, acomoda-se, deixa de ser um guia para novos sentidos. O poeta restitui às palavras a habilidade de guiar, e o faz por meio de novos curtos-circuitos, emergentes da cumulação. Os símbolos matemáticos são uma expansão da palavra em novas dimensões. Também a imagem deriva da palavra primordial, a palavra que não chegou a ser signo, mas que era um mito, uma história, um sentido.

Costumamos considerar a palavra uma sombra da realidade, seu reflexo. Mais verídica seria a afirmação contrária: a realidade é sombra da palavra. A filosofia é na verdade filologia, ou seja, uma profunda e criativa investigação da palavra.

(1936)

SOBRE O AUTOR

Bruno Schulz nasceu em 1892 em Drohobycz, pequena cidade na região da Galícia, então parte do Império Austro-Húngaro. Seus pais eram ambos judeus já assimilados à cultura polonesa, e Bruno falava polonês em casa e na escola, tendo sido educado também em alemão. Em 1910 ingressa na Escola Politécnica de Lvov, onde estuda arquitetura. Seu progresso seria interrompido algumas vezes por problemas de saúde e, mais tarde, definitivamente, pela eclosão da Primeira Guerra Mundial, período em que a casa de sua família com a loja de seu pai são incendiados pelo exército russo. Estudou ainda, por um semestre, no curso de arquitetura da Universidade de Viena, para onde mudou-se por alguns meses em 1917, junto com parte da família. Desde a morte do pai, em 1915, os Schulz vinham enfrentando dificuldades financeiras, e com exceção de alguns breves intervalos — os anos de estudo em Lvov e em Viena, viagens curtas a balneários vizinhos e a Paris —, Bruno passou toda a sua vida em Drohobycz, ocupando, a partir de 1921, o cargo de professor de desenho e de artes e ofícios no ginásio local; junto com os ganhos de Izydor, seu irmão mais velho, este seria todo o suporte financeiro da casa onde morava com a mãe, Henrietta, e a irmã mais velha, Hania, com dois filhos pequenos.

No início dos anos 1920 Schulz direciona seu interesse à pintura e ao desenho. Datam dessa época os experimentos com a técnica chamada *cliché-verre* — usando matrizes de vidro para impressão em papel fotográfico —, que resultaram no livro *Xięga Bałwochwalcza* (Livro da Idolatria). Bruno fez todas as impressões em sua própria casa e, apesar de não ter conseguido vender muitos exemplares — acabou dando-os a amigos —, ao longo da década pôde exibi-los em exposições coletivas em Varsóvia, Cracóvia, Lvov e Vilna. Uma exibição só sua, em 1928 no balneário de Truskawiec, foi acusada de "pornografia", e não raro causava desconforto aos moradores de Drohobycz que Bruno usasse os rostos das damas locais em suas composições masoquistas.

No início de 1934 dá-se a sua estreia literária com a publicação de *Lojas de canela*, cujos contos são, em sua maior parte, o desenvolvimento de historietas e fantasias presentes em longas cartas enviadas à escritora Debora Vogel. Com seu primeiro livro Schulz ganha reconhecimento imediato e passa a exercer também o ofício de escritor. Escreve resenhas literárias e ensaios, faz algumas tentativas de traduzir sua obra para outras línguas, e logo começam a aparecer em revistas literárias os contos que viriam a compor seu segundo livro, *Sanatório sob o signo da clepsidra* (1937). À diferença do primeiro, que foi sua "estreia total" na literatura, todos os contos reunidos em *Sanatório* foram publicados primeiro em revistas entre 1934 e 1936. Junto a outros cinco contos, incluídos nesta edição como "outras narrativas", isso é tudo que nos chegou da ficção de Bruno Schulz.

Em 1935 morre seu irmão, Izydor, e Bruno passa a ser o único provedor da família de sua irmã viúva (a mãe morrera quatro anos antes). Apesar de, em suas cartas, Bruno frequentemente se queixar da monotonia do trabalho escolar e da falta de tempo livre, e apesar das inúmeras licenças requisitadas por motivos de saúde e fadiga (sua atividade criativa concentra-se sobretudo nesses breves períodos de descanso), vários de seus ex-alunos descrevem-no como um professor aplicado. Ao longo deste mesmo ano Schulz recebeu o prêmio literário da revista *Wiadomości Literackie* e oficializou seu noivado com Józefina Szelińska. Em 1938 recebe o prestigioso Laurel de Ouro da Academia Polonesa de Literatura.

O período final de sua vida é bastante conhecido. Em 1939, Drohobycz é ocupada brevemente pelos alemães, que logo recuam com o avanço do exército soviético. A cidade passa a integrar a República Socialista Soviética da Ucrânia; Bruno adaptou-se às mudanças no currículo escolar e chegou a pintar alguns retratos de líderes soviéticos para complementar sua renda. Em julho de 1941 a cidade volta a ser ocupada pelos alemães. Impedido de exercer a função de professor e fraco demais para realizar trabalhos braçais, Schulz esteve sob a "proteção" de um oficial da Gestapo, o que lhe permitiu prover o sustento da irmã, do sobrinho e de uma prima. Além dos serviços realizados diretamente para o seu protetor — retratos a óleo e uma série de afrescos no quarto de seu filho —, Schulz trabalhou também na catalogação de livros e obras de arte confiscados pela Gestapo. No final de novembro, todos os judeus da cidade foram confinados em um gueto improvisado. Schulz, antes de se mudar, teria distribuído seus desenhos e escritos entre amigos católicos.

Schulz passou a maior parte do seu último ano de vida enfermo. Conseguiu um passaporte falso, juntou algum dinheiro e, depois de muito protelar a fuga, acabou escolhendo uma data: 19 de novembro de 1942. Na manhã desse dia, tendo acabado de receber a sua cota de pão, Bruno Schulz foi assassinado no meio da rua por um oficial alemão que era rival do seu protetor; nesse dia, que ficou conhecido como quinta-feira negra, 230 judeus foram assassinados nas ruas de Drohobycz.

A memória de Bruno Schulz passou despercebida por mais de uma década. Foi apenas em 1957 que a sua obra voltou a ser publicada, por esforços do crítico Artur Sandauer, que assina o importante ensaio "A realidade degradada" ("Rzeczywistość zdegradowana", 1956), uma das primeiras tentativas de compreender o universo schulziano; nessa edição aparece pela primeira vez em livro o conto "O cometa". Em 1964 surge o volume *Proza*, organizado por Jerzy Ficowski, que reúne sob o título "fragmentos de prosa" o restante das narrativas avulsas incluídas no volume *Lojas de canela* (Editora 34, 2019), com exceção do fragmento "A primavera". Ao longo dos anos 1960 começam a surgir as primeiras traduções de Bruno Schulz.

Em 1967 vem à luz *Regiony wielkiej herezji* (*Regiões da grande heresia*), de Jerzy Ficowski, uma biografia que levou mais de uma década de pesquisa e coleta de materiais, e que desde então teve algumas edições expandidas. Por meio de depoimentos reunidos por Ficowski, sabemos que Schulz tinha outras obras terminadas, que desapareceram por completo. Durante a ocupação soviética, enviou à redação da revista *Nowe Widnokręgi*, associada à União dos Escritores Soviéticos, um conto sobre um sapateiro e seu filho deformado, que se parecia com um tamborete; o conto foi rejeitado, e Schulz teria ouvido de um dos editores: "Não precisamos de outro Proust". Em 1940, enviou a Thomas Mann, por meio de uma amiga em comum, um conto chamado "Die Heimkehr" ("O retorno"), escrito em alemão, mas não se sabe se o célebre romancista chegou a recebê-lo; essa mesma peça teria sido rejeitada, no mesmo ano, pela casa editorial Inoizdat, de Moscou. Schulz havia também finalizado um terceiro volume de contos, consistindo de quatro narrativas longas, cada uma associada a uma estação do ano. No entanto, a obra perdida mais ansiada pelos seguidores de Schulz é o romance *O Messias*, de cuja existência entre os manuscritos perdidos é possível apenas especular. São muitas as alusões ao romance na correspondência do autor, e a primeira publicação do conto "A época genial" levava a rubrica: "Fragmento do romance *O Messias*" — o conto acabou sendo incluído como um texto autônomo em *Sanatório sob o signo da clepsidra*; outro conto, "A pátria", parte das "outras narrativas", foi publicado originalmente com a seguinte nota: "fragmento de uma peça maior". Segundo um depoimento recolhido por Ficowski, Schulz passou seus últimos meses de vida conversando com as pessoas no gueto e tomando notas e mais notas para uma obra volumosa, na qual pretendia tratar do "mais terrível martírio da história".

A obra de Bruno Schulz já foi publicada em mais de quarenta idiomas. Em Portugal, o conto "A anunciação" foi vertido por José Saramago a partir do espanhol (em *Contos polacos*, Lisboa, Estampa, 1977), e mais tarde surgiram as traduções de Aníbal Fernandes, a partir do inglês e do francês: *Tratado dos manequins ou O segundo génesis* (Lisboa, Assírio & Alvim, 1983) e *As lojas de canela* (Assírio & Alvim, 1987). No Brasil, o conto "Sanatório sob o signo da clepsidra" foi traduzido — via francês, ao que parece — por Leda Carolina de Faleiros Costa, com o título "O sanatório do coveiro" (*Escrita*, nº 36, 1986, pp. 9-19). É só na década de 1990 que surge a primeira tradução feita diretamente do polonês. A hoje consagrada tradução de Henryk Siewierski saiu originalmente em dois volumes, *Sanatório* (1994) e *Lojas de canela* (1997), pela Coleção Lazuli da editora Imago. Em 2012 ela foi reeditada pela Cosac Naify em um único volume, intitulado *Ficção completa*, com a adição de quatro contos avulsos. Para a presente edição, novamente em dois volumes, o texto foi mais uma vez revisado e cotejado com o original polonês. O primeiro volume, *Lojas de canela*, conta com um texto inédito em língua portuguesa: o fragmento "A primavera". O segundo, *Sanatório sob o signo da clepsidra*, inclui dois textos inéditos, o conto "Úndula", descoberto em 2019, e o ensaio "A mitificação do real".

SOBRE O TRADUTOR

Henryk Siewierski, nascido em Wrocław, Polônia, em 1951, é doutor em Ciência da Literatura pela Universidade Jaguelônica, de Cracóvia, onde lecionou de 1975 a 1981. De 1981 a 1985 foi Leitor de Língua e Literatura Polonesa na Universidade de Lisboa, e em 1986 veio ao Brasil a convite da Fundação Nacional Pró-Memória, e desde então atua como professor do Departamento de Teoria Literária e Literaturas da Universidade de Brasília (UnB). Foi editor da revista *Aproximações: Europa de Leste em Língua Portuguesa* (1986-1991) e diretor da Editora UnB, onde coordenou a coleção bilíngue "Poetas do Mundo".

É autor, entre outros títulos, de *História da literatura polonesa* (Editora UnB, 2000), *Raj nie do utracenia: Amazońskie silva rerum* (*Um paraíso imperdível: silva rerum amazônico*, Universitas, 2006), *Livro do rio máximo do Padre João Daniel* (EDUC, 2012) e dois livros de poemas, escritos em português: *Outra língua* (Ateliê Editorial, 2007) e *Lago salgado* (7 Letras, 2012). Além da ficção completa de Bruno Schulz, traduziu *Os filhos de Caim: vagabundos e miseráveis na literatura europeia (1400-1700)*, de Bronisław Geremek (Companhia das Letras, 1995), *Senhorita ninguém*, de Tomek Tryzna (Record, 1999), *Uma missa para a cidade de Arras* e *A bela senhora Seidenman*, de Andrzej Szczypiorski (Estação Liberdade, 2001 e 2007), *Um bárbaro no jardim*, de Zbigniew Herbert (Âyiné, 2018) e *Nova cosmogonia e outros ensaios*, de Stanisław Lem (Perspectiva, 2019). Em parceria com Marcelo Paiva de Souza, traduziu *Não mais*, de Czesław Miłosz (Editora UnB, 2003). Organizou a coletânea polonesa *33 wiersze brazylijskie* (*33 poemas brasileiros*, Biblioteka Iberyjska, 2011). Em parceria com Agostinho da Silva, traduziu *Mensagem*, de Fernando Pessoa, para o polonês (Biblioteka Iberyjska 2006).

Este livro foi composto em Sabon, pela Franciosi & Malta, com CTP e impressão da Edições Loyola em papel Pólen Natural 80 g/m² da Cia. Suzano de Papel e Celulose para a Editora 34, em fevereiro de 2025.